KNAUR

Marie Matisek

# Sommerlese

Ein
Capri-Roman

KNAUR

**Besuchen Sie uns im Internet:**
**www.knaur.de**

Aus Verantwortung für die Umwelt hat sich die Verlagsgruppe Droemer Knaur zu einer nachhaltigen Buchproduktion verpflichtet. Der bewusste Umgang mit unseren Ressourcen, der Schutz unseres Klimas und der Natur gehören zu unseren obersten Unternehmenszielen. Gemeinsam mit unseren Partnern und Lieferanten setzen wir uns für eine klimaneutrale Buchproduktion ein, die den Erwerb von Klimazertifikaten zur Kompensation des $CO_2$-Ausstoßes einschließt. Weitere Informationen finden Sie unter: www.klimaneutralerverlag.de

FSC www.fsc.org MIX Papier aus verantwortungsvollen Quellen FSC® C014496

Originalausgabe Juni 2021
Knaur Taschenbuch

Covergestaltung: FAVORIT BÜRO, München
Coverabbildung: Collage unter Verwendung verschiedener Motive von shutterstock.com
Illustration im Innenteil: windesign / Shutterstock.com
Satz: Daniela Schulz
Druck und Bindung: GGP Media GmbH, Pößneck
ISBN 978-3-426-52513-5

2 4 5 3

# Capri

Die Sonne erhob sich träge und prall wie eine vollreife Apfelsine im Golf von Salerno; die Taubenfamilie, die es sich im Torre del Faro gemütlich gemacht hatte, begrüßte sie mit liebevollem Gurren, sobald die ersten goldenen Strahlen sie erreicht hatten. Unweit des alten Leuchtturms, in den römischen Ruinen der Villa Jovis, zog die morgendliche Dämmerung ihren fahlen Schleier von den Steinmauern, sodass diese in der Morgenröte in zartem Rosé erstrahlten.

Ganz in der Nähe des kleinsten der Faraglioni-Felsen hatte bereits ein Fischerboot festgemacht, es war das des alten Nino, der längst nicht mehr aus wirtschaftlichen Gründen aufs Meer hinausfuhr, den es aber auch auf seine alten Tage nicht in seinem Haus in Amalfi hielt. Allzu sehr vermisste er das Schwanken der Holzbohlen unter seinen Füßen, den salzigen Geruch des geliebten Meeres in der Nase, das vertraute Kitzeln der ersten Sonnenstrahlen und die sanfte Umarmung des Wellengangs.

Der alte Fischer genoss die Einsamkeit auf seinem Boot, mit dem er stets noch vor Anbruch der Dämmerung hinausfuhr; manchmal nur kreuzte einer seiner alten Kollegen, sie grüßten sich mit wissendem Nicken oder riefen sich ein *»Come stai?«* von Boot zu Boot zu. Später, wenn das Meer übersät war von den Yachten, Segelbooten, Ausflugsschiffen und Fähren, steuerte Nino seine Barkasse längst wieder in den vertrauten Hafen von Amalfi.

Aber heute war der Tag erst wenige Minuten alt und verheißungsvoll, es roch bereits nach Frühling, und Nino, in einer Hand eine Angel, in der anderen eine Zigarette (von der niemand, erst recht nicht seine Frau und schon gleich dreimal nicht seine Tochter Lisabetta wissen durften), überlegte, ob er die Fische, die er in der nächsten Stunde unzweifelhaft fangen würde, nach Hause mitnehmen oder Tomasio, seinem Freund auf der Insel Capri, schenken sollte. Beide hatten sie eine große Familie, Kinder und Kindeskinder, und Nino konnte stets gewiss sein, dass der kleine Fang, den er nun als Privatier nach Hause brachte, in jeder Familie sehr willkommen sein und ganz bestimmt aufs Köstlichste zubereitet werden würde. Er warf einen Blick auf die Insel und entschied sich, den Fang zu behalten und an seinen Schwiegersohn Marco weiterzugeben. Denn Tomasio lebte in Anacapri, und um die Fische zu ihm zu bringen, hätte Nino mit seinem kleinen Boot die Insel umrunden oder aber mit seinem Freund einen Treffpunkt in der Marina verabreden müssen. Dazu war er heute viel zu träge, auch wenn er wusste, dass Tomasio ihn sicherlich zu einem *caffè* eingeladen hätte.

Dieser indes, der nichts von seiner verpassten Chance, in wenigen Stunden zwei Brassen und sogar einen Schwertfisch entgegenzunehmen, wusste, schlüpfte soeben in seinem Haus in die blauen Plastiksandaletten und machte sich auf, seiner Ziege einen Besuch abzustatten. Amanda war trächtig, und Tomasio hatte in der Nacht eine Vorahnung gehabt, dass sie gebären würde, weshalb er aufgestanden war und nach dem Rechten gesehen hatte. Aber noch war es nicht so weit, Amanda hatte nur leise gemeckert, als er ihren prallen Bauch abgetastet hatte. Also war er wieder zurück ins Bett geschlüpft, neben seine Frau Renata, die gestöhnt und ihn geschimpft hatte, dass sie nun wach sei und bestimmt nicht mehr einschlafen könne. Es dauerte keine fünf Minuten, da hatte Tomasio leises Schnarchen von ihrer Seite des Bettes vernommen, was wiederum ihn daran hinderte, erneut in den Schlaf zu finden. Also hatte er neben ihr wach gelegen, die Augen an die Zimmerdecke gerichtet, und überlegt, was, um Himmels willen, er mit den kleinen Zicklein – er war überzeugt, es waren zwei – anstellen sollte. Amanda war ein Geschenk von Pippo gewesen, dem Eismann aus Positano, dem Mann von Elena, einer Freundin seiner Tochter Marcella, die gemeinsam mit Elena eine Physiotherapeutenausbildung in … aber nein, dachte Tomasio, das führte jetzt zu weit. Auf alle Fälle war Amanda wohl schon gedeckt gewesen, als er sie bekommen hatte, denn an eine unbefleckte Ziegenempfängnis glaubte nicht einmal der tief katholische gute Tomasio.

Sollte er ein Zicklein behalten? Die Erlaubnis dafür hatte Tomasio bereits von Renata erhalten, wenn auch widerstrebend.

Aber zwei Zicklein und dazu die Mutterziege – das war zu viel, er hatte nicht vor, eine ganze Herde zu gründen. Er könnte es schlachten, aber das würden ihm seine Töchter Lucia und Marcella niemals verzeihen.

Und wäre es nicht für das eine Zicklein schöner, es könnte mit seinem Geschwisterchen zusammenbleiben? Wahrscheinlich wäre es besser, alle beide abzugeben.

Während Tomasio also, wie bereits erwähnt, mit diesen Gedanken beschäftigt in den Stall hinüberschlappte, sich zu Amanda in das Stroh setzte und beruhigend auf die hübsche Girgentana-Ziegendame einredete, blickte diese ihn aus halb geschlossenen Augen träge an und schien ihm mit dem stetig mahlenden Kiefer sagen zu wollen: Reg dich nicht auf, mein Bester, ich mach das nicht zum ersten Mal, ich krieg das schon hin mit der Geburt. Tomasio nickte ihr zum Zeichen, dass er verstanden hatte, zu und strich ihr liebevoll über das lange weiße Fell. Als er den Bauch in Augenschein nahm, fiel es ihm wie Schuppen von den Augen: Lucia! Natürlich würde er ein Zicklein, sobald es groß genug war, zu Lucia bringen! Obwohl seine geliebte Ziehtochter nichts, aber auch gar nichts mit einer Ziege gemein hatte, hatte Tomasios Hirn sie mit Amanda verknüpft, denn eine Gemeinsamkeit gab es doch: Beide waren schwanger. Lucia, die im Palazzo Farnese bei Annunziata lebte und sich dort um alles kümmerte, war ebenfalls in froher Erwartung, und deshalb war sie ihm beim Betrachten des Ziegenbauches in den Sinn gekommen. Ja, dachte Tomasio zufrieden, im Palazzo Farnese war so ziemlich jedes Tier gut aufgehoben, denn weder Lucia noch die Contessa Annunziata selbst noch der deutsche Dottore Martin, werdender Vater von Tomasios sechstem Enkelkind, würden etwas dagegen haben, dass sich die große Schar Haustiere, die sie im Garten des Palazzo beherbergten, um zwei kleine Ziegen erweiterte.

Lucia hingegen, vollkommen ahnungslos, dass ihr lieber Papà sie in nicht allzu ferner Zukunft mit einem kleinen Zicklein beglücken würde, stand in der weitläufigen Küche des Palazzo und wusch sich den Mund mit Salbeitee aus. Sie war am Ende des dritten Monats ihrer Schwangerschaft angekommen und plagte sich entsetzlich mit morgendlicher Übelkeit. Was sie nicht davon abhielt, ihre Freundin und Arbeitgeberin Annunziata Farnese, die für ihre neunundachtzig Jahre erstaunlich fit und kein bisschen dement war, nach Strich und Faden zu verwöhnen. Im Moment bereitete sie für die alte Dame Eier im Glas zu. Frische Hühnereier, früher hätte Lucia davon Appetit bekommen, aber in letzter Zeit würgte es sie, sobald sie den Hühnerstall nur betrat. Lucia versuchte, sich zusammenzunehmen, knabberte lustlos an einem alten und trockenen Biscotto und dachte ans Essen. In Gedanken war sie seit gestern damit beschäftigt, was sie heute und in der nächsten Woche kochen könnte, denn sie erwartete den ersten Stipendiaten. Der bankrotte Palazzo, in dem sie seit über einem Jahr mit der Contessa lebte, war durch glückliche Fügung und viel Engagement vonseiten ihres deutschen Mannes Martin von einer eigens gegründeten Stiftung der biologischen Gesellschaft Italiens und Deutschlands übernommen worden, mit der Vereinbarung, dass die Stiftung Stipendien an junge Forscher vergeben sollte, die sechs Monate im Palazzo lebten und sich mit dem Nachlass des ehemaligen Besitzers, Dottore Giovanni Farnese, einstmals Italiens bedeutendster Biologe, beschäftigten. Lucia war von ganzem Herzen für diese Wendung des Schicksals dankbar und wollte aus dem Grund am heutigen Sonntag ein besonderes Festmahl zubereiten. Martin reiste von Heidelberg an, gemeinsam mit einem jungen Nachwuchswissenschaftler. Seit Tagen war sie voller Vorfreude, hatte sie ihren Martin doch seit zwei Wochen nicht gesehen – eine viel zu lange Zeit für junges Glück. Nun also stand ein mehrgängiges Menü für heute auf dem Plan, Lucia aber warf die Menüfolge ständig wieder um. Heute Nacht, als sie wegen des Vollmondes wach gelegen hatte, war ihr dann die Idee gekommen, zur Vorspeise gefüllte Zucchiniblüten zu servieren. Die waren ein Gedicht, einfach zu machen – die leuchtend orangefarbenen Blüten bekamen eine Füllung aus Ricotta und Parmesan und wurden anschließend in etwas Olivenöl knusprig ausgebacken – und dennoch eine Augen- und Gaumenweide. Der kleine Schönheitsfehler allerdings war, dass sie keine Zucchiniblüten hatte. Die Zucchini, die sie im Palazzo anbauten, waren noch weit entfernt davon, zu blühen – aber Salvatore, der Obst- und Gemüsehändler und nicht zu vergessen: enger Freund, kultivierte seine Früchte im Gewächshaus. Lucia würde ihm also nachher einen Besuch abstatten. Und zwar, trotz des Verbots von Martin, mit ihrer himmelblauen Vespa. Ihrem Ehemann war stets angst und bang, wenn er auch nur daran dachte, dass seine junge Frau und zukünftige Mutter seiner Kinder in halsbrecherischer Geschwindigkeit auf den kurvigen Gebirgsstraßen der Insel unterwegs war.

Lucia wurde es bei dem Gedanken an einen Besuch bei ihren Freunden und ein gelungenes Menü am Abend, vor allem aber bei der Vorfreude auf ihren geliebten Martin nicht nur warm ums Herz, auch ihr Magen stabilisierte sich, und sie stellte nun entschlossen die Eier im Glas, einen frischen, leicht gebutterten Toast und eine japanische Kanne mit grünem Tee auf das Tablett und schickte sich fröhlich an, zu Annunziata in den ersten Stock zu gehen und diese mit bester Sonntagslaune zu wecken.

Salvatore Trettani, der Herr nicht nur über Zucchiniblüten, sondern auch über mehrere Reihen verschiedenster Tomatensorten, Gurken, Kohlarten wie Cima di rape und Romanesco, Rucola, Radicchio, Orangen und Zitronen, Auberginen, Bohnen, Zwiebeln und einige andere Gemüse- und Obstsorten war, ahnte nicht, dass er später noch Besuch von Lucia bekommen würde, sondern kippte soeben seinen Wollschweinen, die sich mit Vorliebe unter den Obstbäumen aufhielten, einen Eimer mit Gemüseschalen und einigen Essensresten hin, worauf diese sich schnaubend, schubsend und mit zitternden Ringelschwänzchen über die Leckereien hermachten. Salvi, wie er von allen, die ihn kannten, auch genannt wurde, sah ihnen einige Zeit zu, dann wusch er sich an der Pumpe vor dem Gewächshaus die Hände und warf einen Blick in Richtung der aufgehenden Sonne. Diese hatte sich nun vollends aus dem Golf von Neapel erhoben, ihre Farbe war nicht mehr die einer vollreifen Orange, vielmehr glich sie einer roséfarbenen Grapefruit, wie Salvatore dachte. Auf der noch immer glatten Wasseroberfläche, die man vom Grundstück der Trettanis hinter den kleinen Feldern und dem Obstgarten wunderbar sehen konnte, kreuzten nun die ersten Boote. Es hätte für Salvatore nur einiger weniger Schritte bedurft, um hinunter ans Meer zu gelangen, denn hinter dem Feld führte eine steile Treppe hinab zu einer winzigen Privatbucht, die den Trettanis im Grunde gar nicht gehörte, aber da sie die Einzigen waren, die sie nutzten, fühlte es sich so an, als ob. Genau genommen war Clivia diejenige, die die Vorteile des kleinen Strands am meisten schätzte – sie ging regelmäßig schwimmen oder paddelte mit ihrem SUP Board aufs Meer hinaus. Salvatore tat nichts dergleichen. Manchmal kam auch Lucia hierher, um zu schwimmen, aber zu dieser Jahreszeit war das Meer zum Baden noch zu kalt. Die Badebucht war eines der Highlights, mit denen Salvatore sein Ferienapartment im Internet anpries – denn welcher andere Agriturismo-Vermieter konnte mit einem privaten Strand auf Capri punkten? Eben.

Mit einem heiser geflüsterten *»Buongiorno, Amore«* legten sich plötzlich zwei Arme um seinen Bauch, und Salvi drehte sich leicht, damit er Clivia, seine wunderbare Frau, mit der er bereits über dreißig glückliche Jahre verheiratet war, in den Arm nehmen konnte. Ihre kurzen grauen Haare vergruben sich sogleich in seine Halsbeuge, und Salvi, der gut einen Meter neunzig maß, drückte ihr liebevoll einen Kuss darauf.

»Ich glaube«, sagte er, während er einen Blick auf ihr Häuschen und den daneben liegenden Ferien-Bungalow warf, »ich glaube, die Saison beginnt. Es wird Zeit für die ersten Gäste.«

# Lüneburg

»Liebe Aly, du hast mich mit deiner Geschichte tief berührt, am liebsten würde ich dich jetzt in den Arm nehmen.«

»… ich fühle mich dir so verbunden, liebe Aly, du hast alle Gefühle, die ich verborgen habe, in deinem Buch ausgesprochen …«

»Liebe Aly, als ich dein Buch beendet habe, konnte ich erst mal nur heulen, das war der totale Wahnsinn, was du da erlebt und aufgeschrieben hast.«

»Kommst du mal nach Osnabrück? Ich muss dich unbedingt einmal sehen und anfassen, als ich dein Buch gelesen habe, dachte ich, du könntest meine Schwester sein …«

Hanna scrollte sich durch die neuesten Kommentare zu ihrem aktuellen Facebook-Post, und anstatt sich darüber zu freuen, schnürte sich ihr die Kehle zu, und der Druck auf ihrer Brust, der sie seit Wochen begleitete, nahm zu.

Seit Wochen, das hieß genauer, seit Anfang Dezember, seit ihr Buch auf die Bestsellerliste gekommen und dort Woche für Woche stetig nach oben geklettert war. Acht Wochen stand es nun auf Platz eins – unangefochten, wie ihr die Verlegerin stolz am Telefon verkündet hatte. Per Post war damals eine Kiste Champagner ins Haus gekommen, dazu ein üppiges Blumenbouquet und eben der Anruf. Es gäbe Anlass zu großer Freude, hatte die Verlegerin verkündet, und tatsächlich hatte Hanna sich gefreut. Was für ein Erfolg!

Eine Sensation, ein großer Durchbruch, der Beginn einer glänzenden Autorenkarriere für Aly Walker.

Tja, hatte Hanna aber im gleichen Atemzug gedacht, bloß dumm, dass ich nicht Aly bin. Oder eben doch, aber …

»Mama, kommst du?«

Ben stand in der Tür ihres Schlaf- und Arbeitszimmers und trat ungeduldig von einem ausgelatschten Sneaker auf den anderen. Ausgerechnet ihr Sohn mahnte zur Eile. Der Siebzehnjährige, den sie morgens mindestens dreimal daran erinnern musste, dass man, um zur Schule zu kommen, auch aus dem Bett aufzustehen und sich anzuziehen hatte. Fliegende Betten hatte es zuletzt bei Pippi Langstrumpf gegeben. Heute allerdings konnte es ihm nicht schnell genug gehen. Es ging ja auch um was – nämlich um ihn.

Hanna nickte, schaltete den PC aus, gab ihrem Sohn einen Kuss auf die Backe und schnappte sich die Autoschlüssel.

»Also dann!«, sagte sie betont fröhlich. »Auf nach Fuhlsbüttel.« Instinktiv fasste sie nach dem Rollkoffer von Ben, aber in der letzten Sekunde zuckte ihre Hand zurück. Ihr Sohn war kein Kleinkind mehr, er konnte sein Gepäck selber schleppen.

»Lass mich«, sagte er im selben Moment, als hätte er – wie so oft – ihre Gedanken gelesen. Mühelos trug er den Koffer die steile Treppe des alten Patrizierhauses hinunter, und Hanna sah ihm wehmütig nach, während sie die Wohnungstür sorgfältig zusperrte. Ihr Kleiner war einfach nicht mehr ihr Kleiner, sondern überragte sie um einen halben Kopf. Gerade noch waren sie Hand in Hand zum Kindergarten gelaufen, oder etwa nicht? Wo war denn die Zeit geblieben, fragte sich Hanna nicht zum ersten Mal, während sie dem fast erwachsenen jungen Mann nachsah, der sie beide gleich zum Flughafen kutschieren würde. Seit zehn

Jahren waren sie ein unschlagbares Team, sie und Ben. Lebten zu zweit in der hübschen Wohnung in Lüneburgs Zentrum und waren nur sehr selten, maximal eine oder zwei Wochen, voneinander getrennt gewesen. Nun aber brach Ben zu einem Austausch nach London auf – einen ganzen Monat würde er weg sein. Hanna zwang sich zur Freude über ein paar Wochen ohne ungewaschene Socken, wummernden Deutschrap und all die vielen Kumpels, die in ihrer Wohnung ein und aus gingen, von den Mädchen ganz zu schweigen. Und sie wusste auch, dass sie es würde genießen können – sie hatte vorhin bereits einen Großeinkauf mit Lebensmitteln gemacht, die nur sie mochte, aber nicht Ben. Unendlich viel Gemüse, Quinoa und Bulgur, vegetarische Pasten, Hülsenfrüchte … Hanna wollte schon so lange einmal probieren, ob sie es schaffen würde, sich vegan zu ernähren, aber mit ihrem Sohn, der Gemüse strikt ablehnte – Ausnahmen waren Tomatensoße auf der Pizza und ein Hauch Salat auf dem Burger –, war ihr die Umstellung zu kompliziert.

Ja, Hanna würde es genießen, dass sie einmal ohne ihren Ben freie Fahrt zu Hause hatte. Sie würde sich, kaum wäre sie vom Flughafen zurückgekehrt, in die Badewanne legen, den Verlags-Champagner öffnen und danach eine Schüssel Quinoa-Salat vertilgen. Bis heute Abend würde ihre Freude anhalten und dann? Dann kam mit Sicherheit das heulende Elend! Die Sehnsucht. Sie würde Bens Zimmer aufräumen und bittere Tränen darüber vergießen, dass ihr süßer Sohn sie schon bald verlassen würde. Hanna kannte sich, und sie wünschte, sie würde mit ihrer Negativprognose komplett danebenliegen, aber leider war die Person, die sie seit zweiundvierzig Jahren am besten kannte, sie selbst. Hanna seufzte tief.

Sanft wand ihr jemand den Autoschlüssel aus der Hand und riss sie aus ihren Gedanken.

»Mama, das sind vier Wochen! Mach nicht so ein Gesicht.«

Ben nahm sie kurz in den Arm, dann warf er sich auf den Fahrersitz und startete den Twingo. Hanna musste sich an diese Rollenverteilung, die das betreute Fahren mit sich brachte, erst noch gewöhnen – siebzehn Jahre lang war sie es gewesen, die ihn herumkutschiert hatte, anfangs noch in der Babyschale, und nun hatten sie seit vier Wochen, die ihr Sohn im Besitz des Führerscheins war, die Plätze getauscht.

»Du, übrigens«, begann dieser gerade etwas zögerlich, und Hanna wusste, was diese Gesprächseröffnung nach sich zog: Probleme.

»Jaaa?!«, fragte sie gedehnt nach, weil Ben nicht weitersprach, sondern sich auffällig konzentriert mit dem Verkehr beschäftigte.

»Also, ich habe vorhin noch mein Longboard bei Ebay reingestellt. Auf deinem Account.«

Hanna stöhnte. »Warum machst du das denn direkt vor der Abfahrt? Das hätte ja wohl Zeit gehabt, bis du zurückkommst.«

»Ich brauch die Kohle in London. Ich will mir da ja vielleicht auch was kaufen.« Bens Stimme nahm einen gereizten Ton an. »Wär cool, wenn du das machst und mir dann das Geld überweist.«

»Sonst noch was? Also echt ... Begeistert bin ich nicht.« Zu mehr Widerrede war Hanna nicht imstande. Zwar ärgerte sie sich über ihren Sohn, aber andererseits saß sie ja sowieso im Homeoffice, also dürfte es nicht allzu schwer sein, das Board zu verkaufen.

Ben grinste. »Danke, Mama, hab dich lieb.«

Mama schüttelte einfach nur den Kopf. Sie war irgendwie zu gut für die Welt.

Während Ben den kleinen Wagen – Frosch hatten sie ihn getauft, weil er außer klein auch noch grün war – durch die Lüneburger Straßen in Richtung Autobahn manövrierte, öffnete Hanna das Handschuhfach, arrangierte das darin befindliche Chaos so, dass es einerseits chaotisch aussah, aber irgendwie auch cool und vor allem: quadratisch.

Ihr Sohn schüttelte den Kopf und zog die Augenbrauen missbilligend nach oben.

»Wann wirst du endlich erwachsen, Mama, und hörst mit diesem Quatsch auf?«, fragte er.

Hanna schüttelte nur den Kopf, suchte einen passenden Filter auf Instagram und zermarterte sich das Gehirn, um sich den richtigen Text für ihren Post auszudenken. Jeden Tag ein Post! Erzähl eine Geschichte! Viele Hashtags! Drei bis vier Hauptmotive, und die wechseln sich ab! Verwende immer den gleichen Filter! Das war in Kürze der Einführungskurs zum Thema Instagram gewesen, den ihr ihre Freundin Nathalie gegeben hatte, und Hanna versuchte, sich strikt daran zu halten. Insofern war das Bild vom Handschuhfach in einem Filter ihrer Wahl schon mal falsch, dachte sie jetzt. Ganz falsch. Andererseits war es Aly, die hier postete, und nicht sie. Und Aly konnte im Moment nichts falsch machen bei ihren Fans und Followern. Immerhin über dreißigtausend, und täglich kamen mehr dazu. Also schrieb Hanna: »Blick ins Chaos meines Handschuhfachs – in meinem Herzen sieht es nicht anders aus. #wannwerdeichendlicherwachsen«, fügte noch einige ihrer Standard-Hashtags hinzu und schloss die Insta-App.

»Hast du nicht Angst, dass du auffliegst?«, fragte Ben jetzt.

Hanna stöhnte. »Solange du mich nicht verrätst …«

Sie streichelte ihm über die Wange, aber er zuckte leicht zur Seite. Ben mochte es nicht, wenn sie ihm ins Gesicht fasste, die Zeiten waren vorbei. Und in den Haaren wuscheln stand unter Todesstrafe.

»Was bekomme ich für mein Schweigen?«, fragte er stattdessen und grinste frech.

»Keinen Ärger«, gab Hanna zurück und grinste ebenfalls.

Den Weg zum Hamburger Flughafen meisterte ihr Sohn mit Bravour, und Hanna freute sich, dass er bezüglich seiner Fahrkünste nach ihr und nicht nach Olaf, seinem Vater, kam. Ben fuhr fast schon ein bisschen zu lässig, dafür, dass er den Führerschein erst seit Kurzem hatte.

»Versprichst du mir, dass du nachher nicht heulst?«, fragte er sie jetzt, lachte verschmitzt und setzte den Blinker, um auf den Besucherparkplatz des Flughafens zu fahren.

Hanna war empört. »So ein Quatsch. Ich freu mich drauf! Du chillst einen ganzen Monat in London, und ich kann mich mal so richtig entspannen.«

Lässig lenkte Ben den Frosch in eine Parklücke, schaltete den Motor aus und drehte sich mit ernsthaftem Gesicht zu seiner Mutter. »Erstens dachte ich, du musst endlich mal das Buch schreiben und nicht entspannen. Und zweitens heulst du wegen jedem kleinen Pups. Du heulst sogar bei ›Modern family‹, und das ist eine Comedy.«

»Dein Ton gefällt mir nicht, junger Mann«, gab Hanna ironisch zurück. »Wer ist hier die Erziehungsberechtigte, du oder ich?« Vorsichtshalber setzte sie gleich nach, um sich eine Antwort Bens zu ersparen. »Und ja, ich heule wegen jedem Quatsch, aber bestimmt nicht, weil ich mir in den nächsten vier Wochen Zeit für mich gönnen darf.«

Ben hatte den Frosch neben einem Porsche SUV geparkt, und als Hanna ihre Beifahrertür öffnete, um auszusteigen, wäre sie um ein Haar mit dem Fahrer desselben kollidiert, der seine Fahrertür geöffnet hatte, um einzusteigen. Der durchtrainierte Kerl musterte Hanna von Kopf bis Fuß und verzog daraufhin süffisant das Gesicht.

»Dass Sie in die kleine Schachtel überhaupt reinpassen …«

»Besser kleines Auto als kleines Hirn«, gab Hanna scheinbar unbeeindruckt zurück, knallte die Autotür zu und ließ den Kerl links liegen. Ben grinste und reckte den Daumen hoch.

»Was für ein A…«

»Sag es nicht, obwohl du recht hast.«

Hanna ging schnellen Schrittes zum Eingang des Terminals. Sie hatte keinen Bedarf, sich umzudrehen und zu sehen, wie der arrogante Schnösel ihr beleidigt hinterherstarrte. Sie hatte es ihm gegeben, und damit war es gut.

Leider hatte sie der Kommentar trotzdem getroffen, ob sie es wollte oder nicht. Diese Art Bemerkungen musste sie sich seit ihrer frühen Jugend anhören – seit sie die Ein-Meterachtzig-Marke geknackt hatte. Und das war mit vierzehn gewesen. Schon damals hatte Hanna alle überragt, auf Klassenfotos hielt man sie für die Lehrerin, weil sie nicht nur groß, sondern schon sehr früh sehr gut entwickelt war. Alles an ihr war groß. Ihre Hände, ihre Füße, ihre Brüste, ihr Hintern. Aber auch Mund und Augen, ja, sogar ihre Haare waren groß: eine lange dicke Mähne mit Naturwelle. Eigentlich wunderschön, jeder Friseur war entzückt, aber Hanna wünschte sich so oft, von allem nur halb so viel zu haben. Männer hatten ihr schon auf die Brüste gestarrt, als ihr die pubertären Klassenkameraden noch »Nagelmanati« hinterhergebrüllt hatten. Alles an ihr schien Männer geradezu dazu aufzufordern, Kommentare zu ihrem Äußeren abzugeben. Im Positiven wie im Negativen. Zwar hatte sie sich über die Jahre ein relativ dickes Fell angelegt und schoss zurück – denn auf den Mund war sie keinesfalls gefallen –, aber jede Bemerkung, jeder Satz hinterließ eine winzige Narbe auf ihrer Seele.

Keine zwei Stunden später hatte Hanna bereits drei oder vier Taschentücher nass geheult, da war Ben gerade erst durch den Security-Bereich verschwunden. Olaf, der es sich als Vater nicht hatte nehmen lassen, seinen Sohn ebenfalls am Flughafen zu verabschieden, legte Hanna den Arm um die Schulter und zog sie an sich.

»Ist ja gut«, ließ er seinen einschmeichelnden Papa-Bär-Bass brummen, »er ist ja nicht aus der Welt.« Dann machte ihr Ex-Mann auch noch Anstalten, Hanna in eine Umarmung zu ziehen, aber sie entwand sich ihm.

»Lass gut sein, Olaf«, sagte Hanna und ging ein paar Schritte auf Abstand. »Heb dir dein Geschwurbel für deine Freundin auf.«

Olaf ging ihr auch zehn Jahre nach der Trennung noch dermaßen auf den Keks, dass Hanna sich von ihren Freundinnen damit aufziehen lassen musste, ob sie wohl doch noch Gefühle für ihren untreuen Ex hegte, so wie sie sich über ihn aufregte. Die Wahrheit war, wie Hanna genau wusste, eine andere. Je länger sie Olaf kannte, desto mehr fiel Hanna auf, was für ein Vollidiot er eigentlich war – und zwar immer schon. Sie fand es unfassbar, wie sie auf ihn hatte reinfallen können, seine Masche als softer Frauenversteher, obwohl er doch im tiefsten Herzen einfach nur ein Schwachmat war, der die Frauen dazu brachte, ihn zu bemuttern. Hanna ärgerte sich über sich selbst, dass sie so naiv gewesen war, und das ließ sie ihn immer noch spüren. Im Grunde genommen war sie über Olaf hinweggekommen – nicht aber über ihre eigene Blödheit.

»Nimmst du mich mit in die Stadt?«, fragte Olaf jetzt und guckte treuherzig. »Ihr seid doch bestimmt mit dem Frosch gekommen, oder?!«

»Sorry, aber ich muss gleich zurück nach Lüneburg«, schwindelte Hanna. »Ich habe keine Zeit für einen Umweg über Hamburg.«

Olafs Mundwinkel zeigten prompt nach unten, und er setzte seinen »Jetzt ist Papa Bär aber ganz traurig«-Blick auf.

»Sorry«, rutschte es Hanna heraus, und im gleichen Atemzug ärgerte sie sich. Die alten Muster, verdammt.

»Wie läuft's eigentlich so bei dir?«, erkundigte sich Olaf, der keine Anstalten machte, zur S-Bahn zu gehen, sondern Hanna stattdessen zum Parkplatz begleitete.

»Ach ja, schon okay«, gab diese zurück. Sie betrat jetzt vermintes Gebiet, denn Olaf sollte – wie auch alle anderen außer Ben, ihrer Freundin Suse und ihrem Agenten Korbinian – um keinen Preis erfahren, dass sie Bestsellerautorin war. Gleichzeitig wusste er jedoch, dass sie vor anderthalb Jahren ihren Job als Buchhändlerin verloren hatte.

»Ich schlag mich so durch. Helfe mal im Samstagsgeschäft und mache Lektorate, so was halt.« Puh, das war sogar die Wahrheit, dachte Hanna erleichtert, wenn auch nur die halbe.

»Ich dachte nur«, Olaf musterte Hanna intensiv, und sie betete, dass ihre Ohren jetzt nicht rot wurden, »weil ihr in letzter Zeit ganz schön Kohle ausgebt. Bens neue Klamotten, jetzt der London-Austausch – das kostet doch alles 'ne Stange Geld?«

»Papa hat uns eine kleine Finanzspritze gegeben«, antwortete Hanna – Mist, das war eine Lüge – und verabschiedete sich hastig. »Tschüs, Olaf, mach's gut, wir sehen uns.«

Sie beeilte sich, zu ihrem Auto zu kommen und keinen Blick zurückzuwerfen. Was ihr nicht gelang, denn sie musste noch das Parkticket bezahlen, und der Automat stand genau so, dass sie Olaf, der sich nicht vom Fleck rührte, hinter der Scheibe sehen konnte.

Irgendwie tat er ihr leid, obwohl es dazu keinen Grund gab. Es war schließlich Olaf gewesen, der sie einige Jahre hinter ihrem Rücken betrogen hatte, obwohl sie ein gemeinsames Kind hatten. Ein kleines noch dazu. Er war ein Schuft, aber leider ein gut aussehender Schuft, auch noch mit Mitte vierzig, und außerdem liebte Ben ihn. Tatsächlich bemühte sich Olaf sehr um den Jungen, und Hanna musste zähneknirschend zugeben, dass er kein so schlechter Vater war, trotz der Trennung.

Jetzt hob ihr Ex, der sehr genau sah, dass Hanna ihn musterte, weil er sie seinerseits beobachtete, eine Hand und winkte. Hanna nickte knapp und flüchtete rasch zum Frosch.

Eine Stunde später, der grüne Wagen parkte wieder in der Anwohnerzone vor ihrem Mietshaus, schlenderte Hanna zu der kleinen Buchhandlung in der Altstadt. Schon durch das Schaufenster sah sie einen großen Stapel mit dem wunderschönen hellgrünen Cover und goldfarbenen Sternen mitten auf dem Bestsellertisch liegen. Das Buch von Aly Walker: *You got me.* Kaum hatte sie den Laden betreten, schoss eine der Buchhändlerinnen auf sie zu, nahm ein Exemplar und streckte es Hanna hin.

»Gute Lektüre gefällig? Kann ich Ihnen wärmstens empfehlen, achtzigtausend Käufer können nicht irren.«

»Suse, lass das!«, zischte Hanna und sah sich panisch um.

Ihre Freundin lachte, legte das Buch zurück auf den Stapel, wo es sich sofort eine junge Kundin schnappte.

Gemeinsam verzogen sich Suse und Hanna auf eines der gemütlichen Sofas, mit welchen die Buchhändler ihre Leseecke – vor allem aber Vorleseecke für Kinder – eingerichtet hatten.

»Na, schon eine Runde geheult?«, erkundigte sich Suse gewohnt einfühlsam.

»Ich weiß gar nicht, was ihr alle von mir denkt«, gab Hanna zurück, »aber leider: ja. Mittlerweile geht's aber. Ich weiß bloß nicht so richtig, was ich mit dem Tag noch anfangen soll.«

»Tja, das sind die Sorgen derer, die ihr Geld nicht mit harter Arbeit verdienen müssen.«

»Ach, Suse, echt, sei nicht so doof.« Hanna beobachtete, wie die junge Frau, die ihr Buch vom Stapel genommen und aufmerksam den Klappentext gelesen hatte, damit zur Kasse ging. »Ich wünschte, ich könnte mit dir tauschen.«

Suse senkte die Stimme. »Immer noch Schreibblockade?«

Hanna nickte. »Ich habe noch keine einzige Seite. Noch keine!« Dass sie gefühlt schon hundert geschrieben und wieder verworfen hatte, wollte sie lieber nicht erwähnen. »Diese Aly ist mein Fluch.«

Suse nahm ihre Hand. »Schätzchen, du hast noch genug Zeit. Wenn du jetzt reinhaust, wo Ben weg ist, schaffst du mindestens die ersten hundert Seiten. Mindestens. Und du wirst sehen: wenn du erst mal drin bist …«

Das war das Mantra, mit dem sich Hanna seit Wochen, ach was, seit Monaten tröstete: Wenn ich erst einmal drin bin. Wenn ich erst einmal die ersten hundert Seiten geschafft habe. Wenn ich das erste Kapitel geschrieben habe. Den ersten Satz. Wenn ich, wenn ich, wenn ich. Geholfen hatte all das nicht. Seit ihr Buch ein Erfolg geworden war, war Hanna vollkommen blockiert, der Erfolg lähmte sie. Es lähmte sie, wenn sie die Zuschriften ihrer Fans sah, es lähmte sie, den Hype um das Buch im Internet zu verfolgen, und ganz besonders lähmte es sie, dass alle drängelten: die Leserinnen, der Verlag, ihr Agent. Wann kommt das zweite Buch? Die Frage hallte in ihrem Kopf, nein, hämmerte und dröhnte, und wann immer Hanna sich zum Schreiben an ihren Computer setzte, erschien sie ihr in großen Lettern vor dem geistigen Auge: WANN KOMMT DAS NÄCHSTE BUCH?

So konnte das nie etwas werden.

Sie musste entspannen.

Vielleicht meditieren?

»Ich muss entspannen«, sagte Hanna und scannte die Regale der Buchhandlung. »Mich von der Erwartungshaltung befreien, den Kopf leer kriegen. Vielleicht …«

»… meditieren?«, vollendete Suse ihre Gedanken. »Kein Problem, ich hab da was.«

Kurz darauf verließ Hanna den Laden mit drei Büchern, die inneres Gleichgewicht, den Weg zu sich selbst und einen Ausweg aus der Gedankenspirale durch Meditation versprachen. Guter Dinge lief Hanna nach Hause, bereit für ihr persönliches Wellness-Programm.

Als sie im ersten Stock gerade die Tür aufsperren wollte, klingelte ihr Handy. Korbinian. Hanna drückte ihren Agenten gestresst weg, denn sie ahnte, was er auf dem Herzen hatte. Er wollte sich nach dem Stand des Manuskriptes erkundigen, von dem bisher null Seiten existierten. Aber Hanna wollte ihrem Vorsatz, sich durch Entspannung in Schreibstimmung zu bringen, treu bleiben, schaltete ihr Handy auf Flugmodus und ließ sich sofort eine Badewanne ein. Während das Wasser einlief, arrangierte sie einen Bund Tulpen, den sie sich auf dem Weg noch gekauft hatte, zündete im Bad ihre Kollektion kleiner und großer Kerzen an und legte sich ihren Yogaanzug, dicke Kuschelsocken und eine mollige Fleecejacke zurecht, um sich nach der Wanne durch und durch im Entspannungsmodus zu fühlen. Sie war bereits mit einem Fuß in der Wanne, da fiel Hanna ein, dass Ben wahrscheinlich gerade in London landete, und sie wollte doch wissen, ob er gut angekommen sei, und nein, sie würde leider nicht die Geduld haben, das erst nach der Badewanne zu erfahren, also stieg sie noch einmal aus dem Wasser, huschte nackt ins Wohnzimmer, um das Handy zu holen, zuckte zusammen, als ihr Frau Herbert von ihrem Balkon, der dem Wohnzimmer gegenüberlag, fröhlich zuwinkte. Sie wäre um ein Haar ausgerutscht, so schnell hatte sie sich panisch umgedreht, sodass die alte Dame nur die nackte Rückseite von ihr sah, konnte sich aber noch einmal fangen und lief wieder ins Bad zurück. Stöhnend ließ sich Hanna ins warme Wasser gleiten. Hoffentlich war Frau Herbert so kurzsichtig, dass sie sie nicht in ihrer ganzen Pracht hatte erkennen können! Und wie gut, dass es nicht Herr Herbert auf dem Balkon gewesen war …

Hanna stellte ihr Handy online, legte es aber weit genug von der Wanne weg, dass es ihr nicht ins Wasser fallen konnte. Pling, pling, pling, einige rasche Mitteilungstöne hintereinander zeigten ihr den Eingang diverser Meldungen an. Sie warf einen Blick auf das Display – den Arm weit von der Wanne weggestreckt. Ben! Wie gewohnt knapp: »Gelandet.« Dazu immerhin ein Kuss-Emoji. Hanna unterdrückte den Wunsch, ihm eine Sprachnachricht zu schicken, stattdessen sandte sie ihm ein Herz. Bloß keine Sentimentalitäten bei einem Siebzehnjährigen!

Die anderen Nachrichten waren – selbstverständlich – von Korbinian. Eine dreiminütige Sprachnachricht. Danach eine eindeutige Textnachricht: »Ruf.mich.an!« Und eine E-Mail.

Trotz ihres unbedingten Vorsatzes, sich auf keinen Fall zu stressen – immerhin unterdrückte Hanna den Impuls, Instagram zu öffnen und nachzusehen, wie viele Likes ihr Post bekommen hatte –, öffnete sie die Mail. Es war eine Nachricht vom Verlag, genauer: von ihrer Programmleiterin, die Korbinian ihr weitergeleitet hatte. Ein PDF der Verlagsvorschau. Die Vorschau, in der der Verlag den Buchhändlern, aber auch den Lesern die Neuheiten des kommenden Herbstprogramms vorstellte. Die Vorschau, die nach Ansicht von Autoren und Autorinnen über Leben und Tod entschied. Eine halbe Seite für dein Buch auf der linken Seite: Du bist für den Verlag gestorben. Halbe rechte Seite: Füllprogramm, aber man weiß immerhin, wer du bist. Eine Doppelseite: Dein Buch ist gut, muss aber selber schwimmen. Allerdings mit dem Versprechen auf mehr, wenn es gut schwimmt. Zwei Doppelseiten: Spitzentitel! Herzlichen Glückwunsch, du hast es geschafft!

Hannas Roman sollte *drei* Doppelseiten bekommen. Er war der Aufmacher der Verlagsvorschau – sie würde die Queen des Herbstprogramms sein, und die große Marketingkampagne würde auch dieses Buch wieder an die Spitze der Bestsellerlisten katapultieren. Dafür würde jede Autorin, jeder Autor alles geben.

Hanna ging erst einmal unter.

Sie blieb unter der Wasseroberfläche und hörte ihr Herz schlagen. Panisch.

Am liebsten wäre sie einfach untergetaucht. Nicht in der Wanne, sondern tatsächlich. Hätte sich tot gestellt.

Denn das Buch, das dort so fantastisch angekündigt wurde, der neue Roman von Aly Walker, der Bestsellerautorin, auf den Tausende Fans warteten, das würde es nicht geben, wenn Hanna so weitermachte. Und prokrastinierte. Sich drückte. Panikattacken vor dem weißen Blatt bekam. Sich nicht endlich am Riemen riss. Und in Alys Haut schlüpfte, um sich eine neue Geschichte auszudenken. War denn das zu viel verlangt, Herrgott noch mal?

Ja. War es, dachte Hanna und blubberte ein bisschen unter Wasser.

Denn Aly gab es nicht. Sie war zu einem Teil Hannas Fantasie entsprungen, sie hatte sich in ihrer Biografie als zweiundzwanzigjährige Vollwaise ausgegeben, die trotz allerlei Hindernisse, die ihr das Leben in den Weg gestellt hatte, durch Liebe zum Lebensglück gefunden hatte. Und hatte darüber ein Buch geschrieben, das so viele Leser und Leserinnen liebten und in dem sie sich wiederfanden. Diese erfundene Autoren-Figur war Teil des großen Romanerfolgs. Alle liebten Aly – die Tapfere, die sich nicht unterkriegen ließ.

Und das Furchtbarste an der Sache: Hanna hatte sich noch nicht einmal die Geschichte zur Gänze ausgedacht. Sie hatte vor über zwanzig Jahren einmal beim Reisen mit Interrail eine junge Frau kennengelernt, die ihr nachts, während sie in einem leeren Güterzug in Bilbao gemeinsam auf den Tag warteten, ihre Lebensgeschichte erzählte. Die so unglaublich war, dass Hanna sie nie wieder vergessen hatte. Und in einer Zeit der puren Verzweiflung – sie hatte ihre Stelle als Buchhändlerin verloren und war arbeitslos und alleinerziehend – aufgeschrieben und einem Verlag angeboten hatte. Niemand hatte die Geschichte gewollt, bis ihre Freundin Suse ihr geraten hatte, es doch bei einem Agenten zu versuchen. In einer Sektlaune waren sie gemeinsam auf die Idee gekommen, dass es vielleicht hilfreich war, wenn die Autorin nicht um die vierzig und frisch gekündigte Buchhändlerin wäre, das hatte so einen Hauch von

Verzweiflung, sondern wenn Hanna sich als die junge Frau selbst ausgab und so tat, als hätte sie ihre Lebensgeschichte in Romanform aufgeschrieben.

Gleich der erste Agent – eben Korbinian – hatte angebissen. Wenige Wochen später lagen mehrere Angebote von Verlagen vor und hatten sich gegenseitig in der Vorschusssumme für Aly Walker überboten. Korbinian hatte – mit Hannas Einverständnis – einem großen Konzernverlag mit Marktmacht den Zuschlag gegeben und seine neue Autorin, ohne Zweifel eine wichtige Cashcow, nach Hamburg eingeladen, wo er mit ihr auf den Vertragsabschluss anstoßen wollte.

Hanna hatte sich nichts dabei gedacht, denn natürlich wollte sie ihrem Agenten und auch dem Verlag reinen Wein über die tatsächliche Identität Alys einschenken. Aber als sie das schicke Loft, in dem Korbinian residierte, betrat und sich ihm vorstellte, war dieser blass geworden. Er hatte sie angestarrt und, ohne sie zu begrüßen, gesagt: »Das darf der Verlag niemals erfahren.«

Und dabei war es geblieben.

Hanna war eine supererfolgreiche Bestsellerautorin – und niemand durfte es wissen.

»Liebe Aly, deine Worte haben mir unwahrscheinlich viel Mut gemacht, meinen Körper auch endlich anzunehmen, wie er ist …«

»… ich bin zwar keine Vollwaise so wie du, aber meine Mama ist gestorben, als ich zwölf war …«

Seit einer Stunde lag Hanna in ihrem Bett und antwortete geduldig und ausführlich auf die Nachrichten ihrer zumeist weiblichen Fans. Sie hatte sich selbst auferlegt, jeweils morgens und abends eine Stunde Social Media zu machen, das gehörte schließlich zu ihrer Arbeit. Zwischendurch aber wollte sie offline gehen, um Ruhe und Konzentration zu finden. Allerdings war ihr vollkommen klar, dass es mit diesen zwei Stunden am Tag nicht getan war, wollte sie ihrer Pflicht – je ein Post auf Instagram und Facebook – ernsthaft nachkommen. Sie bekam unglaublich viele Zuschriften, und dafür wollte sie sich Zeit nehmen. Niemals hätte Hanna geglaubt, dass sie mit Alys Geschichte die Nerven, vor allem aber Herzen so vieler junger Frauen getroffen hatte. Das, was ihre Leserinnen ihr offenbarten, ging Hanna wirklich nahe. Als Frau, aber auch als Mutter. Sie wollte jeder und jedem antworten, und wenn sie sich dafür Zeit nahm, würde sie sich die woanders freischaufeln müssen.

Als ihr Wecker heute um sechs Uhr geklingelt hatte, war Hanna alles andere als ausgeschlafen gewesen. Obwohl sie am vorigen Tag nach dem Wannenbad versucht hatte, den Gedanken an das Schreiben auszuschalten, war es ihr nicht vollständig gelungen. Sie hatte sich durch das Angebot der Streamingdienste gezappt und nach Filmen gesucht, die sich mit jungen, vom Schicksal gebeutelten Frauen, die dann doch noch das Glück fanden, so wie ihre Aly, beschäftigten. Davon gab es leider Gottes nicht so wenige, und weil Hanna das Ansehen derselben unter »Recherche« und »Inspiration« verbuchte, hatte sie bis weit nach Mitternacht mit einer Großpackung Taschentücher auf dem Sofa gelegen und sich einen Film nach dem anderen reingezogen – sich allerdings immerhin dabei sehr viele Notizen gemacht und Ideen gesammelt. Die gesunden Gemüsesticks wichen am späteren Abend einer Packung Chips, dafür wurde die mehr als halb leere Flasche Champagner durch Früchtetee ersetzt. Ein für Hanna typischer Teufelsdeal mit sich selbst: Wenn ich jetzt schon aufhöre mit dem Alkohol, darf ich mir dafür locker die fetten Snacks auf die Hüfte schmieren … Funktionierte übrigens umgekehrt genauso.

Die Meditationsbücher hatte sie am Abend im Bett lesen wollen, aber dann war es viel zu spät geworden, und sie war erschöpft sofort eingeschlafen. Zwei Stunden später war Hanna von ihren wilden Träumen wieder erwacht und hatte eine gute Stunde wach gelegen. Als ihr Wecker sie aus dem Schlaf zerrte, hatte sie also gerade einmal etwas mehr als vier Stunden geschlafen und überlegte kurz, ob sie versuchen sollte, wieder weiterzuschlafen, entschied sich dann aber dagegen. Wenn sie die vier freien Wochen damit begann, bis in den Vormittag hinein im Bett liegen zu bleiben, würde sie niemals etwas schaffen. Davon, dass sie sich wie ein Drückeberger fühlen würde, einmal abgesehen.

Also kommunizierte Hanna, so gut sie es vermochte, mit ihren Fans, postete das Foto der Champagnerflasche, das sie am Vortag noch mit klarem Kopf insta-tauglich inszeniert hatte, und machte sich dann ein großes gesundes Frühstück – in der Hoffnung, dass dieses ihre Kreativität anregen würde.

Dabei lag ihre Schreibblockade keineswegs daran, dass ihr keine Geschichte einfiel. Und auch nicht am Druck, den sie verspürte. Oder zumindest nicht nur. Hanna war blockiert, weil sie sich fühlte, als belüge sie ihre Leserinnen. Sie hatte sich in den vergangenen Wochen und Monaten als jemand ausgegeben, die sie nicht war, und sich damit das Vertrauen ihrer Leser und Leserinnen erschlichen – so empfand sie es. Korbinian hatte ihren Einwand mit einem lapidaren »Die Leute wollen belogen werden! Du verkaufst ihnen die perfekte Illusion!« weggewischt, aber damit konnte er Hannas Zweifel nicht eindämmen. Ganz im Gegenteil. So eine Autorin wollte sie nicht sein! Ihre Leser belügen? Eine Illusion verkaufen? Nein, das war alles andere als das, was Hanna vorgehabt hatte. Die Erlebnisse der jungen Frau damals aus dem Zug hatten sie zwanzig Jahre lang begleitet. Und als sie sich endlich hingesetzt und angefangen hatte, diese Geschichte in Romanform zu gießen, war sie immer wieder tief berührt davon gewesen. Sie hatte sogar beim Schreiben Tränen vergossen – nicht etwa, weil sie so genial schreiben konnte, sondern weil die Geschichte ihr so naheging.

Vielmehr war es so, dass Hanna es verfluchte, dass sie sich von Korbinian zu dem Betrug an ihrem Verlag und den Lesern hatte hinreißen lassen. Und jetzt stand sie da, musste sich eine Story aus den Fingern saugen und zu allem Überfluss so tun, als sei sie eine andere.

Ihre Antworten auf das, was ihr die Leser schrieben, aber – das waren *ihre* Antworten, die von Hanna! Dieser Zwiespalt, das Doppelleben, das war es, was Hanna schier zerriss und sie in diese Schreibblockade schlittern ließ.

Wie gerne hätte sie sich jetzt einfach hingestellt und gesagt, dass sie Hanna Werner und nicht Aly Walker war, hätte ein zweites Buch geschrieben, und alles wäre gut. Aber Korbinian hatte ihr anschaulich zu verstehen gegeben, dass der Verlag nicht verpflichtet wäre, an dem bereits geschlossenen Vertrag festzuhalten. Im schlimmsten Fall hätte Hanna das Geld, das dafür bereits geflossen war, zurückzahlen müssen, und genau das hätte sie niemals gekonnt.

Hanna war Buchhändlerin mit Herz und Seele. Seit sie ihre Ausbildung gemacht hatte, hatte sie ihren Beruf über alles geliebt, zwanzig Jahre lang. Sie hatte in mehreren Buchhandlungen gearbeitet, zuletzt zehn Jahre lang für die

Bücherjolle, ein winziges Lädchen in Lüneburg. Aber die Jolle hatte schließen müssen, wie so viele kleine unabhängige Buchhandlungen. Der Branche ging es nicht gut, und gerade die kleinen Geschäfte kämpften ums Überleben. In der Bücherjolle hatte es nur Hanna als Angestellte und Wilhelm, den Besitzer, gegeben. Wilhelm war Mitte siebzig, als er sich schweren Herzens entschloss, die Buchhandlung für immer zuzusperren. Hanna hatte gemutmaßt, dass er schon viel früher aufgegeben hätte, es aber in Sorge um sie nicht übers Herz brachte. Er wusste schließlich, dass Hanna alleinerziehende Mutter war und ihr Gehalt gerade so reichte, um zu überleben. Deshalb war es für Hanna auch nicht möglich gewesen, die Jolle zu übernehmen – obwohl sie nächtelang davon geträumt hatte. Es war ein wunderbares kleines Geschäft, drei kleine Räume in einem der hübschen roten Backsteinhäuser aus dem Mittelalter, wie sie für Lüneburg so typisch waren. Die knarzigen Holzbalken durchzogen unverkleidet die niedrige Decke der Räume, und an ihnen hatte Wilhelm kleine Figürchen, Traumfänger oder Mobiles befestigt. Ein Raum war ganz und gar für die Kinderbücher reserviert, hier stand mittendrin ein hölzernes Schiff – so groß, dass sich darauf drei oder vier Kinder tummeln konnten. Wilhelm hatte die Jolle selbst geschreinert, und sie war es auch, die dem Lädchen seinen Namen gegeben hatte.

Wie gerne erinnerte sich Hanna an die Nachmittage dort, vor allem wenn das Wetter nicht so gut war und sich die Mütter mit kleinen Kindern in der Jolle förmlich stapelten. Die Kinder spielten, die Mütter schauten Bilderbücher mit den Kleinsten an oder lasen den Größeren etwas vor. Auch konnte Ben seine Mama bei der Arbeit begleiten, wenn er schulfrei hatte oder an den Nachmittagen. Wie oft hatte er in Wilhelms Büro am Schreibtisch gesessen und dort seine Hausarbeiten erledigt! Wilhelm war ein wunderbarer Ersatzgroßvater für den Jungen gewesen und seine Buchhandlung das Paradies auf Erden. Doch leider lasen die Menschen immer weniger, und noch weniger Menschen kauften Bücher. Aus dem Grund war es für Hanna auch unmöglich gewesen, einen neuen Job zu finden. Die Buchhändler stellten jedenfalls nur noch selten Vollzeitkräfte ein.

Endlich schälte Hanna sich aus dem Bett, stellte ihr Handy auf Flugmodus und kochte sich eine Tasse Tee. Durch das schräge Dachfenster in der Küche sah sie dunkle Wolken über den Himmel ziehen, und als sie das Fenster leicht ankippte, wehte ein scharfer Wind herein. Hanna fröstelte, zog die Strickjacke enger um den Körper. Es war April, das Wetter änderte sich von Tag zu Tag und von Stunde zu Stunde. Eigentlich war der graue Himmel dazu angetan, sich auf einen langen Schreibtag einzurichten, dachte Hanna, denn sobald die Sonne schien, zog es sie nach draußen, und ihre Motivation, sich hinter den Schreibtisch zu klemmen, war eher gering.

Jetzt hörte sie Flügelschlagen, und wie auf ein geheimes Stichwort flatterte das Taubenpärchen, das Ben Hubert und Gerdi getauft hatte, auf den gegenüberliegenden Sims. Hanna griff in die Dose mit den Sonnenblumenkernen und schleuderte welche auf das Dach, von wo aus die Kernchen in die Dachrinne rutschten. Flügelschlagend und gurrend machten sich die hübschen Vögel über das Futter her, und Hanna sah ihnen zu. »Ratten der Lüfte« hatte ihr Vater die Tauben stets genannt, aber sie fand immer schon, dass es wunderschöne Geschöpfe waren, die die Missachtung nicht verdient hatten.

Schließlich riss sie sich vom Anblick der beiden los und richtete sich an ihrem Schreibtisch ein. Holte ein paar Mails ab, warf einen Blick über Facebook, beantwortete Kommentare und Nachrichten, zwang sich dann aber, nicht weiter herumzuscrollen, sondern alle Programme zu schließen, damit sie sich auf das Wesentliche konzentrieren konnte. Ihren Roman.

Bevor Hanna alles auf offline stellte, schickte sie ihrem Sohn noch eine Nachricht, dann öffnete sie den Ordner »Aly Teil zwei«. Der Ordner war so gut wie leer. Ein paar Entwürfe, die sie behalten hatte, alles andere war längst in den Tiefen des virtuellen Papierkorbs verschwunden.

Sollte sie einfach die Biografie von Aly weiterspinnen, fragte sich Hanna, oder wagte Aly Walker es, eine fiktive Geschichte zu erzählen? Mit Grübelei und ein paar Versuchen, zu einer Geschichte und Struktur, einer Inhaltsangabe oder einem Titel zu finden, verbrachte Hanna die nächsten drei Stunden und wurde zunehmend unglücklicher. In der Mikrowelle machte sie sich Karamell-Popcorn, in der Hoffnung, das würde sie trösten – Fehlanzeige.

Plötzlich klingelte es an der Tür. Frau Herbert stand draußen, auf dem Arm ihre Französische Bulldogge Fanny.

Hanna erstarrte. Hoffentlich sprach ihre Nachbarin sie nicht darauf an, dass sie sich künftig doch bitte etwas überwerfen solle, wenn sie durchs Wohnzimmer flitzte … Aber die ältere Dame hatte etwas anderes auf dem Herzen.

»Frau Werner«, setzte sie an und lächelte allerliebst. »Ist Ben da? Ich habe einen Engpass …«

Als sei sie auf das Wort konditioniert, wechselte Fanny von ihrem desinteressierten Blick zu einem treuherzigen Augenaufschlag.

»Ben ist nicht da«, sagte Hanna lahm. Ihr Sohn passte immer wieder auf die unerzogene Hundedame auf, er liebte sie, und sogar seine Freunde, die sonst in ihrem Vokabular nur die Worte »Bro«, »Digga« und »Was geht« zu haben schienen, überschlugen sich vor Begeisterung, wenn die Bulldogge auf Bens Bett thronte.

»O nein!«, sagte Frau Herbert entsetzt. »Was mach ich denn jetzt? Ich muss dringend zum Arzt, und Sie wissen ja, Frau Werner, wie ungern Fanny alleine bleibt.«

»Tja.« Hanna wollte unbedingt standhaft bleiben. Mit Fanny wurde sie einfach nicht warm.

»Sie müssen wissen, dass meine kleine Fanny immer etwas unwirsch ist, wenn ich sie alleine lasse.« Frau Werner hob Fanny an ihr Gesicht und drückte dem Hund einen Kuss auf die Schnauze.

Hanna wurde übel.

»Dann hat sie schon einmal etwas kaputtgemacht. Du, du, du!«

Frau Werner drohte ihrem Hündchen scherzhaft mit dem Finger.

Das macht sie nicht nur, wenn sie alleine ist, dachte Hanna und erinnerte sich an ihre zerbissenen Ballerinas, die Fanny sich einmal in aller Seelenruhe vorgenommen und in tausend Teile zerfetzt hatte.

»Was ist denn mit Ihrem Mann?«, erkundigte sie sich nun. »Kann der nicht auf sie aufpassen?«

»Ach, mein Mann!«, erwiderte ihre Nachbarin lachend. »Der wird mit Fanny nicht fertig.«

»Ich auch nicht«, gab Hanna im Brustton der Überzeugung zurück. Wenn Herr Herbert zu Hause war, konnte sie ihrer Nachbarin die Bitte guten Gewissens abschlagen. Es gab weitaus geeignetere Hundesitter als sie.

Frau Herbert warf Hanna einen verächtlichen Blick zu und musterte sie von oben bis unten. Hanna ahnte, was jetzt kam.

»Ich schmor sie in Rotwein und Zwiebeln, dann ist sie vielleicht genießbar«, nahm sie ihrer Nachbarin den Wind aus den Segeln und streckte grinsend die Arme nach Fanny aus.

Ihre Nachbarin riss ob der Frechheit nur die Augen auf, drehte sich auf dem Absatz um und klapperte eilig die Treppe hinunter.

Hanna schloss die Tür. Ein bisschen schlecht kam sie sich trotz allem vor. An und für sich war sie ein hilfsbereiter Mensch, und gerade den Älteren gegenüber spürte Hanna oft die Pflicht zur Nachbarschaftshilfe. Aber dass Frau Herbert den unerzogenen Hund bei ihr abladen wollte, obwohl ihr Mann zu Hause war, das musste ja nicht sein.

Zur Kompensation wählte Hanna die Nummer ihrer Eltern und plauderte eine halbe Stunde mit ihrer Mama, die sich wie immer sehr über ihren Anruf freute.

Als sie schließlich an den Computer zurückkehrte, war es bereits Mittag, Hannas Magen knurrte, sie hatte bis jetzt noch nichts Weltbewegendes zu Papier gebracht, Ben hatte ihr noch nicht zurückgeschrieben, und ihre Laune war im Keller. Gerade als sie dachte, es könne nicht mehr schlimmer werden, rief ihr Agent an.

»Du kannst nicht einfach den Kopf in den Sand stecken«, war seine überaus freundliche Begrüßung.

»Es tut mir leid«, gab Hanna schuldbewusst zurück. »Ich kann das einfach nicht. Ich bin keine Autorin. Ich glaube, wir müssen den Vertrag annullieren.«

Am anderen Ende der Leitung herrschte Schweigen. Langes Schweigen, und die Signale, die Hanna empfing, waren alles andere als positiv. Als sie gerade ansetzte, sich weiter zu rechtfertigen, sprach Korbinian endlich.

»Du schwingst dich jetzt augenblicklich in deinen Frosch und kommst hierher«, hörte sie ihn gebieterisch sagen. »Sofort! Keine Widerrede.«

Obwohl Hanna seinen Ton alles andere als angemessen fand – allerdings sprach er mit allen seinen Autoren so, sie hatte ihn mehrmals am Telefon erlebt – und sich nicht sicher war, ob sie jetzt eine Standpauke vertrug, kam ihr eine Spritztour ins nahe gelegene Hamburg gerade recht. Es war schließlich beruflich!

Also huschte sie durchs Bad, zog sich etwas an, von dem sie hoffte, dass ihr Agent – ein Mann mit untrüglichem Sinn für Style und Interior – nicht sofort die Nase rümpfen würde, und fuhr los.

Statt einer Standpauke erwarteten sie in Korbinians Loft eine eisgekühlte Flasche Prosecco und eine Auswahl frisches Sushi.

»Das hat uns der Jochi noch schnell gerollt«, winkte Korbinian ab und spielte damit die Kochkünste seines Mannes Jochen, der gute Geist im Hintergrund, nonchalant herunter. Dabei platzte er vor Stolz und schickte einen verliebten Blick zu dem Erwähnten, der Hanna gerade mit Küsschen links und Küsschen rechts begrüßte und sich dann sofort mit seinem Rennrad aus dem Agenten-Loft verabschiedete. Korbinian und Jochen führten ein Leben, wie es Hanna nur aus Illustrierten oder Fernsehfilmen kannte. Ein todschickes Loft im Hamburger Stadtteil Uhlenhorst, glänzender alter Dielenboden, großformatige Fotokunst an den Wänden, ein gelungener Mix aus teuren Designermöbeln und Fundstücken vom Flohmarkt, eine große offene Küche, die mit allem ausgestattet war, was einer Profiküche zur Ehre gereicht hätte, und eine weitläufige Dachterrasse.

Als Hanna einmal ihren Sohn hierher mitgebracht hatte – sie platzte schließlich vor Stolz, dass sie bei so einem erfolgreichen Agenten unter Vertrag war –, hatte der allerdings kaum mit der Wimper gezuckt und stattdessen gemeint, dass seine Mama lediglich ein paar weitere Bestseller schreiben müsse, dann würden sie genauso wohnen. Hanna verschwieg, dass ihr Geld im Moment trotz des Erfolges hinten und vorne nicht reichte – von so einem mondänen Lebensstil ganz zu schweigen.

Korbinian drückte Hanna sanft, aber bestimmt in den ledernen Freischwinger, nötigte ihr ein Glas Prosecco auf und sah ihr tief in die Augen.

»Weißt du, wer das hier«, er zeigte mit dem Arm einmal rundherum in seinem Loft, »alles finanziert?«

Hanna schluckte.

»Du«, sagte Korbinian ernst. »Du und eine Handvoll anderer Erfolgsautoren. Natürlich nicht du mit deinem einen Buch, aber ganz generell. Ich lebe davon, Autoren zu vermitteln und sie zum Erfolg zu führen, und wie man sieht, lebe ich gut davon.«

Er ließ die Worte ein wenig nachhallen, lehnte sich des Effekts wegen genüsslich zurück, und Hanna trank, um nichts entgegnen zu müssen, den Prosecco in einem Zug aus. Dann griff sie sich eine besonders große Sushi-Rolle und kaute, beide Backen voll Reis und Fisch, darauf herum.

»Ich habe nämlich ein Händchen für Autoren«, fuhr ihr Agent fort. »In den vergangenen siebzehn Jahren habe ich sehr, sehr viele Schriftsteller zum Erfolg geführt. Und warum?«

Hanna schüttelte den Kopf, den Mund noch immer voll Sushi. Schnell mit Prosecco nachspülen!

»Weil ich weiß, ob jemand gut ist oder nicht!« Korbinian sprang auf und kniete sich vor Hanna hin, als wolle er ihr einen Antrag machen. Er legte seine Hände auf ihre Knie, drückte sie und sah ihr fest in die Augen.

»Und du bist gut! Du kannst schreiben, Hanna, und zwar mehr als diese eine Geschichte. Du hast alles: Fantasie, Humor, Gefühl für Rhythmus, für Dramaturgie, für Sprache …«

»Echt?«, fragte Hanna ungläubig nach und spuckte dabei ein paar Körnchen Reis aus, die punktgenau auf Korbinians schwarzem Shirt landeten.

Korbinian zog angewidert die Stirn in Falten und nahm ein wenig Abstand.

»Ja, echt. Du musst dich nur endlich mal konzentrieren.« Er stand auf und ging zu seinem Schreibtisch, wo er einen Umschlag wegnahm und ihn gleich darauf Hanna entgegenstreckte.

»Was ist das?«, fragte sie, nun mit bröselfreier Aussprache.

»Eine Auszeit.« Korbinian setzte sich wieder und sah sie an. »Ein Freund von mir musste seinen Urlaub absagen. Da habe ich mir gedacht, das ist genau das Richtige für dich.«

Hanna verstand nicht, sie öffnete das Kuvert und entnahm diesem den Ausdruck einer E-Mail. Es handelte sich um die Buchungsbestätigung eines Ferienapartments.

»Du packst heute und fährst morgen los. So lange, bis der Sohnemann wiederkommt.«

»Aber …«, wollte Hanna einwenden, doch Korbinian sah sie so streng an, dass sie ihren Widerspruch lieber hinunterschluckte.

»Vier Wochen. Du schaltest alles aus, gehst in dich, genießt die Sonne und das Meer, das fantastische Essen – und schreibst die ersten hundert Seiten.«

»Und wo …?«

»Capri!«, rief Korbinian, und sein Blick verklärte sich. »Die schönste Insel der Welt!«

Die Gefühle, mit denen Hanna sich hinters Steuer setzte und nach Lüneburg zurückfuhr, waren widerstreitend und machten sie im Moment noch konfuser, als sie sowieso schon war. Dazu kam das Glas Prosecco, das sie hinuntergestürzt hatte. Alkohol am Tag vertrug sie gar nicht, und sie war nur froh, dass sie Korbinians Drängen, noch ein weiteres Glas zu sich zu nehmen, widerstanden hatte. Er hatte den Rest der Flasche dann auch ohne sie geschafft.

Einerseits war Hanna unheimlich geschmeichelt. Dass Korbinian, der nicht wenige Starautoren unter Vertrag hatte, ihr Können lobte, war eine tolle Bestätigung und Motivation.

Andererseits verstärkte dies auch schon wieder den Druck auf Hanna. Jetzt musste sie beweisen, dass sie es tatsächlich draufhatte; das zweite Buch fiel bekanntlich allen Autoren am schwersten. Außerdem hatte Korbinian ihr noch einmal die vom Verlag gesandten Vorschauseiten unter die Nase gehalten, um ihr die Situation, in der sie sich befand, dramatisch vor Augen zu führen. Weil Hanna sie so panisch weggeklickt hatte, war ihr vollkommen entgangen, dass die Seiten zwar wunderschön gestaltet waren – sogar ein Cover gab es für ihren Roman und einen Titel –, aber überall dort, wo es um den Inhalt des neuen Buches ging, Blindtext eingefügt war. Hanna, pardon Aly, war also gezwungen, in den nächsten zwei, drei Tagen eine Story zu liefern, mit der die Leute im Verlag erst einmal arbeiten konnten.

Hanna nahm sich vor, daran noch vor ihrer Abreise nach Italien gedanklich zu arbeiten.

Überhaupt, Italien.

Während sie durch die flache Lüneburger Heide fuhr, setzte Nieselregen ein, und während sich die schweren grauen Wolken wie ein altes Plumeau über sie legten, dachte Hanna an Capri. Sie war noch nie im Süden von Italien gewesen, aber sie wusste, dass es einfach ganz wunderschön dort sein sollte. Zitronen, Orangen, Oleander, duftende Kräuter, das blaue Meer, die Steilküste, Pasta, Gelato und Dolci … In ihrem Kopf reihten sich die Italienklischees aneinander wie eine endlose Perlenkette von Verlockungen. Klar hatte sie Lust, nach Capri zu fahren! Vier Wochen im Paradies, was könnte es Schöneres geben!

Andererseits war das alles sehr spontan, um nicht zu sagen, überstürzt. Wie sollte sie auf die Schnelle nach Capri kommen? Auto, Bahn, Flugzeug? Was kostete das alles? Konnte sie sich vier Wochen Capri überhaupt leisten? Eigentlich nicht, lautete ganz klar die Antwort. Und was, wenn sich ihre Schreibblockade auch dort fortsetzen würde?

»Du bist und bleibst eine Waage!«, stöhnte Suse, als Hanna bei ihr im Laden aufschlug und sich mit Capri-Reiseführern eindeckte.

»Anstatt dich einfach nur zu freuen, dass du vier Wochen aus dem grauen Norden rauskommst, findest du garantiert schon wieder ein Haar in der Suppe.«

Hanna musste zugeben, dass ihre Freundin recht hatte. Vier Wochen Capri – und sie zögerte?

Entschlossen packte sie ihre Bücher ein, verabschiedete sich von Suse und bummelte anschließend durch die Geschäfte, um sich ein paar Sachen für wärmere Temperaturen zusammenzusuchen. Mit einem rot-weiß gestreiften Badeanzug, leichten weißen Sneakers und einer Caprihose, der sie allein wegen des Namens nicht widerstehen konnte, kehrte Hanna schließlich nach Hause zurück, hinterließ Ben die Nachricht, dass er sich doch mal bei ihr melden solle, und plante ihre Reise. Nachdem sie alle Möglichkeiten – Flug, Bahn und Auto – gecheckt hatte, entschied sie sich dafür, mit dem Frosch in den Süden aufzubrechen. Ohne Frage war dies nicht die umweltfreundlichste Variante, aber Hanna flog nicht gerne, und beim Autofahren konnte sie immer so wunderbar nachdenken. Ein weiteres Argument für eine Reise mit dem Auto war, dass sie so ohne Probleme ihre Schwester mit Familie in der Nähe von Rosenheim besuchen konnte. Das lag genau auf dem Weg, und sie hatten sich lange nicht gesehen.

Der Weg ist schließlich das Ziel, dachte Hanna. Die Strecke nach Neapel ist wunderschön, ich lasse mir Zeit und kann mich beim gemütlichen Dahinzockeln mit dem Fröschlein in Stimmung bringen.

Sie googelte die Route und entschied sich, auf halber Strecke zwischen Rosenheim und Neapel einen weiteren Stopp einzulegen. Im Netz fand sie ein entzückendes Hotel in der Emilia-Romagna, das preislich zwar deutlich über ihrem Budget lag, aber Korbinian hatte sie dazu ermutigt, doch wenigstens ansatzweise das Leben einer Superbestsellerautorin zu führen und sich auch mal etwas zu gönnen.

Hanna fiel das schwer – allzu lange hatte sie ein bescheidenes Leben geführt. Alleinerziehende Buchhändlerin in Teilzeit – große Sprünge waren ihr nicht möglich gewesen. Urlaub? Fehlanzeige. Sie hatte mit Ben zwei Mutter-Kind-Kuren an der Nordsee gemacht, war regelmäßig zu ihrer Schwester nach Bayern oder zu ihren Eltern in den Schwarzwald gefahren. Was auch immer wunderschön war, weder sie noch Ben hatten etwas vermisst! Die Vorstellung, sich in ein

Hotel einzumieten, hatte für Hanna noch immer einen Hauch von Luxus. Aber das kleine Boutique-Hotel sah zu verlockend aus und eine Nacht konnte Hanna sich schon einmal verwöhnen lassen. Glücklicherweise schien ihr Domizil in Capri eher einfach zu sein, sie hatte es sich im Internet angesehen. Ein Apartment bei einem Agriturismo – es sah richtig gemütlich und familiär aus.

Hanna beschloss, sich unvoreingenommen auf die kommenden vier Wochen zu freuen. Ihr würde schon etwas einfallen. Ganz bestimmt.

Am Abend – Hanna saß schon auf gepackten Koffern und gab sich große Mühe, alles, was sie eingekauft hatte und sich nicht einfrieren ließ oder haltbar war, aufzuessen – rief Ben an. Sie erzählte ihm, was Korbinian sich für sie ausgedacht hatte. Ihr Sohn reagierte gelassen, genau wie Hanna es von ihm erwartet hatte: »Cool, Mama, super! Dann tschüs und viel Spaß.«

Hanna schaffte es gerade noch, ihm zu sagen, dass sie rechtzeitig zurück sein würde, um ihn am Flughafen abzuholen, wenn er aus London zurückkäme, aber da hatte Ben schon fast aufgelegt.

Mit einem übervollen Magen und dem Rest des Champagners, den sie am Vorabend noch in der Flasche gelassen hatte, legte Hanna sich ins Bett und fiel in einen erwartungsgemäß unruhigen Schlaf. Als ihr im Traum Bulldogge Fanny begegnete, die ungefähr viermal so groß war wie sie selbst, und der kleinen Hanna befahl, bei Fuß zu kommen, damit sie ihr eine Leine anlegen konnte, wachte Hanna schweißgebadet auf. Kurz nach zwei. Hanna trank ein paar Schluck Wasser und drehte sich wieder um.

Kniff die Augen zu und dachte an den Bescheid vom Finanzamt, der ihr vor zwei Wochen ins Haus geflattert war.

Ihre Einkommensvorsteuer war wegen des höheren Verdienstes deutlich gestiegen, um nicht zu sagen: schmerzhaft. Die nächste Rate vom Verlag floss aber erst bei Abgabe ihres neuen Manuskriptes, bis dahin würde ihr Konto gerade mal gedeckt sein, vielleicht würde sie sogar in den Dispo gehen müssen. Zum Glück hatte Korbinian ihr das Geld für Capri vorgestreckt, mit dem Hinweis, dass er es ihr von der nächsten Verlagsrate abziehen würde.

Hanna drehte sich auf die andere Seite und schielte auf die grün schimmernden Ziffern ihres Digitalweckers. Halb drei.

Ihr wurde heiß. Warum war denn die Decke so warm?

Hanna strampelte mit den Beinen, um kühle Luft unter die Decke zu lassen, und drehte sich auf den Rücken.

Es war immer noch warm. Sie schwitzte und drehte die Bettdecke um, sodass sie die kühle Seite auf ihrer Haut spürte. Was hatte ihre Yogalehrerin gesagt? Bei Schlafproblemen in die Totenhaltung gehen, tief atmen und in Gedanken durch den Körper wandern.

Hanna dachte an ihre Zehen. An die Räume zwischen den Zehen. An die Fußsohlen. Puh, schon wieder so heiß! An den Spann, die Fersen. Hatte sie noch Winterreifen auf dem Frosch? War das nicht blöd, sollte sie morgen vor der Abfahrt noch in die Werkstatt fahren? Vielleicht war der Schlafanzug zu warm, der Rücken war ja schon ganz nass. Entspannen! Körperwanderung! Ich atme ein, ich atme aus, schon Viertel vor drei.

Die Gedanken auf die Unterschenkel lenken, langsam an den Schienbeinen höher wandern, jetzt die Waden. Wenn ich nicht sofort einschlafe, dachte Hanna, dann bin ich morgen total zerschlagen und schaffe die Fahrt nach Rosenheim nicht. Sie drehte sich doch wieder auf die Seite, zog die Knie fast bis zur Nase und die Decke über den Kopf. Kniff die Augen zu und wünschte sich ganz weit weg. Tausend Gedankenfetzen rasten ihr durch den Kopf, sie sprang in Gedanken von ihren Geldproblemen zu ihrer Schreibblockade, von der Frage, ob sie die richtigen Klamotten eingepackt hatte, zu dem Problem, ob der kleine Frosch die lange Fahrt nach Süditalien überhaupt schaffen würde, ebenso wie zu der Idee, dass sie sich eigentlich mal wieder bei Wilhelm melden müsse, um ihn zu fragen, wie es ihm ging. Sie drehte sich von einer Seite auf die andere, und um halb vier schaltete sie das Licht an.

Hanna setzte sich im Bett auf. Und dachte jetzt den Gedanken, um den sie sich die ganze Zeit gedrückt hatte. Dachte an die Mail eines Buchhändlers, den sie seit Langem kannte und der mittlerweile die Filiale einer großen Buchhandelskette leitete. Die Mail war noch am Abend bei ihr eingegangen und hatte sie vollkommen aus der Bahn geworfen. Nach einer höflichen Eingangsfrage nämlich hatte sich der Bekannte erkundigt, was sie beruflich mache – er suche für seine Hamburger Filiale eine Vollzeitkraft. Zunächst einmal Schwanger- und Mutterschaftsvertretung, aber mit der Option auf eine Festanstellung.

Hanna hatte sofort gewusst, dass dies das Angebot war, auf das sie so lange gewartet hatte. Eine Anstellung, gutes Gehalt, keine Ungewissheit mehr, keine Schreibblockaden. Ihr Traumjob, noch dazu in Hamburg. Auf einen Schlag wäre sie alle ihre Probleme los.

Auf Wiedersehen, Aly Walker, auf Wiedersehen Einkommensteuervorauszahlung, auf Wiedersehen leere Verlagsvorschau, auf Wiedersehen tägliches Instagram.

Sie könnte einfach zusagen, den Vertrag mit ihrem Verlag und Korbinian auflösen, den Vorschuss zurückzahlen – in

Raten abstottern natürlich – und in die Versenkung zurückkehren, aus der sie gekommen war.

Keine Probleme mehr.

Aber auch kein Capri, kein Verlagschampagner, keine Leserinnen, die ihren Rat suchten oder ihr schrieben, wie sehr sie ihr Buch liebten.

Vier Uhr, Hanna griff zum Handy und antwortete auf die Mail. Sie dankte dem Kollegen für das tolle Angebot und fragte, wie viel Bedenkzeit sie habe. Dann löschte sie das Licht, schloss die Augen und fiel augenblicklich in einen tiefen und traumlosen Schlaf.

# Capri

Die Sonne hatte sich noch nicht aus dem Meer erhoben, um die kleine Insel mit ihren goldenen Strahlen zu wecken, als Tomasio von einem leisen Meckern geweckt wurde. Das kam aus dem Stall! Er sah auf den Wecker neben seinem Bett – erst fünf Uhr. Blitzschnell war er wach. Amanda meldete sich niemals vor sechs oder sieben Uhr, sie war eine ausgemachte Langschläferin. Wenn er das leise Meckern richtig deutete, dann war es so weit – die Geburt setzte ein!

Tomasio rüttelte seine schlafende Frau an der Schulter. »Renata, *Amore*, wach auf, es ist so weit!«

Sie drehte sich langsam zu ihm um und blinzelte müde.

»Amanda!«, erklärte Tomasio aufgeregt. »Sie hat mich gerufen.«

Renata schüttelte träge den Kopf und tippte sich an die Stirn. »Du spinnst doch, Tomasio«, sagte sie, stemmte sich aber dennoch hoch, schüttelte den Kopf, um zu sich zu kommen, und bereitete sich darauf vor, in der Küche einen starken *caffè* für sie beide zu kochen.

Tomasio dagegen lief in T-Shirt und Pyjamahose rasch hinunter, er hatte es jetzt sehr eilig, zu der Ziege zu kommen. Als er gleich darauf den kleinen Stall betrat, erkannte er auf den ersten Blick, dass er mit seiner Vermutung recht gehabt hatte.

Amanda lief unruhig auf der Streu herum, die Hinterbeine weit auseinandergestellt, als müsse sie dringend ein Geschäft erledigen. Sie ging in die Knie und schien zu pressen.

Tomasio setzte sich in die Hocke und sagte ein paar beruhigende Worte, um Amanda zu signalisieren, dass er da war und ihr helfen würde. Berühren wollte er sie nicht, das würde sie nur unnötig stressen. Die Ziege scharrte nun nervös mit den Vorderhufen. Ihre rosafarbene Zunge fuhr immer wieder aus dem Maul, dann lief sie erneut breitbeinig ein paar Schritte durch den Stall. Sehen konnte Tomasio noch nichts, aber das Fruchtwasser lief Amanda bereits an den Hinterläufen herunter.

Obwohl es nicht die erste Geburt war, der Tomasio beiwohnte – immerhin hatte er miterlebt, wie seine beiden jüngsten Kinder auf die Welt kamen –, war er jetzt schrecklich nervös. Mit den Jahren war er älter und leider auch ängstlicher geworden, und außerdem handelte es sich um eine Ziege. Hatte er etwa eine Ahnung, wie eine Ziegengeburt vonstattenging? Würde Amanda das von alleine schaffen oder würde er eingreifen müssen?

Jetzt legte sich die künftige Mutterziege auf die Seite ins Stroh, streckte die Beine von sich und meckerte leise.

Renata stand auf einmal im Stall, stellte eine Schale mit süßem Milchkaffee auf den Boden und wischte sich die Hände an ihrer Schürze ab.

»Ich geh zurück in die Küche, Tomasio. Mich macht das ganz nervös – viermal habe ich das durchgemacht und wenn ich ihr so zugucke …« Renata verzog das Gesicht, als fühle sie den Schmerz des Tieres. »Wenn du mich brauchst, dann ruf mich. Ansonsten: viel Glück.«

Tomasio tastete nach seinem Handy in der Pyjamahose, darin war die Nummer von Pippo gespeichert – dieser hatte ihm angeboten, ihm mit seinem Rat jederzeit zur Seite zu stehen, falls die Geburt der kleinen Ziegen nicht planmäßig verlaufen würde. Aber Tomasio betete, dass er die

Nummer nicht wählen musste. Ohnehin könnte Pippo ihm nur telefonisch zur Seite stehen, denn er lebte auf dem Festland, in Positano. Pippos Vater Sergio war Ziegenhirte gewesen, er hatte die wundervollen Girgentana-Ziegen gezüchtet, und Pippo kannte sich von Kindesbeinen mit ihnen aus.

Amanda drehte sich wieder auf den Bauch, ihr Hinterteil bewegte sich vor und zurück, die arme Ziege leckte sich immer hektischer mit der Zunge über die Lippen und jetzt konnte Tomasio es sehen: Ein dunkler Schopf, verklebt mit Blut und Fruchtwasser, drang aus dem Geburtskanal. Ein paar Zentimeter presste die Mama das Zicklein noch weiter hervor, dessen geschlossene Augen nun auch ans Tageslicht rutschten, aber dann schien Amanda die Kraft verloren zu haben. Ihr Kopf kippte zur Seite, sie atmete schwer, und das Ziegenbaby kam weder weiter heraus noch glitt es zurück.

Tomasio fasste sich ein Herz, auf allen vieren robbte er sich an Amanda heran, griff sehr vorsichtig nach dem Köpfchen, und als hätte die Mamaziege verstanden, dass er ihr helfen wollte, presste sie erneut. Tomasio bekam den verklebten Kopf des Zickleins zu fassen und zog sehr, sehr sanft. Es war nur eine zarte Hilfe, aber plötzlich rutschte der ganze kleine Körper aus dem Bauch seiner Mutter. Mit Stroh wischte Tomasio den Schleim von der Jungziege herunter, sodass sie befreit atmen konnte, aber da war schon Amandas Maul, die ihr Baby sauber und trocken leckte.

Glücklich beobachtete Tomasio, wie das Baby sich regte, mit seinen kleinen Beinchen zuckte und die Augen öffnete. Amanda stellte sich jetzt wieder auf, und während ihr Kopf sich zum Nachwuchs beugte, presste sie mit dem Hinterteil erneut, ging mit den Hinterbeinen tief in die Knie – und das zweite Zicklein flutschte nur so heraus und rutschte auf den Stallboden.

Tomasio hätte am liebsten vor Erleichterung laut geschrien, so glücklich war er, zu sehen, dass seine wunderbare Amanda zwei hübsche kleine Babys auf die Welt gebracht hatte. Er wischte auch dem zweiten mit Stroh den Geburtsschleim aus dem Gesicht, dann überließ er die kleine Familie sich selbst. Mit wackeligen Beinen ging er hinüber in die Küche zu Renata, die, ohne zu fragen, ihrem Mann einen winzigen Fingerhut Grappa einschenkte, die Schüssel mit dem klein geschnippelten Gemüse schnappte und sich ihrerseits in den Stall aufmachte, um die beiden neuen Erdenbürger zu begrüßen und der stolzen Mutter etwas zur Stärkung zu bringen.

Tomasio setzte sich, nippte an dem brennenden Schnaps und tippte eine Nachricht an alle seine Kinder, um sie von der gelungenen Geburt des Girgentana-Nachwuchses zu unterrichten.

Lucias Handy vibrierte auf dem kleinen Nachttisch und schickte ein fahlgelbes Licht in die Dunkelheit. Vorsichtig streifte sie den Arm ihres schlafenden Mannes neben sich ab und griff nach dem Apparat. Sie hatte bereits ein wenig wach gelegen, die Übelkeit kam schon wieder in kleinen Wellen. Als sie die Nachricht las, lächelte sie.

»Es sind zwei!«, rief sie. »Und sie sind beide gesund!«

Martin öffnete verwirrt die Augen und brauchte ein wenig, um zu verstehen, wo er war und von was seine Frau da redete.

Lucia tippte sofort eine Nachricht an ihren Papà, wie sehr sie sich freue, dass alles gut gegangen war, und dass sie später am Tag kommen und dem Ziegen-Nachwuchs einen Besuch abstatten würde.

Auch Martin freute sich jetzt, murmelte aber schlaftrunken: »Willst du sie später wirklich beide hierherholen?«

»Warum nicht?«

Martin rappelte sich hoch, küsste Lucia und rieb sich den Schlaf aus den Augen.

»Guten Morgen erst einmal.«

»Guten Morgen, *Amore.*« Glücklich schmiegte sich Lucia in seine Arme.

»Wie geht es dir?«, erkundigte sich Martin.

Lucia wiegte nur den Kopf, woraufhin Martin die Decke zurückschlug und aufstand.

»Ich mache dir ein bisschen Ingwerwasser, bleib liegen, bin gleich zurück.«

Zufrieden kuschelte sich Lucia noch einmal ein, legte sich auf Martins Kopfkissen, um seinen Geruch einatmen zu können. Sich auf die Atmung zu konzentrieren half außerdem, die Übelkeit einigermaßen in Schach zu halten.

Sie war so dankbar und glücklich für das Leben, das sie jetzt hatte: wieder auf Capri in der Nähe ihrer Familie zu sein, die Anstellung bei der Signora, die in jeder Hinsicht ein Sechser im Lotto war, und dass es ihnen im vergangenen Jahr mit vereinten Kräften gelungen war, den Palazzo samt Garten und überhaupt das Lebenswerk des Biologen Giovanni Farnese, Annunziatas Vater, zu retten.

Dass aber zu all dem Glück auch noch Martin in ihr Leben getreten war – Lucia musste sich manchmal kneifen, weil sie nicht glauben konnte, wie ihr in den Jahren davor so belastetes Leben eine solche Wendung zum Guten genommen hatte.

Jetzt kam Martin wieder zurück, in den Händen ein Tablett mit dem Ingwerwasser und trockenem Zwieback. Er selbst hatte sich einen Earl Grey gekocht.

»Ich habe für Annunziatas Frühstück schon mal alles vorbereitet«, sagte er, »du brauchst später nur noch den Tee aufzugießen.«

Damit setzte er sich vorsichtig neben seine Frau und balancierte das Tablett auf den Oberschenkeln.

»Kommst du nachher mit die Ziegen anschauen?«, erkundigte sich Lucia.

Martin schüttelte den Kopf. »Vielleicht am Abend. Aber ich habe heute einen vollen Tag. Gabriel braucht noch meine Unterstützung, und später habe ich eine Telefonkonferenz mit dem Zuständigen der EU-Kommission, bei der die Stiftung weitere Gelder beantragt hat.«

Lucia knabberte an ihrem Zwieback. »Okay. Ich muss sowieso in den Ort zum Einkaufen fahren. Dann mache ich einen Schlenker zu Mamma und Papà.«

»Um noch einmal darauf zurückzukommen ...« Martin wusste, er begab sich jetzt auf ziemlich dünnes Eis, aber es war ihm wichtig, die Sache mit den Ziegen noch einmal anzusprechen. »Müssen die Ziegen denn wirklich hier untergebracht werden? Der Palazzo ist schließlich kein Bauernhof.«

Lucia stemmte sich vorsichtig in eine aufrechte Sitzposition. »Sie sind ja noch eine ganze Zeit lang bei ihrer Mamma«, versuchte sie zu beschwichtigen. »Also mal sehen ... Aber wieso auch nicht? Ich mag Ziegen.«

Martin seufzte. Er hatte gewusst, dass Lucia das sagen würde. Und er wusste auch: Kaum wäre er wieder in Deutschland, würde Lucia Fakten schaffen. Und wenn die Ziegen erst einmal hier waren, dann würden sie auch bleiben.

»Ich meine, dein Papà hat Platz und nicht viel zu tun, er ist schließlich Rentner. Und hier dagegen ... wird das nicht alles zu viel? Ich meine, ihr habt schon die Bienen, Hühner und die beiden Hunde von der Signora.«

Lucia fiel ihm ins Wort. »Umberto kümmert sich doch hauptsächlich um die Tiere! Das ist gar kein Problem.«

Aber Martin wollte nicht lockerlassen. Er griff nach Lucias Hand und streichelte sie sacht.

»Das weiß ich. Aber Umberto ist nicht rund um die Uhr hier. Für das Futter sorgst sowieso meistens du. Am Wochenende bist auch du es, die den Stall sauber macht und sich um die Tiere kümmert. Ich weiß, das machst du gerne, aber …«

Er musste nicht weitersprechen, Lucia wusste nur zu gut, was er meinte. Was, wenn das Baby da war? Wer würde sich dann um alles kümmern? Die Signora Annunziata war neunundachtzig Jahre alt. Noch konnte sie ihre täglichen Runden im und ums Haus und im Garten problemlos bewältigen. Sie führte ihre beiden Spaniels Camillo und Beppone spazieren, fütterte die Hühner und kümmerte sich gemeinsam mit Martin um den Nachlass ihres Vaters. Aber es war nur eine Frage der Zeit, einer kurzen Zeit, bis ihre Kräfte schwinden würden. Es war Lucias Job, die alte Dame dann zu pflegen, so war es vereinbart, und Lucia hatte diese Verantwortung gerne übernommen. Sie hatte Annunziata ins Herz geschlossen, als sei es ihre eigene Großmutter oder eine enge Freundin. Selbstverständlich würde sie für die Contessa da sein, auch wenn diese nicht mehr so rüstig wäre wie bisher. Es kam für Lucia auch nicht infrage, eine Babypause zu machen – sie konnte doch problemlos ein kleines Kind und ihre Arbeit als Haushälterin vereinbaren, jedenfalls stellte sie sich das so vor.

Martin seufzte. »Ich weiß, dass du ein Sturkopf bist, aber mir ist bei dem Gedanken nicht wohl, dass du hier mit unserem kleinen Kind, dem riesigen Palazzo und einer Annunziata, die vielleicht irgendwann pflegebedürftig ist, weitgehend alleine bist.«

Er küsste ihre Hand und sah ihr tief in die Augen. Wie wunderschön seine Lucia war! Das rostbraune Haar schimmerte golden, ihre Augen waren groß, dunkel und glänzten glücklich. Weich geschwungene Lippen, hohe Wangenknochen und ein langer schmaler Hals ließen seine Frau beinahe perfekt erscheinen – zu perfekt, wenn sie nicht die etwas zu große und vor allem schiefe Nase gehabt hätte, die Martin an ihr, ebenso wie die vielen Sommersprossen, die ihr Gesicht überzogen, so sehr liebte. Wie konnte es sein, dass sich dieses Wunder von Frau in ihn verliebt hatte? Wann immer er sie ansah, konnte er sein Glück kaum fassen. Aber Martin war sich durchaus bewusst, dass ihre Liebe nicht ungetrübt war, die äußeren Umstände waren alles andere als perfekt.

»Martin, das ist schon wieder so *tipico!* Du bist einfach ...«, Lucia suchte nach dem richtigen Wort, »... *tedesco!*«

Jetzt entzog sie ihm ihre Hand, auf der glatten Stirn zeigten sich Falten. »Noch ist alles gut. Vielleicht bleibt es auch alles gut, so lange, bis wir eine andere Situation haben.«

Martin schwieg. Eine andere Situation – was das bedeutete, war ihm bewusst. Lucia hoffte, dass er nach Abgabe seiner Habilitationsschrift nach Capri ziehen würde, in den Palazzo. Aber Martin wusste, dass er ihr das nicht zusagen konnte. Professor Dr. Wehner wollte ihm das Heidelberger Institut für Biologie übertragen, und Martin hätte es lieber gesehen, wenn er Lucia und das Kind hätte zu sich nach Hause holen können. Jedes Mal, wenn sie diesen Punkt diskutierten, gerieten sie in Streit. Lucia wollte nicht weg – nicht aus Capri, nicht aus dem Palazzo, nicht von ihrer Familie und ganz besonders nicht von Annunziata. Martin dagegen wollte nicht aufgeben, wofür er seit vielen Jahren lebte: seine Forschungsarbeit. Er war mit Leib und Seele

Biologe, genauer: Lepidopterologe, Schmetterlingsforscher. Er empfand seine Arbeit als wichtig, gerade jetzt, in Zeiten von Artensterben und Klimawandel. Niemals hätte er dafür Lucia und sein Kind aufgegeben, aber er sah nicht ein, warum seine Familie nicht in Deutschland bei ihm leben konnte.

»Schluss jetzt mit der Diskussion. Lass uns noch eine Runde kuscheln, dann geht es mir wieder gut«, sagte Lucia resolut und zog Martin zu sich heran.

»Vielleicht könnte Salvatore …«, wagte der einen letzten Vorstoß in Sachen Ziegenunterbringung, bevor seine Lippen mit einem innigen Kuss versiegelt wurden.

Salvatore indes hatte andere Sorgen. Er hatte gerade seinen Transporter mit Ware beladen, um zum Markt an der Marina Grande zu fahren. Seit vielen Jahren betrieb er dort einen festen Stand und bot Obst und Gemüse an – alles aus eigenem Öko-Anbau, im Moment noch das, was in seinen beiden Gewächshäusern gedieh. Und das war zu der jetzigen Jahreszeit noch nicht besonders viel. Das Übliche: verschiedene Zucchinisorten, Gurken, viele Salate und Kräuter, erste Erdbeeren – die ebenso wie seine Tomaten noch nicht so schmeckten, wie sie sollten, da einfach die Sonne fehlte –, Pilze und frühe Artischocken, mehr gab der Anbau im Frühling noch nicht her, trotz Gewächshaus. Allerdings waren um diese Jahreszeit noch nicht so viele Touristen auf der Insel wie im Mai, die Saison lief erst an. Entsprechend bescheiden war der Umsatz. Die paar Euro, die Salvatore mit dem Marktgeschäft einnahm, reichten nur knapp, um die Unkosten zu decken. In den warmen Monaten war der Umsatz besser, er hatte mehr Ware, die von mehr Leuten gekauft wurde – aber auch viel mehr Arbeit. Eigentlich hätte er Helfer anheuern und bezahlen müssen, aber dafür reichte das Geld nicht.

Nicht, seit Clivia ihre Praxis aufgegeben hatte.

Noch bis vor drei Jahren hatte seine Frau in dem Anbau, den sie jetzt als Ferienwohnung vermieteten, eine gut laufende Hausarztpraxis betrieben. Reich waren sie dadurch nicht geworden, aber sie konnten sich gut über Wasser halten. Das Grundstück mit dem Haus samt Anbau gehörte ihnen, Salvatore hatte es von seinen Eltern geerbt. Er und Clivia hatten drei Kinder, alle waren längst ausgezogen, studierten oder arbeiteten auf dem Festland. Das war damals auch der Grund gewesen, warum Clivia sich gewünscht hatte, die Praxis aufzugeben. Sie wollte sich den täglichen Stress und Nervenkrieg nicht mehr antun, die Wochenendarbeit, das nächtliche Aufstehen bei Notfällen und vor allem: Es setzte ihr seelisch mehr und mehr zu, Menschen, die sie kannte, furchtbare Diagnosen zu überbringen, sie bis zum Tod zu begleiten, manchmal auch Geheimnisse zu bewahren, weil Kranke ihre Angehörigen nicht belasten wollten.

Also hatten sie gerechnet: Sie waren zu zweit, sie brauchten nicht viel, Salvatores Verdienst sollte reichen, um über die Runden zu kommen. Zusätzlich hatte Salvatore im vergangenen Jahr angefangen, das Apartment, das er zuvor liebevoll umgebaut hatte, zu vermieten.

Aber es reichte nicht. Das wusste allerdings nur Salvatore, und er scheute sich, Clivia damit zu konfrontieren. Sie ging in ihrem neuen Engagement auf – sie arbeitete ehrenamtlich als Ärztin für die Seenotrettung. Zwar waren die Eindrücke, die sie dort gewann, nicht minder belastend, aber der Unterschied war, dass sie die Menschen, mit denen sie zu tun hatte und denen sie so dringend benötigte Hilfe leistete, nicht persönlich kannte. Das erleichterte ihr die Arbeit.

Salvatore fand es gut und wichtig, was Clivia tat, und er sah, dass sie weniger zermürbt davon war. Sie war nicht täglich unterwegs, sondern wurde unregelmäßig zu Einsätzen gerufen, manchmal war sie mehrere Tage auf See, aber sie hatte zwischendurch immer wieder frei. Tage, die sie nutzte, um wieder Kraft zu tanken, Stunden, in denen sie Salvatore zur Hand ging, sie trieb wieder Sport, war glücklicher und ausgeglichener. Nein, Salvatore wollte auf keinen Fall derjenige sein, der ihr sagen musste, dass sie sich Clivias Engagement nicht leisten konnten. Er musste zusehen, wie er Geld einsparen konnte. Oder anderswo dazuverdienen.

Mittlerweile war er am Hafen angekommen, heute war er spät dran, die anderen Kollegen waren beinahe alle schon da. Die meisten kannte er viele, viele Jahre, sie waren eine Gemeinschaft, halfen sich beim Auf- und Abbau, tratschten miteinander und versorgten sich gegenseitig mit Kaffee oder Snacks während der langen Verkaufstage.

Salvatore parkte den Transporter in einer Lücke, öffnete die Schiebetür, und sogleich stand Claudio neben ihm und half ihm, die Gemüsesteigen aus dem Auto zu holen.

»*Ciao Salvi, come stai?*«

»*Bene* – und selbst? Hat dein Sohn endlich eine Wohnung gefunden?«

Claudio wiegte den Kopf. »Nein, noch immer nicht, du weißt, die Preise …«

Und schon waren sie in ein Gespräch vertieft, trugen die Kisten aus dem Wagen, bauten gemeinsam Salvatores Stand auf. Auch Sarah packte mit an, die den Stand direkt gegenüber von Salvatore hatte, jemand stellte ihm Kaffee mit viel Zucker hin und es dauerte nicht lange, da kamen bereits die ersten Kunden. Salvatore schwatzte und verkaufte und hatte bis zum Abend alle seine Sorgen vergessen.

# Rosenheim

Der Weg von Lüneburg nach Rosenheim führte Hanna einmal von Norden nach Süden durch die Republik; fast achthundert Kilometer Deutschland, und sie ließ sich – auch dem Frosch zuliebe – Zeit. Ohnehin fuhr Hanna nie schnell, ihr kleines Auto rappelte bei einer Geschwindigkeit von über hundertzwanzig Stundenkilometern wie eine Blechdose mit Glasmurmeln. Außerdem machte sie immer gerne eine Pause, meistens fuhr sie sogar von der Autobahn herunter, hielt in einem hübschen Ort und vertrat sich die Beine im Wald. Mit jedem Kilometer, den Hanna hinter sich brachte, besserte sich ihre Laune, wuchs ihre Zuversicht, wich der Druck von ihrer Brust. Und als ihre Schwester sie am frühen Abend mit offenen Armen in der Gartentür stehend empfing, wusste Hanna, dass es allerhöchste Zeit gewesen war, ihrer häuslichen Komfortzone einmal zu entfliehen und sich auf den Weg zu machen.

Ein paar Stunden später – die Kinder waren längst schon im Bett, der Schwager verabschiedete sich ebenfalls, und Julia, Hannas Schwester, stellte eine Schüssel mit Tiramisu und zwei Löffeln auf den Tisch – offenbarte Hanna sich und erzählte, warum sie nach Capri aufbrach.

»*Du* bist Aly Walker?« Julia fiel aus allen Wolken.

»Hast du es gelesen?«

Julia schüttelte den Kopf. »Nein. Ist nicht mein Genre. Aber an dir kommt man ja nicht vorbei. In jeder Buchhandlung liegst du fett und breit in großen Stapeln auf dem Büchertisch!«

»Das ist ja das Problem«, begann Hanna und erzählte ihrer Schwester von ihrer Schreibblockade und dem Lügengespinst, in das sie sich verstrickt hatte. Das heißt, sie wollte davon erzählen, aber Julia, deren Augen bei jedem Wort größer wurden, fiel ihr schon nach wenigen Sätzen ins Wort.

»Jetzt halt aber mal den Ball flach!«, sagte sie, und Hanna hielt erschrocken inne. Sie kannte den Ton ihrer großen Schwester und wusste: Jetzt folgte eine Ansage, und zwar eine, die sich gewaschen hatte.

»Weißt du, was meine Kinder dazu sagen würden? *First world problems!*«

Hanna schrumpfte ein wenig, wagte es aber nicht zu widersprechen.

»Oder auch auf gut Deutsch: Luxussorgen.« Julia schmiss ihren Löffel in die Tiramisu-Schüssel und beugte sich weit zu ihrer Schwester hinüber. »Du hast dich jahrelang als alleinerziehende Buchhändlerin in Teilzeit durchs Leben gequält. Olaf hat entweder gar keinen oder nur selten Unterhalt gezahlt. Du hast richtig schwere Zeiten hinter dir, und ich habe nie, ich betone: NIE!, gehört, dass du geklagt hast. Ganz im Gegenteil. Du hast es immer geschafft, dir und Ben ein wunderbares Leben zu schaffen. Und jetzt bist du eine supererfolgreiche Starautorin und jammerst hier herum? Komm schon.«

Hanna schluckte ob der harten Worte ihrer Schwester. Julia war die Einzige, die so mit ihr redete, aber sie war auch die Einzige, der Hanna es nicht übelnahm. Zumal sie wusste: Julia hatte vollkommen recht.

Jetzt fischte ihre Schwester den Löffel wieder aus der Schüssel, schaufelte sich eine extragroße Portion der fetten Sünde darauf und schob sie sich genüsslich in den Mund.

»Du bist richtig doof«, sagte Hanna und fühlte sich wieder so, wie sie sich als Sechsjährige gefühlt hatte. Wenn Julia in ihr Zimmer gestürmt kam, die improvisierte Barbie-Behausung in Augenschein nahm (einen Stuhl, über den Hanna eine Decke gehängt und damit eine mondäne Villa simuliert hatte), alles auseinanderrupfte und in Sekundenschnelle ein viel tolleres Haus daraus zauberte. Zuerst hatte Hanna geschrien, geheult, sie waren sich in die Haare geraten – nur, um schließlich stundenlang einträchtig nebeneinander in Julias Kreation zu spielen.

»Ich *bin* doof«, nickte Julia selbstzufrieden und grinste. In den Mundwinkeln Kakao, auf der Oberlippe Mascarpone, sie wirkte in dem Moment wie die achtjährige große Schwester von damals. »Ich bin doof und fies und ehrlich. Sonst sagt dir ja niemand so etwas.«

Hanna schnaufte. »Ich weiß selbst, dass das Luxussorgen sind. Aber das macht es nicht gerade besser. Ich fühle mich einfach total mies.«

Sie nahm ihr Handy, fotografierte die halb leer gegessene Schüssel und postete sie mit dem Hashtag #schwesternliebe auf ihrem Account. Ihr war eingefallen, dass sie ihre Follower heute noch nicht bedient hatte, ein unverzeihlicher Fehler, wie ihre Marketing-Freundin Nathalie geurteilt hätte.

»Was machst du da?« Julia runzelte die Brauen, und Hanna erklärte ihrer Schwester, dass Aly sehr aktiv in den Social Media war und wie wichtig das für ihre Leserinnen sei.

»Wenn du Aly Tiramisu mit ihrer Schwester essen lässt, warum nimmst du sie dann nicht mit nach Italien?«, schlug Julia daraufhin vor.

Hanna starrte ihre Schwester an. Da war es wieder: das Barbiehaussyndrom. Mit wenigen Handgriffen, beziehungsweise Worten, demontierte Julia ihr Werk, nur um es daraufhin neu und besser zusammenzusetzen. Aly in Italien, das war die Idee!

»Sie könnte auf Hochzeitsreise sein«, fiel Hanna ein.

»Und dann, in einem Hotel in Rom, treffen sie diese geheimnisvolle Frau«, spann Julia weiter.

»Jung, hübsch, mysteriös – und sie scheint Alys Ehemann zu kennen!« Hanna wurde ganz kribbelig.

»Er hat ein dunkles Geheimnis.« Julia senkte ihre Stimme und schob sich erneut einen großen Löffel Nachspeise in den Mund. Hanna tat es ihr gleich. »Zuerst denkt Aly, sie bildet es sich ein, aber dann mehren sich die Anzeichen, dass Josh etwas vor ihr verbirgt.«

»In Siena sieht Aly die Frau dann wieder, auf dem Patio …«

»… und folgt ihr durch die mittelalterlichen Gassen. Bis sie schließlich beobachtet, dass sich diese Frau mit wem trifft?!«

»Josh!«, rief Julia laut aus und schlug sich dann die Hände vor den Mund.

Hanna kicherte.

»Ich verlange dafür natürlich Beteiligung. Meinen Input gibt es nicht umsonst«, meinte Julia augenzwinkernd, als sie beide kurz darauf den Tisch abräumten.

»Du bekommst ein signiertes Exemplar«, lachte Hanna. Dann zeigte sie auf die spärlichen Reste der italienischen Nachspeise. »Aber ich glaube, du hast gerade schlimmere Probleme. Was wird deine Familie dazu sagen?«

»Ich schiebe es auf dich«, meinte Julia und kratzte aus der Schüssel gerade noch eine kleine Portion Tiramisu zusammen. »Du musst also morgen in aller Herrgottsfrüh über alle Berge sein, sonst wirst du von meiner Familie gelyncht.«

Sie kicherten beide, dann nahm Hanna ihre große Schwester in den Arm. »Vielen Dank für alles. Du bist wirklich die schlimmste beste Schwester der Welt.«

Bestens gelaunt und motiviert wachte Hanna auf. Noch in der Nacht hatte sie alle ihre Ideen in ihr Handy gesprochen, vollkommen wirr, aber das war im Moment ganz egal, alles, was zählte, war jetzt: Es waren Ideen! Sie war vollkommen überzeugt davon, dass dies eine Geschichte war, die sie – beziehungsweise Aly – glaubhaft schreiben konnte. Ihre Fantasie galoppierte mit ihr davon, im Geiste sah sie die Plätze vor sich, an denen Aly sich mit Josh, ihrem Mann, bewegte, sie wusste genau, wie die geheimnisvolle Unbekannte aussehen musste und in welcher Gefühlslage sich Aly befand.

Die Sonne war kaum aufgegangen, im Haus herrschte noch verschlafene Stille, als Hanna bereits unter die Dusche sprang und danach zum kleinen Bäckerladen lief, um Croissants für die ganze Familie zu holen – als Entschädigung für die aufgefutterte Nachspeise.

Zwei Stunden später drehte sie bereits den Zündschlüssel im Anlasser, öffnete das Faltdach des Frosches und flitzte zur Autobahn. Strahlender Sonnenschein lag über den noch immer schneebedeckten bayerischen Alpen, und Hanna wurde von einem unbeschreiblichen Hochgefühl erfasst. Kilometer um Kilometer legte sie zurück, begleitet von Donna Summer, Abba und Aretha Franklin, sie grölte die alten Hits lautstark mit, und zwischendurch rief sie an einer Raststätte Korbinian an, um ihm euphorisch von ihrer Idee zu erzählen. Ihr Agent hörte aber nur mit halbem Ohr zu, und als Hanna einmal zwischendurch Luft holte, fiel er ihr sofort ins Wort.

»Herrlich, Schätzchen, ganz wunderbar. Das wird bestimmt supi, aber ich habe noch viel bessere Neuigkeiten für dich.«

»Noch bessere?« Hanna war perplex.

»Filmoption«, raunte Korbinian ins Telefon, und Hanna hatte, nicht zum ersten Mal, das Gefühl, dass er schon ein wenig schleppend redete. Am Vormittag um halb elf? Konnte es sein, dass ihr Agent jetzt schon etwas getrunken hatte? Es dauerte einige Sekunden, bis Hanna überhaupt begriff, was er da gerade gesagt hatte.

»Film…?«

»*Right!*« Der Triumph in Korbinians Stimme war unverkennbar. »Erst mal nur eine Option, aber es ist eine der größten deutschen Produktionsfirmen. Die Produzentin will dich unbedingt kennenlernen.«

»Eine Option?« Hanna verstand nur Bahnhof.

»Das musst du nicht verstehen«, gab Korbinian zurück. »Ich treffe die Gitta heute Abend in der Bullerei, dann bekakeln wir das. Küsschen, baba!«

Und weg war er. Hanna starrte in den Hörer. Gitta? Bullerei? Die Welt, in der ihr Agent sich bewegte, war Hanna ein Buch mit sieben Siegeln. Tatsächlich wollte sie manche Sachen auch nicht so genau wissen, Korbinian zählte zu den Top Ten der Literaturagenten, also vertraute sie darauf, dass er das Beste für sie entscheiden würde.

Kaum hatte sie den Brenner überquert, machte Hanna eine Pause, schoss in der italienischen Autoraststätte ein Foto von ihrem Espresso mit herrlicher Crema und postete das Bild. Sie hatte diebische Freude daran, ihre Follower wissen zu lassen, dass sie sich in Italien befand – damit würde sie alle darauf einstimmen, dass es als Nächstes eine Italiengeschichte von ihr geben würde. Hanna hatte den Post kaum abgesetzt, da trafen auch schon die ersten verwunderten Kommentare ein.

»Italien? Wow!«

»Bella Italia – wie schön!«

»Enjoy Italy, liebe Aly!«

Zufrieden verließ Hanna die Plattform. Sie war durch und durch inspiriert und spürte – wie schon beim Schreiben des ersten Bands –, dass sie sich Aly wieder annäherte, spürte, wie sie Alys Gedanken dachte und ihre Emotionen empfand, als seien es ihre. Hanna fühlte sich wieder wie die junge Frau, deren Leben sie sich wie eine zweite Haut überstreifte, sie war jetzt nur noch zur Hälfte Hanna, zur anderen Hälfte war sie Aly – auf Hochzeitsreise mit Josh in Italien.

Am frühen Abend erreichte sie das kleine Hotel in der Nähe von Bologna. Zu Hannas großer Erleichterung war es weit weniger mondän, als es auf den Bildern im Internet ausgesehen hatte. Es lag in der Nähe eines Naturschutzgebietes unweit der Autobahn; grüne Hügel, erste Zypressenalleen, dichte Wälder säumten den Weg, und Hanna spürte, wie ihr Herz klopfte. Augenblicklich wurde sie in Urlaubslaune versetzt, es war, als würde sie durch einen Reiseprospekt fahren. Wie herrlich würde es erst auf Capri werden!

Hanna lenkte ihren Frosch auf eine gekieste Auffahrt und wurde umgehend von einer freundlichen Frau im Sommerkleid begrüßt. Tatsächlich herrschten hier schon angenehme Frühlingstemperaturen, während es in Rosenheim bei Hannas Aufbruch am Morgen zwar sonnig, aber noch sehr kühl gewesen war.

Gisela, so hieß die Deutsche, die das kleine Hotel leitete, begrüßte sie wie eine gute Bekannte, nahm Hanna am Arm und führte sie herum, während Adriano, ihr Mann, Hannas Gepäck aus dem Auto holte und aufs Zimmer brachte.

Die Anlage bestand aus drei Gebäuden, in deren Mitte sich der kleine Innenhof befand, in dem Hanna geparkt hatte. Die Mauern der Häuser – ein höheres mit rund umlaufenden Zinnen als Abschluss, ein flacher lang gestreckter Bungalow und ein größeres Gebäude, das ehemals eine Scheune oder ein Stall gewesen sein mochte – waren allesamt aus großen hellen Sandsteinquadern erbaut, ihre Dächer mit roten Schindeln gedeckt. Überall standen gusseiserne Wannen, alte Holzfässer und Terrakottakübel in jedweder Form und dienten als Pflanzkübel für Petunien, Geranien, Jasmin, Agaven, Feigenbäume oder verschiedene Kräuter.

Hanna war vom ersten Moment an schockverliebt. In ihrem ganzen Leben hatte sie noch niemals so traumhaft schön gewohnt, und jetzt ärgerte sie sich, dass sie nicht gleich zwei oder drei Nächte hier gebucht hatte. Hätte sie sich Bologna und die ihr unbekannte Emilia-Romagna doch noch ein wenig ansehen können, sicherlich hätte sie weitere Impressionen für ihre neue Geschichte sammeln können!

Gisela lächelte wissend, als Hanna ihr ihre Gedanken offenbarte, und erzählte ihr, dass sie vor einigen Jahrzehnten als junge Tramperin in die Gegend gekommen sei. Eigentlich hatte sie sich nur ein paar Lira verdienen wollen, sie war auf dem Weg nach Bari, von dort wollte sie weiterreisen nach Griechenland. Sie hatte von anderen Rucksackreisenden gehört, dass man sich etwas bei der Olivenernte verdienen konnte – früher war die kleine Hotelanlage eine

Ölmühle gewesen –, das war der Grund für sie gewesen herzukommen.

»Und dann?«, erkundigte sich Hanna ahnungsvoll.

»Bin ich geblieben!« Gisela lachte, und ihr sonnengebräuntes und von vielen Fältchen durchzogenes Gesicht strahlte vor Glück und Begeisterung. »Für immer, und ich habe es nicht eine Sekunde bereut.«

»Die Liebe«, ergänzte Adriano, der zu ihnen gestoßen war, auf Deutsch und umfasste liebevoll die Taille seiner Frau. *»Amore!«*

»Sie sind einfach hiergeblieben?«

»Aber *sì!* Und ich werde nie wieder weggehen«, bekräftigte Gisela. »Italien ist das Land meiner Träume.«

»Kein Wunder«, sagte Hanna und drehte sich einmal um die eigene Achse. »Wenn man so leben kann wie Sie …«

»Es war harte Arbeit«, warf Adriano ein. »Wir haben alles selbst gemacht, die Umbauten innen und außen, haben renoviert, waren Koch, Zimmermädchen, Rezeptionistin und Kellner. Zwanzig Jahre lang haben wir nicht geschlafen, es sei denn, wir sind vor Erschöpfung umgefallen. Aber es hat sich gelohnt.«

Gisela und Adriano strahlten sich an, und Hanna spürte einen kleinen Stich in ihrem Herzen. Wie wunderbar es sein musste, so ein Lebens- und Liebesglück wie diese beiden zu finden, dachte sie. Stattdessen stritt sie sich mit Olaf herum, der ihr vor wenigen Stunden eine ziemlich blöde Sprachnachricht hinterlassen hatte, in der er ankündigte, den Unterhalt für Ben – wieder einmal – vorübergehend einzustellen. Seine finanzielle Lage ließ eine Zahlung angeblich nicht zu. Hanna war es so leid, sich darüber zu ärgern. Das ging seit ihrer Trennung so, im Wesentlichen war sie es, die Ben durchgebracht hatte, und zwar ganz allein. Olaf zahlte nur nach Gutdünken, und das hatte in den vergangenen zehn Jahren bedeutet: so gut wie nie. Aber davon wollte sie sich das Leben und erst recht nicht diesen traumhaft schönen Italien-Aufenthalt sauer machen lassen, hatte Hanna beschlossen. Sie kamen auch ohne Olafs Unterhalt über die Runden!

»Passen Sie bloß auf«, lachte Gisela jetzt, nahm Hannas Hand und zog sie hinter sich her zu einer Wiese vor der ehemaligen Scheune. »Nehmen Sie sich in Acht vor Italien, nicht wenige verlieben sich Knall auf Fall und kommen nie wieder davon los. Dieses wunderbare Land kann süchtig machen.«

Sie führte Hanna zu einem hölzernen Liegestuhl, schüttelte die darauf liegenden bunten Kissen etwas aus und sagte: »Wenn Sie sich frisch gemacht haben, dann wartet dieses Plätzchen hier auf Sie. Bis zum Essen ist es noch etwas hin, aber ich bringe Ihnen gerne ein paar Oliven, Brot und einen Aperitivo. Einverstanden?«

Und ob Hanna einverstanden war! Sie ließ sich von Gisela noch ihr Zimmer zeigen – sehr schlicht, aber geschmackvoll –, wusch sich das Gesicht und legte leichtes Make-up auf. Für Ben und ihre Eltern nahm sie ein kurzes Video auf, filmte die herrliche Aussicht aus ihrem Zimmer und ließ ihre Familie wissen, wie überaus gut es ihr ging. Dann nahm sie sich ein Buch aus der Reisetasche – einen Capri-Krimi, den ihr Suse wärmstens ans Herz gelegt hatte – und suchte den für sie reservierten Liegestuhl auf. Auf dem Beistelltisch stand bereits ein kleiner Teller mit Oliven, appetitlichen Stückchen Pecorino sowie getrockneten und in Öl eingelegten Tomaten. Hanna sank in den Stuhl und atmete tief aus. Der Blick von ihrem Platz durfte in die Ferne schweifen, von Hügel zu Hügel und Wäldchen zu Wäldchen. Irgendwo dort hinten, im Osten, war die Adria, in Richtung Süden erkannte sie im Dunst der heraufziehenden Dämmerung die Dächer und Türme von Bologna, der altehrwürdigen Universitätsstadt. Der Autor Umberto Eco kam ihr in den Sinn und wie fasziniert sie von seinem Buch *Der Name der Rose* gewesen war. Mit Sicherheit würde sie hierher noch einmal zurückkehren, schwor sich Hanna, und der Hauptstadt der Emilia-Romagna einen Besuch abstatten.

Im Rücken der Häuser zog sich die Bergkette des Apennins bis zur Adria, von ihrem Zimmer aus hatte sie sehen können, dass auch auf diesen weit entfernten Gipfeln noch Schnee lag. *Mare e Monti*, Meer und Berge – das war die Emilia-Romagna, die südlichste Region Norditaliens. Die Italiener hatten es sogar verstanden, das in ein Gericht umzusetzen: Pasta mit Meeresfrüchten und Pilzen. Ein Gedicht, Hanna hatte es einmal bei ihrem Lieblingsitaliener (der allerdings, wie sich Jahre später herausgestellt hatte, aus der Türkei stammte) in Lüneburg gegessen.

Von hier an würde sie ihr Weg in den Süden führen, nach Neapel und von dort nach Amalfi. Mit ihren Vermietern Salvatore und Clivia Trettani war verabredet, dass sie ihr Auto auf dem Parkplatz einer Limonenplantage abstellen sollte. Clivia wollte sie in Amalfi, wo sie ohnehin zu tun hatte, mit dem eigenen Boot abholen, die Überfahrt nach Capri war von dort ähnlich lang wie von Neapel aus.

Die Trettanis hatten Hanna unmissverständlich zu verstehen gegeben, dass man auf Capri keinesfalls ein eigenes Auto brauche, und Hanna war das ganz recht so. Sie hatte gar nicht vor, auf der kleinen Insel motorisiert unterwegs zu sein. Sie musste ohnehin schreiben, also würde sie sich auf ein paar Wanderungen beschränken. Ihre Vermieter hatten einen eigenen winzigen Strand, das reichte ihr vollauf. Und sollte sie dennoch zum Sightseeing einmal von Anacapri nach Capri, zur blauen Grotte oder Punta Carena fahren wollen, so verkehrten Busse auf der Insel.

Hanna war so vertieft in ihre Gedanken und die traumhafte Aussicht von der Wiese, dass sie nicht gemerkt hatte, wie jemand ein Glas Campari auf Eis neben sie gestellt hatte. Hanna nahm einen kleinen Schluck, schmeckte die bittere Süße auf der Zunge und sog die nach Frühlingsblüten duftende Luft tief in ihre Lungen. Langsam wurde es auch hier frisch, sie raffte die leichte Strickjacke vor dem Körper fester zusammen und schloss die Augen.

Fühlte sich so ihr neues Leben an? Würde sie es endlich schaffen, sich mit Aly zu arrangieren und damit, dass sie in Zukunft ein Leben als Erfolgsautorin führte? Als eine, die von Tausenden Lesern und Leserinnen verehrt und deren Bücher verfilmt wurden? Würde sie eine zweite Cornelia Funke oder gar Stephenie Meyer werden?

Wohl kaum, gab sich Hanna eine ehrliche Antwort, aber vielleicht würde sie es auch in Zukunft schaffen, vom Schreiben zu leben. Als Buchhändlerin wusste sie nur zu gut, dass dies nur den wenigsten Schriftstellern vergönnt war. Sogar Autoren von bekannten Büchern fristeten allzu oft ein Leben, in dem sie gerade so über die Runden kamen. Dass sie, Hanna Werner, heute hier über den Hügeln der Emilia-Romagna in einem zauberhaften Hotel residierte, Campari trank und sich verwöhnen ließ – das war alles andere als repräsentativ für eine Schriftstellerkarriere.

Und so recht wollte Hanna ihrem Erfolg nicht über den Weg trauen. *You got me* war vielleicht eine Eintagsfliege gewesen. Es war durchaus möglich, dass ihr nächster Roman die Leserinnen enttäuschte, dass weitaus weniger Anhänger ihr folgen mochten. Ja, sogar ein Flop lag im Bereich des

Möglichen, auch das war Hanna allzu schmerzhaft bewusst. Die Herzen der Leser waren nicht käuflich, auch nicht durch eine noch so große Marketingkampagne, das hatte sie schon oft erlebt. Und dann? Würde ihr der Verlag weiterhin sein Vertrauen schenken? Neue Verträge abschließen? Konnte sie die nächsten zehn oder zwanzig Jahre auf einer Erfolgswelle reiten? Ganz sicher nicht. Das, was sie bis jetzt mit *You got me* verdient hatte, war von Steuern und Schulden aufgefressen worden, sie hatte das wenige Geld, das ihr geblieben war, wohlweißlich zusammengehalten. Mal ein paar teure Sneaker für Ben, eine schicke Handtasche für sich selbst – das war das Maximum der Verschwendung gewesen. Dass Korbinian sie animierte, sich auch mal etwas Luxus zu trauen, war lieb gemeint und bestimmt nicht vollkommen verkehrt. Schließlich durfte sie ihren Bestseller auch mal feiern. Aber sie durfte sich nicht darauf ausruhen. Erfolg, zumal am Buchmarkt, war selten von Dauer.

Adriano riss Hanna aus ihren Gedanken, er rief alle Gäste zum Essen. Dieses wurde im Haupthaus, dem lang gestreckten Bungalow, eingenommen, ein nach allen Seiten hin offener großer Raum, mit antikem Cotto-Boden, in dessen Mitte sich eine lange, schlicht mit weißem Tischtuch gedeckte Tafel befand. Reservierte Plätze oder Einzeltische gab es nicht – man setzte sich in der Reihenfolge des Ankommens auf den nächsten freien Stuhl. Große Karaffen mit Rotwein, Weißwein und Wasser standen auf der Tafel, Gläser nahm man sich selbst, ebenso das Besteck. Und dann wurde aufgetischt. Schüssel um Schüssel wurde aus der Küche getragen und wanderte schließlich von Gast zu Gast. Hanna saß eingeklemmt zwischen einem schlecht gelaunten Pubertisten, dem es offenbar wenig behagte, dass er in seinem hohen Alter – geschätzte 15 – noch mit seinen Eltern verreisen musste, und einer deutschen Ärztin, die sich von einem Kongress ein paar Tage erholen wollte. Im Lauf des Abends gelang es Hanna, den Jungen aufzumuntern, sie hatte schließlich Erfahrung mit dieser Spezies. Dabei half ihr ein humorvoller Rentner, der ihr gegenübersaß und sich auf Vogelbeobachtungsreise befand. Er hatte, typisch Berliner, jede Menge komischer Sprüche auf Lager und brachte damit die versammelte Tischrunde zum Lachen. Fast alle Gäste stammten aus Deutschland und waren Stammgäste. Die Stimmung war familiär, Gisela, die ab und an aus der Küche kam, sich zwischen die Gäste auf einen Plausch an den Tisch setzte, zauberte eine entspannte und gelassene Atmosphäre, in der sich auch Hanna als allein reisende Frau keine Sekunde lang einsam oder alleingelassen fühlte.

Erst gegen elf war sie auf ihrem Zimmer, aber anstatt von dem langen Tag ermüdet in ihr Bett zu fallen, klappte sie noch den Laptop auf und begann, an ihrem Text für die Vorschau des Verlags zu schreiben. Eigentlich hatte Hanna vorgehabt, nur einige wenige Gedanken zu skizzieren, aber dann floss der Text durch sie hindurch wie Wasser und sie konnte einfach nicht aufhören. Ihre Sätze fügten sich fast von selbst aneinander, wie Dominosteine stieß ein Gedanke den anderen an, und als Hanna weit nach Mitternacht in den Schlaf fiel, hatte sie den Text für ihre Lektorin fertig geschrieben und abgeschickt.

Der dritte Tag auf der Autobahn zermürbte Hanna trotz aller Freude, ihrem Ziel immer näher zu kommen. Eintausenddreihundert Kilometer hatte sie zurückgelegt, immer in der kleinen klappernden Kiste, sechshundert lagen heute noch vor ihr. Sie schimpfte sich eine Idiotin, dass sie den Frosch nicht bei ihrer Schwester stehen gelassen hatte und mit dem Nachtzug von München nach Neapel aufgebrochen war. Früher, dachte Hanna, hatten ihr solche Mammutstrecken gar nichts ausgemacht. Aber früher, das war auch gute zwanzig Jahre her …

Am Nachmittag erreichte sie Capua, kurz vor Neapel, dort setzte sie den Blinker zu einer Raststätte. Sie musste auf die Toilette, außerdem verspürte sie das dringende Bedürfnis, sich ein bisschen Wasser ins Gesicht zu spritzen. Obwohl es erst April war, stach die Sonne unerbittlich vom Himmel herunter, und ihr Fröschlein besaß keine Klimaanlage. Ständig mit offenem Fenster zu fahren, hielt Hanna jedoch wegen der Geräusche nicht aus, deshalb fühlte es sich an, als sei sie in einem Thermomix auf vier Rädern unterwegs.

Auf dem Weg von der Toilette zu ihrem Auto holte sie sich ein leckeres Panino, einen Cappuccino und einen Liter Wasser und setzte sich am Rand des Parkplatzes in den Schatten. Freie Bänke gab es nicht, also nahm Hanna mit dem Bordstein vorlieb. Es roch nach Diesel und verbranntem Gummi. Sie dachte wehmütig an das traumhafte Frühstück bei Gisela und Adriano zurück, das sie an einem kleinen Tischchen im Innenhof des Hotels eingenommen hatte. Zwei Katzen waren um ihre Beine gestrichen, der Jasminstrauch neben ihrem Platz hatte sie mit seinem zarten und süßen Geruch betört, und außer den dezenten Gesprächen der anderen Gäste hatte sie lediglich das Gezwitscher der Vögel gehört.

Dagegen hier – was für ein trostloser Platz! Autobahnen waren eben nirgendwo schöne Orte, nicht einmal in Italien.

Aus den Augenwinkeln nahm Hanna wahr, dass ein Mann zu einer Mülltonne ging, die vielleicht fünf Meter von ihr entfernt war. Er öffnete sie und warf etwas hinein. Als der Deckel wieder zufiel, hörte Hanna den Mann laut in einer ihr fremden Sprache schimpfen. Er schien nach etwas zu treten und tatsächlich konnte sie gleich darauf das hohe Fiepen eines Tieres hören, einen Schmerzensschrei. Der Mann schimpfte und trat noch einmal zu, instinktiv erhob sich Hanna und ging, wie von einer unsichtbaren Schnur gezogen, zu der Mülltonne.

Obwohl sie selbst keine Haustiere besaß, war Hanna beinahe krankhaft tierlieb. Ein Regenwurm mitten auf dem Gehweg? Wurde sofort von ihr in feuchte Erde umquartiert. Eine Spinne im Haus? Glas drüber, Papier darunter geschoben, und das fragile Geschöpf wurde dort ausgesetzt, wo es sich wohler fühlte. Jede noch so räudige Katze musste von ihr gestreichelt werden, Hummeln und Bienen wurden mit Zuckerlösung aufgepäppelt.

Nur Fanny – die konnte sie nicht leiden. Hanna glaubte allerdings, dass es wie immer eher an den Besitzern als am Hund selbst lag, dass sie so wenig Sympathie für die Bulldogge empfinden konnte.

Mittlerweile hatte sie die Mülltonne erreicht, der Mann kam ihr entgegen, drehte sich um, zeigte verächtlich auf den Boden neben der Mülltonne und sagte etwas zu Hanna, was sie nicht verstand. Als er ein paar Schritte von ihr entfernt war, erkannte Hanna, dass sich neben der Mülltonne ein Fellbündel zusammengekauert hatte.

Ein wimmerndes Bündel.

Es hatte einen Schwanz und eine schwarze Nase. Dunkle Knopfaugen.

Es war, so viel war klar, ein Hund. Ein kleinerer Hund, ungefähr so groß wie ein Pudel, entweder eine kleine Rasse oder noch ein Welpe, das war schwer auszumachen.

Der Hund duckte sich tief, als Hannas Schatten auf ihn fiel, und versuchte, vor Hanna zu flüchten, aber offensichtlich hatte der Mann das Tier verletzt, es humpelte. Hannas Herz zerbrach angesichts des kleinen hilflosen Geschöpfs in tausend Teile. Ihre Hand zuckte zu dem kleinen Wesen, aber als sie merkte, wie sehr das Fellbündelchen zitterte, zog sie ihre Hand zurück. Der Hund hatte entsetzliche Angst, kein Wunder, schließlich war er soeben getreten worden!

Irgendjemand hatte den Hund hier ausgesetzt, dachte Hanna empört, an der Autobahn! Wie barbarisch! Wie oft las sie in der Zeitung von diesen Fällen, immer wieder verbreiteten Tierschützer die Nachricht, dass Leute zu Ferienbeginn einfach ihre Tiere aussetzten, weil sie keine Betreuung organisieren oder bezahlen konnten. Für Hanna waren solche Zeitgenossen Menschen ohne Herz, ihrer Meinung nach war jemand, der so etwas tat, nicht nur Tieren gegenüber ohne Empathie, sondern auch seinen Mitmenschen.

Mittlerweile war sie in die Hocke gegangen und versuchte, das Tier mit leisem Zungenschnalzen anzulocken, aber das Fellbündel reagierte nicht, es zitterte stattdessen zum Erbarmen. Bei näherer Betrachtung fiel Hanna allerdings auf, dass das Fell des kleinen schwarzen Tieres verfilzt und staubig war. Entweder war es schon vor Längerem ausgesetzt worden oder es wurde von seinem Besitzer kläglich vernachlässigt.

Hanna entschloss sich, in der Raststätte Hilfe zu holen, vielleicht hatten die Angestellten die Möglichkeit, das Tier einzufangen und der Polizei oder einem Tierheim zu übergeben. Außerdem würde sie ein Schälchen Wasser organisieren, denn hier gab es weit und breit nichts zu trinken.

»Das Viech retten?« Die Angestellte hinter der Kasse lachte freudlos auf. »Das lungert schon ein paar Tage hier herum. Soll es doch krepieren!«

Hanna starrte die Frau an. Sie sprach leidlich Italienisch, vor vielen Jahren hatte sie einen Kurs an der Volkshochschule belegt und nun all ihr Wissen zusammengekratzt, um die Not des kleinen Wesens dort draußen darzulegen.

»Aber das können Sie doch nicht ernst meinen!«, rief sie empört. »Der Hund muss irgendwo hin, ein Tierheim, die Polizei, keine Ahnung. Bitte, tun Sie doch irgendwas!«

Die Angestellte seufzte und schlug einen versöhnlicheren Ton an.

»Hören Sie, Signora. Mir tut es ja auch leid, aber diese Streuner, die kommen alle naselang hierher. Wenn ich anfange, einem zu helfen, dann muss ich allen helfen. Und was sagt mein Chef dazu, wenn ich nicht arbeite, sondern mich um die Tiere kümmere? Die mich nichts angehen? Der wirft mich raus! *No, no*, Signora, da kann ich nichts machen.«

Hanna schwieg. Sie schwieg, weil sie ahnte, dass die Frau wahrscheinlich recht hatte, sicherlich würde sie Ärger mit ihrem Chef bekommen. Einerseits. Andererseits wusste Hanna, dass sie an der Stelle der Frau einen Rauswurf wahrscheinlich in Kauf genommen hätte. Sie hätte vermutlich alles aufs Spiel gesetzt, um dem Hund zu helfen. Allerdings hatte sie in Wilhelm jahrelang einen Arbeitgeber gehabt, der allem gegenüber nachsichtig war.

Und ja, wenn man einem Hund half, dann musste man allen helfen, da stimmte Hanna der Frau hinter der Kasse zu. Aber sie erkannte auch, dass sie hier ans Ende der Diskussion gelangt war. Sie konnte keine Hilfe erwarten.

Stumm drehte sie sich um, ging zum Kühlregal und holte eine Packung mit Prosciutto cotto heraus, legte sie aufs Band und zahlte.

Die Kassiererin sah Hanna mitleidig an.

»Es gibt ein Tierheim«, sagte sie, »in Capua. Dreißig, höchstens vierzig Kilometer von hier.« Sie kritzelte etwas auf einen Zettel und überreichte ihn Hanna. Dann wandte sie sich an den nachfolgenden Kunden.

»Grazie«, gab Hanna zurück und verließ die Raststätte. Sollte sie den Hund ins Tierheim bringen? Dreißig oder vierzig Kilometer nach Capua und wieder zurück – das würde sie über eine Stunde Zeit kosten! Sie musste heute noch nach Amalfi, sie wollte ungern zu spät dort ankommen, schließlich wollten die Trettanis sie sicherlich nicht im Dunkeln übers Meer schippern.

Aber den Hund hier an der Autobahn allein zu lassen bedeutete, ihn seinem Schicksal zu überlassen, und das brachte Hanna nicht übers Herz.

Sie ging zurück zu der Stelle am Bordstein, wo sie gesessen hatte, dort standen noch die leere Cappuccino-Tasse und ihre Flasche mit Wasser. Hanna nahm die Untertasse und die Wasserflasche und ging wieder zu der Mülltonne. Das kleine Fellbündel saß noch immer dort, presste sich an das schwarze Plastik der Tonne, als wüsste es, dass es dort im Schatten mit seinem dunklen Fell kaum sichtbar war.

In sicherer Entfernung hockte Hanna sich hin, goss Wasser auf den Unterteller und schob diesen nahe an den kleinen Hund. Eine Scheibe von dem gekochten Schinken legte sie daneben.

Dann wartete sie.

Zuerst rührte sich gar nichts. Nach einigen Minuten wackelte schnuppernd das kleine Näschen in Richtung Teller und Schinken.

Kurz darauf erschien eine rosa Zungenspitze.

Na also, dachte Hanna, ich dachte mir doch, dass das etwas für dich ist.

Das Fellbündel machte sich ganz flach, legte sich auf den Bauch und streckte neugierig den Kopf in Richtung Teller, die Augen immer wieder prüfend auf Hanna gerichtet. Diese bewegte sich vorsichtig einige Schritte zurück, zum Zeichen, dass von ihr keine Gefahr ausging.

Und tatsächlich, nach gut zehn Minuten hatte sich das struppige Wesen so weit vorgerobbt, dass es die Nase am Unterteller hatte. Der Hund schnupperte und steckte die Zunge ins Wasser. Dann ging es ganz schnell. Der Kleine erhob sich, gab seine Deckung auf und trank gierig. Der Unterteller war im Nu leer geschlabbert. Sekundenschnell schnappte sich der Hund den Schinken und lief wieder zurück zur Mülltonne, in den Schatten, wo er das tolle Geschenk von Hanna umgehend verschlang.

Hanna wagte es, Wasser nachzufüllen, und legte erneut ein Stück Schinken daneben. Danach zog sie sich wieder auf ihren Beobachtungsposten zurück. Der Hund – oder besser: die Hündin, so hatte es jedenfalls den Anschein, beäugte Hanna ihrerseits skeptisch, immer wieder blitzte das Weiß ihrer Augen durch das Haargestrüpp. Dieses Mal dauerte es schon etwas weniger lang, bis sich die kleine Streunerin aus der Deckung wagte, es war das gleiche Spiel wie beim letzten Mal: Hanna wich etwas weiter zurück, das Hundemädchen trank das Wasser aus, schnappte sich den Schinken und flitzte mit ihrer Beute zur Mülltonne zurück.

Beim dritten oder vierten Mal wagte es Hanna, ihr Handy vorsichtig herauszuholen und das struppige Knäuel zu filmen. Zuerst zögerte der Hund, weil sich die Situation verändert hatte, gab dann aber erneut seine Skepsis auf – zu groß waren Hunger und Durst.

Hanna schickte den kurzen Clip an Ben, und anders als gewohnt kam die Reaktion umgehend. Viele rote Herzchen und ein »Mama, der Hund ist so süß!«.

Hanna konnte ihrem Sohn nur beipflichten. Das kleine Hundewesen – das jetzt nur noch ein klein wenig eines der Hinterbeinchen nachzog – war trotz des ungepflegten Fells ein Herzensbrecher. Oder vielmehr eine Herzensbrecherin. Der dünne Schwanz, das kecke Weiß der Augen, die zartrosa Zunge – nein, Hanna würde nicht fahren können, ohne dem Tier zu helfen.

Während die Kleine mit ihrer vierten Schinkenscheibe beschäftigt war, zog Hanna ihren Cardigan aus. Sie füllte das Wasser auf die Untertasse, legte das letzte Stückchen Schinken daneben – und blieb näher daran sitzen.

Die Hündin bemerkte das durchaus und zögerte. Hanna tat, als sei sie anderweitig beschäftigt, und kratzte mit ihrem Fingernagel auf dem Boden herum, als habe sie dort etwas sehr Interessantes entdeckt, etwas, das sehr viel wichtiger war als ein herrenloser Hund. Dabei ließ sie das schwarze Geschöpf jedoch nicht aus den Augen.

Ihre Finte ging auf – der Hund entschied sich schlussendlich, von seinem knurrenden Magen getrieben, die Futterstelle erneut aufzusuchen. Der gekochte Schinken war vermutlich eine Delikatesse, wie sie der kleine Streuner noch niemals in seinem Leben gekostet hatte! Kaum hatte er sein Köpfchen über die Untertasse gebeugt, schmiss Hanna ihre Strickjacke über ihn und packte sich den kleinen Körper. Ihre Aktion glückte, obwohl das Hündchen schon zurückzuckte, kaum hatte Hanna sich bewegt, aber da Hanna schlecht im Werfen und noch schlechter im Zielen war, wurde das Hündchen doch unter dem Stück Stoff begraben. Jetzt wehrte es sich mit Klauen und Zähnen, zappelte und jaulte, sodass Hanna sich entsetzlich vorkam, als sei sie die Tierquälerin und nicht der grobe Mann von vorhin.

Sie schaffte es dennoch, das sich heftig wehrende Tier in ihr Auto zu verfrachten, setzte es in den Fußraum vom Beifahrersitz und zog ihre leichte Jacke zurück. Augenblicklich schnappte die kleine Hündin nach ihr. Es tat weh, aber der Biss ging nicht tief, die kleinen, nadelspitzen Zähne hinterließen lediglich zwei tiefe Abdrücke in Hannas Handgelenk, aber keine Wunde. Sie rückte auf ihrem Fahrersitz etwas nach hinten, der schwarze Hund dagegen suchte Sicherheit unter dem Sitz, machte sich ganz flach und presste sich auf den Boden.

Hannas Herz klopfte bis zum Hals. Ihre Hände waren schweißnass, sie fühlte gleichzeitig das Adrenalin durch ihren Körper pulsieren und wie ermattet sie war. Außerstande, jetzt den Motor anzulassen, versuchte sie, sich an ihre Yoga-Atemübungen zu erinnern, und blickte nach oben durch das Faltdach in den noch immer strahlenden Himmel. Während sie tief durch die Nase einatmete, um sich zu beruhigen, nahm sie den stechenden Geruch von Urin wahr. Sie warf wieder einen Blick in den Fußraum und sah eine Pfütze auf der Gummimatte. Unendliches Mitleid mit dem kleinen angstvollen Wesen überkam sie. Was mochte diese junge Seele schon erlebt haben?! Warum war sie nicht bei ihrer Mama, hatte sie jemals ein Zuhause besessen oder war sie irgendwo auf der Straße geboren? Sicher hatte die Suche nach Nahrung sie zu der Raststätte getrieben, freiwillig würde sich wohl kein Hund in die Nähe von der Autobahn begeben, dahin, wo die Gefahr zum Greifen ist.

Hanna beschloss, die Pfütze Pfütze sein zu lassen und das mit Sicherheit traumatisierte, auf alle Fälle aber gestresste Hundekind so schnell wie möglich in Sicherheit zu bringen. Sie faltete den Zettel der Kassiererin, den sie aus der Hosentasche kramte, auf und las die Adresse des Tierheims ab. Diese gab sie in die Karte ihres Handys ein und startete die Routenfunktion. Ankunft in fünfunddreißig Minuten. Seufzend ließ Hanna den Motor an und fuhr los.

Sie konnte sich anhand des Handy-Navis erstaunlich gut orientieren, was auch daran lag, dass der Weg zum Tierheim nicht durch eine Stadt, sondern nur über Landstraßen außerhalb von Capua führte. Dieses Mal war Hanna blind für die Schönheit der Landschaft, sie konzentrierte sich auf den Weg und warf zwischendurch immer wieder einen Blick auf den flach auf den Boden gepressten Hundekörper. Es schmerzte sie, dass sie nicht mehr für die kleine Seele tun konnte, und sie hoffte inständig, dass die Leute im Tierheim sich gut um die Kleine kümmerten. Ihr Beinchen versorgten, sie badeten und ihr die Sicherheit boten, die sie brauchen würde, um sich ein wenig zu beruhigen. Am allermeisten aber wünschte Hanna ihr ein schönes Zuhause! Dass bald schon jemand käme und sich der süßen Knuddelmaus annähme.

Bei dem Tierheim handelte es sich um einen grauen, lang gestreckten Flachbau, der Putz blätterte an vielen Stellen von der Mauer, und auch das Dach bedurfte einer dringenden Erneuerung. Überhaupt wirkten das Gebäude und seine Umgebung trostlos und heruntergekommen.

Hanna stieg aus und ließ die Hündin im Wagen. Die Leute im Tierheim würden sich nicht so ungeschickt anstellen wie sie, die befürchten musste, dass es nicht ohne beidseitige Verletzung abgehen würde, wenn sie das wehrhafte Hündchen erneut zu packen versuchte.

Eine junge Frau in Kittel und Gummihandschuhen öffnete auf ihr Klingeln hin die Tür. Sofort drangen infernalisches Gebell, Gejaule und Gewinsel aus dem Inneren an Hannas Ohr.

»*Prego?*« Die Frau sah Hanna misstrauisch an.

Hanna versuchte, so gut es ging, die Situation zu erklären, und als die Frau begriff, dass sie einen Hund abgeben wollte, anstatt einen zu adoptieren, stöhnte sie auf und wischte sich mit dem Gummihandschuh über die Stirn.

Sie wirkte gestresst, und Hanna fragte sich, wie man es aushielt, viele Stunden am Tag in dieser Lärmkulisse zu arbeiten. Davon, dass ihr Herz angesichts der unglücklichen Tiere ohne ein Zuhause brechen würde, mal ganz abgesehen.

Die Frau bat Hanna hinein und führte sie in ein winziges Büro, in dem hinter Papierstapeln, Beuteln mit Futter, diversen Katzen- und Hundebetten ein untersetzter Herr mit Brille saß.

Hanna brachte erneut ihr Anliegen hervor, in radebrechendem Italienisch, aber in der Hauptsache konnte sie sich verständlich machen: Sie habe einen Streuner an der Autobahn eingefangen, der nun in ihrem Auto saß, und sie wolle den Hund abgeben. Die Reaktion war die gleiche wie bei der Frau. Der Mann stöhnte gestresst, nickte dann aber, zog sich Arbeitshandschuhe an und schlängelte sich hinter seinem Schreibtisch hervor. Währenddessen erklärte er Hanna, dass das Tierheim überfüllt und unterfinanziert war, jedes Tier, das zu ihnen kam, brächte ihn und seine Mitarbeiter, vor allem aber ihre Finanzen, an den Rand des Möglichen. Und da das Heim so nah an der Autobahn lag, käme es leider nur allzu häufig vor, dass Fundtiere, die dort strandeten, zu ihnen gebracht wurden.

Hanna wusste nicht, was sie dazu sagen sollte. Selbstverständlich war ihr klar, dass niemand mit offenen Armen auf die kleine Streunerin in ihrem Frosch wartete, aber was hätte sie sonst tun sollen? Sie erklärte dem Mann noch einmal, dass sie sich nur auf der Durchreise befand, aber der hörte ihr kaum zu. Stattdessen öffnete er die Autotür, packte das schwarze Bündel rigoros, hielt ihm mit einem schnellen Griff die Schnauze zu und beförderte den kleinen Wicht in eine Gitterbox.

Hanna blickt auf das Hundemädchen, das wie verrückt kläffte, wütend, enttäuscht und überfordert. Sie drehte sich fortwährend um die eigene Achse, aber der Mann nahm ungerührt den Käfig hoch und trug sie damit ins Innere des Heims.

»Was passiert jetzt mit ihr?«, erkundigte sich Hanna.

Der Mann stellte den Korb mit der kleinen Gefangenen in die Ecke des Flurs.

»Wir untersuchen sie und sehen nach, ob sie einen Chip hat. Aber vermutlich nicht. Sie ist wohl noch ein Welpe und ziemlich sicher eine Streunerin, die ihre Familie verloren hat. Dann impfen wir sie, und wenn sie viel Glück hat, dann wird sie adoptiert.« Er sah Hanna an. »Eigentlich hat sie nur eine Chance, wenn sich in Deutschland jemand in sie verliebt. Wir arbeiten mit deutschen Tierschutzorganisationen zusammen, die bieten die Tiere an. Nur die gesunden natürlich. Je kleiner und niedlicher sie ist, desto besser sind ihre Chancen.«

Sie blickten beide auf das struppige Bündel, das begriffen zu haben schien, dass die Bellerei aussichtslos war, und nun wieder in eine Ecke des Käfigs gepresst saß – so wie an der Mülltonne – und versuchte, sich unsichtbar zu machen.

»Aber sie ist schwarz«, fügte der Mann an. »Schwarze Hunde haben wenig Chancen.«

Hanna schluckte und war unfähig, sich zu rühren. Hau ab, sagte ihr Kopf. Geh endlich weg, hier hast du nichts verloren, Capri lockt, die Sonne und das Meer, Pasta und Vino, deine Arbeit ruft.

»Was passiert mit denen, die sich nicht vermitteln lassen?«, fragte sie mit belegter Stimme und wusste in der gleichen Sekunde, dass sie die Antwort lieber nicht hören mochte.

Der Mann musterte sie traurig durch seine Brillengläser und schüttelte nur stumm den Kopf.

Hastig fummelte Hanna aus ihrem Portemonnaie einen Fünfzig-Euro-Schein und gab ihn dem Mann.

»Für Ihre Mühe. Vielen Dank.« Sie wartete seine Antwort nicht ab, stattdessen stürmte sie aus dem Gebäude, setzte sich in das streng nach Hunde-Urin stinkende Auto und fuhr mit überhöhter Geschwindigkeit davon.

Sie war etwa zehn Minuten gefahren, als sie an einem Waldweg den Blinker setzte und anhielt. Hanna riss die Autotür auf, lehnte sich an einen Baum und versuchte, sich zu beruhigen. Sie bekam das Bild des verzweifelten Seelchens einfach nicht aus ihrem Kopf. Dass es auf der Welt sehr viel schlimmeres Elend gab als einen Streunerhund, der im Tierheim landete, war ihr natürlich bewusst. Trotzdem rührte sie das Schicksal der schwarzen Hündin zutiefst. Wie dankbar sich diese über die Schinkenfetzen hergemacht und mit welcher Gier sie das Wasser getrunken hatte! Wieder und wieder sah Hanna vor ihrem geistigen Auge die rosa Zungenspitze aus dem schwarzen verfilzten Fell hervorblitzen und das kecke Weiß der Augen.

Auf ihrem Handy ging eine Nachricht ein. Ben.

Hanna scheute sich, die Sprachnachricht anzuhören, sie wusste genau, was ihr Sohn sagen würde.

»Hallo, Mama, was ist mit dem kleinen Hund? Hast du ihn behalten? Bitte, Mama! Er ist so süß!« Im Hintergrund hörte Hanna jemanden etwas flüstern, vermutlich der englische Austauschschüler, bei dem Ben im Moment wohnte. »Schau mal Mama, ich bin ja kein Kleinkind, ich würde mich auch echt viel kümmern. Bitte, können wir den Hund behalten?«

Hinter Hannas Augen wurde es heiß, und es dauerte nur einen Bruchteil von Sekunden, bis sie sich mit Wasser füllten.

Nein, sie konnte das nicht. Beim besten Willen. Sie hatte sich all die Jahre dagegen gesträubt, ein Haustier zu haben, weil sie als damals noch berufstätige alleinerziehende Mutter schon genug Arbeit hatte und sich nicht noch um ein Tier kümmern wollte. Sie war tierlieb genug, um zu wissen, dass sich ein Tier, das den Großteil des Tages allein in der Wohnung ausharren musste, alles andere als wohlfühlte.

Außerdem! Sie war ja nicht in den Ferien, sondern von Korbinian in den Arbeitsurlaub geschickt worden, weil eine Deadline drohte. Und zwar bereits mit akut rotem Blinklicht.

Und Ben hatte schon gar nichts zu melden, der machte nächstes Jahr Abitur und würde über kurz oder lang ausziehen.

Nein, ein Hund kam ganz und gar nicht infrage! Erst recht nicht ein unerzogener, schmutziger, womöglich kranker Streuner.

Niemals.

Hanna setzte sich ins Auto, wendete und fuhr zurück zum Tierheim.

Keine fünf Minuten später öffnete Hanna die Beifahrertür des Frosches, Mimi sprang aus ihrem Arm und verschwand fast zur Gänze unter dem Sitz.

Mimi, das war der Name, den Ben dem schwarzen Hundemädchen gegeben hatte, kaum dass Hanna ihm versichert hatte, sie werde jetzt den Hund aus dem Tierheim holen. Hanna war ihrem Sohn dafür dankbar, dass er so tat, als sei alles ganz einfach und normal – sie hatten jetzt eben einfach einen Hund! –, denn sie wusste: Das war es keinesfalls. Im Gegenteil, es war eigentlich eine Katastrophe.

Sie musste nach Amalfi, zu viel Zeit hatte sie bereits verloren, es ging auf den frühen Abend zu, und Hanna hatte noch gute neunzig Kilometer zu bewältigen.

Vor allem aber hatte sie unzählige Probleme, die sie lösen musste, bevor sie das Boot ihrer Vermieter für die Überfahrt nach Capri bestieg.

Mimi hatte keine Leine, kein Fressen, geschweige denn Näpfe. Keine Decke oder ein Körbchen. Alles, was Hanna dabeihatte, um ihrer neuen Reisebegleitung etwas Annehmlichkeit zu verschaffen, waren Wasser und ein Stückchen Käse von ihrem Sandwich. Der Mann vom Tierheim hatte ihr zwar den Gitterkäfig angeboten, in dem die kleine Hündin noch immer saß, als Hanna wieder zurück ins Tierheim gekommen war, aber sie hatte abgelehnt. Der Käfig hatte einen Boden aus Drahtgeflecht und war nichts anderes als ein Gefängnis, in dem sich die kleine Maus nicht einmal bewegen konnte.

Gutmütig hatte ihr der Mann daraufhin ein Halsband überreicht, aus seinem Vorrat, mutmaßte Hanna bedrückt, von einem Tier, das nicht vermittelt werden konnte.

Mimi musste vollkommen erschöpft sein. Hanna blickte auf die kleine ängstliche Hündin, deren Körper unter dem

Autositz bebte und zitterte, das Tier hechelte laut. Aber sie wusste auch nicht, was sie in ihrer jetzigen Situation tun konnte, um Mimi Erleichterung und noch viel mehr: Beruhigung zu verschaffen. Einfach fahren, beschloss Hanna pragmatisch, kommt Zeit, kommt Rat. Vorher informierte sie noch ihre Vermieter über die veränderte Situation, am Ende waren Hunde in der Ferienwohnung gar nicht erlaubt!

Aber das Gegenteil war der Fall: »Wir lieben Hunde über alles«, schrieben ihr die Trettanis zurück, und Hanna machte sich erneut auf den Weg nach Amalfi.

Im Lauf der knapp zwei Stunden – eine längere Zeit davon verbrachte Hanna im Stau um Neapel – schlief Mimi ein. Die Erschöpfung nach den schrecklichen Erlebnissen des Tages fällten die schwarze Hündin wie einen Baum. Nachdem sie lange Zeit gehechelt und gezittert hatte, war augenblicklich Ruhe, beinahe von einer Sekunde auf die andere. Hanna bemühte sich daraufhin, so sanft und ruhig zu fahren, wie sie es sonst nie tat, um Mimi nicht aus ihrem Schlaf aufzuschrecken. Gerne hätte sie auch das Handy abgestellt, aber da sie darin ihre Route gespeichert hatte, ging das nicht. Ben schickte unaufhörlich Nachrichten, die sie während der Fahrt gar nicht abrufen konnte. Sie würde das alles am Abend in Ruhe nachholen.

Vor Hannas geistigem Auge erschienen ein Teller mit Antipasti, dazu Ciabatta, vielleicht noch ein grüner Salat, kühler Weißwein und sehr, sehr viel Wasser. Sie sehnte sich nach einer Dusche, nach Sauberkeit und dem Duft von Seife, durchgeschwitzt, schmutzig und klebrig, wie sie war. Ihre Klamotten waren voll von schwarzen Hundehaaren, die Fußmatte dünstete noch immer den grauenvollen Ammoniakgeruch aus, und Hanna dachte daran, dass all dies keine

Dinge waren, die Aly auf ihrer glamourösen Instagramseite posten würde. Dort fand kein reales Leben statt, vielmehr lag Aly jetzt vermutlich irgendwo mit Josh in der Toskana zwischen Satinbettwäsche und veranstaltete Dinge mit ihrem frischgebackenen Ehemann, von denen Hanna schon gar nicht mehr träumte. Nein, das Posten würde sie ebenfalls auf heute Abend verschieben, wenn sie Ruhe hatte und in ihrer Ferienwohnung angelangt war. Die eigentlich eine Schreibwohnung war, schob Hanna mit schlechtem Gewissen hinterher. Du kommst zum Arbeiten auf die schönste Insel der Welt und nicht zum Faulenzen!

Obwohl die weitere Fahrt sie körperlich forderte – die für den April unnormale Hitze, der Uringestank, ihre mit jedem gefahrenen Kilometer nachlassende Konzentration –, kam Hanna innerlich mehr und mehr zur Ruhe. Sie dachte nicht mehr daran, welche Probleme ihr bevorstanden, sowohl was die neu erworbene Lebenspartnerin als auch ihre Deadline anging. Sie flüchtete mit ihren Gedanken zu Aly und was diese auf ihrem Honeymoon erleben könnte. In ihrer Fantasie schlenderte Hanna mit ihrer erfundenen Autoren-Romanfigur durch Florenz, Hand in Hand mit Josh. Kauften sie Schuhe für Josh? Oder ein Parfüm für Aly? Aßen sie Eis, tranken sie einen Campari im Schatten der Uffizien? Und wann würden sie der geheimnisvollen Unbekannten begegnen, die Hanna und ihre Schwester sich ausgedacht hatten?

Als Hanna schließlich bei Vietri sul mare die Autobahn verließ und auf der Amalfitana, der herrlichen Küstenstraße nach Amalfi, fuhr, vergaß sie Aly und Josh – so atemberaubend war der Ausblick auf Steilküste und Meer. Niemals zuvor war Hanna in einer derart wundervollen Gegend gewesen. Kleine Häuser, weiß oder in allen Schattierungen von Zitronengelb über Orange bis hin zu Terrakotta, klebten in den gewaltigen Felsen wie Seepocken an einer Auster. Das Meer leuchtete in der frühabendlichen Sonne wie ein smaragdfarbener Seidenschal, die weißen Schaumkronen, die die Schiffe und Bötchen darauf hinterließen, zeichneten ein zartes Webmuster hinein. Durch das geöffnete Dach des Frosches strömte endlich nicht die stickige verbrauchte Luft der Autobahn, sondern ein würzig-warmer Hauch von Salz, in der Hitze aufgewärmtem Gestein und dem Kräuterodem der Vegetation. Terrassierte Wein-, Oliven- und Zitrusplantagen kletterten die Steinküste hinauf. In den Dörfern, die sie durchquerte, herrschte die rege Betriebsamkeit von Urlaubsorten: die typische Mischung aus Touristen, die den Tag in der herrlichen Landschaft verbrachten und nun in ihre Unterkünfte heimkehrten, und dort Ansässigen auf dem Heimweg von der Arbeit. Es fühlte sich an wie Sommer, obwohl sich der Frühling lange nicht auf dem Höhepunkt befand. In Deutschland hatte die Baumblüte noch nicht einmal begonnen, die ersten grünen Knospen fingen an, sich zu öffnen, aber hier standen alle Pflanzen in voller Blüte. Magnolien und Oleander, Zistrose und Erdbeerbaum.

Sogar Mimi wachte auf, drehte sich ein paarmal um die eigene Achse und streckte vorsichtig ihr kleines Näschen in die Luft.

»Schau mal, Mimi, ist das nicht herrlich?«, sagte Hanna und versuchte, ein besonders vertrauenerweckendes Gesicht aufzusetzen, als sie merkte, dass die Hündin sich bei ihrer Stimme ein wenig duckte.

»Du brauchst keine Angst zu haben«, fuhr Hanna fort, wohl wissend, dass das Tier kein Wort verstand. Aber sie hoffte, dass Mimi sich an ihre Stimme bald gewöhnen würde, schließlich würden sie die kommenden vier Wochen miteinander verbringen.

Vier Wochen?, schoss es Hanna sofort in den Kopf. Vier Jahre, zehn Jahre, vielleicht vierzehn Jahre! Sie weigerte sich, diesen beängstigenden Gedanken weiterzudenken – was wäre mit Mimi, wenn sie den Vollzeitjob als Buchhändlerin annehmen würde? –, und ließ lieber ihre Blicke durch die herrliche Umgebung schweifen.

In Amalfi angekommen, folgte sie dem Wegweiser zur Plantage der Pantanellas, ganz so, wie es die Trettanis ihr beschrieben hatten. Der Weg führte sie steil nach oben, nach einigen Haarnadelkurven hatte Hanna schließlich ihr Ziel erreicht und bog auf den gekiesten Parkplatz ab.

Kaum hatte sie den Motor abgestellt, kam eine Frau winkend vom Haus auf sie zugelaufen. Sie trug eine Jeanslatzhose, darunter einen Bikini, Flipflops und vor allem: Sie bebte vor positiver Energie. Hanna stieg aus, die Frau erreichte sie an der Autotür und begrüßte sie mit einer spontanen Umarmung.

»*Cara!* So eine weite Reise! Und wo ist der Hund?«

Die Unbekannte – war das Clivia Trettani?, fragte sich Hanna – äugte neugierig ins Auto.

»Clivia hat mir davon erzählt, ich liebe Hunde.«

Plötzlich schlug die Unbekannte die Hand vor den Mund, sah Hanna erschrocken an und lachte dann aus vollem Hals ein tiefes, kehliges Lachen. Ihre schwarze Lockenpracht vibrierte, und Hanna bemerkte, dass die Schönheit, die ungefähr in ihrem Alter war, eine attraktive Zahnlücke zwischen den Vorderzähnen hatte. Was für eine Frau!

»Entschuldige bitte«, sagte die Italienerin, »ich habe mich noch gar nicht vorgestellt: Lisabetta!«

»Freut mich, Lisabetta«, gab Hanna zurück und meinte es so, wie sie es sagte. »Sind die Trettanis schon hier, um mich abzuholen?«

Lisabetta schüttelte den Kopf. »Clivia ist schon in Amalfi, aber als die Nachricht kam, dass du eine kleine Reiseunterbrechung hattest«, Lisabetta zwinkerte ihr zu, »ist sie noch einmal los, um ein paar Besuche zu machen. Ich soll ihr Bescheid sagen, wenn du hier bist.«

Hanna nickte und öffnete dann die Beifahrertür. Sie zeigte auf Mimi, die sich schon wieder unter dem Sitz verkrochen hatte und von der nur der Kopf hervorguckte.

»Das ist die kleine Reiseunterbrechung.«

»Oh, wie süß! *Che bellezza!*« Lisabetta ging in die Hocke und hielt Mimi vorsichtig ihren Handrücken zum Beschnuffeln hin, was diese mit einem grollenden Knurren quittierte.

»Oh, oh.« Lisabetta zog ihre Hand zurück.

»Sie ist nicht gerade zutraulich.« Hanna bückte sich jetzt auch und zog vorsichtig die Fußmatte heraus, Mimi musste ein wenig zurückweichen und beäugte die Aktion mit Skepsis.

»Könnte ich die vielleicht einmal abspülen?«, fragte Hanna Lisabetta. Warum, das musste sie nicht dazusagen, man konnte es schmerzhaft deutlich riechen.

»Aber klar.« Lisabetta packte die Gummimatte. »Bestimmt bist du kaputt von deiner anstrengenden Fahrt. Komm mit, wir haben kalte Limonade, du kannst auch das Bad benutzen, ich mach das hier so lange sauber.«

»Aber was mache ich mit ihr?« Hanna wies mit dem Kinn auf die Hündin.

»Kannst du sie nicht mit herausnehmen?«

Hanna schüttelte den Kopf. »Sie lässt sich nicht anfassen.«

»Ach, sie wird schon rauskommen«, meinte Lisabetta lachend. »Spätestens, wenn sie etwas zu essen riecht.«

»Ich würde lieber bei ihr bleiben«, gestand Hanna. »Vielleicht kann ich hier meine Limonade trinken?«

Lisabetta sah sich um. »Kein Problem. Ich sage Marco Bescheid, der stellt dir einen Stuhl unter den Feigenbaum. Ich bringe dir die Limonade.«

Lisabetta war kaum verschwunden, als ein nicht minder attraktiver Mann auftauchte, vermutlich besagter Marco, so nahm Hanna an. Er trug seine dunklen langen Haare zum Zopf gebunden, was nicht nach Hannas Geschmack war, dem Mann aber etwas Verwegenes gab, das ihm gut zu Gesicht stand.

»Sie müssen Frau Werner sein«, begrüßte er sie in einwandfreiem Deutsch.

»Hanna bitte«, gab sie zurück.

»Marco. Wir können deutsch sprechen, ich habe lange Jahre dort gelebt.« Er streckte ihr seine Hand entgegen, nahm sie aber sofort zurück. »Oh, sorry! Schütteln Sie sie lieber nicht, ich komme direkt von der Arbeit in der Plantage«, er zeigte lächelnd mit einer Handbewegung auf die Zitronenbäume ringsherum, »und bin noch total dreckig.«

Tatsächlich war der ganze Mann über und über mit einem leichten Hauch Erdstaub bedeckt, er roch nach Schweiß und Zitronen, was Hanna aber ganz charmant fand – in sauberem Zustand wäre ihr Marco Pantanella vermutlich zu schön gewesen. Marco stellte ihr einen Stuhl hin.

»Wie war die Fahrt?«, erkundigte er sich.

»Total anstrengend«, gab Hanna zu. Sie sah, dass Lisabetta mit einem großen Krug vom Haus kam und auf sie zusteuerte. In der anderen Hand hielt sie ein Glas.

»Und dann habe ich mir ja noch die hier angelacht.« Hanna zeigte auf den Fußraum mit der zusammengekauerten Mimi.

Neugierig trat Marco einen Schritt näher.

»Wer bist du denn?«

Mimi knurrte erneut.

Marco hockte sich hin und legte eine Hand in Mimis Nähe, dann drehte er sich zu Hanna um, die jetzt von Lisabetta ein Glas eiskalte Zitronenlimonade gereicht bekam.

»Clivia hat erzählt, Sie haben sie an einer Raststätte gefunden?«

Hanna nickte. »Kurz vor Neapel. Ich hätte sie nicht bemerkt, aber ein Mann hat sie getreten, da habe ich sie fiepen gehört.«

»O Gott, das arme kleine Mädchen!« Lisabetta zog die Stirn in Falten und warf Mimi einen verliebten Blick zu.

»Wir hatten früher auch einen Hund«, fuhr Marco fort. »Das fehlt mir sehr, ich sollte wirklich darüber nachdenken, uns wieder einen zuzulegen.«

Jetzt zuckte seine Hand instinktiv zu der kleinen Hündin, wahrscheinlich hatte er gar nicht darüber nachgedacht, aber anscheinend war er Mimi dabei zu sehr auf die Pelle gerückt – sie schnappte sofort nach ihm und biss ihm in die Hand. Marco fluchte und stand rasch wieder auf. Dabei sah Hanna, dass die Wunde, anders als bei ihr ein paar Stunden zuvor, wirklich blutete.

»*Stupido!*«, schimpfte Lisabetta ihn sofort. »Du Dummkopf!«

Dabei sah sie aber besorgt drein und musterte sofort die Verletzung.

»Oh, das tut mir leid«, beeilte Hanna sich zu entschuldigen, »wie furchtbar!«

»Da können Sie doch nichts dafür.« Marco bemühte sich, den Schmerz zu unterdrücken, aber man konnte ihm ansehen, dass der Biss wehtat. Mimi hatte die Daumenwurzel erwischt. »Der Hund kann auch nichts dafür. Lisa hat schon recht, ich bin ein Blödmann«, fuhr er fort. »Ich hätte sie nicht einfach streicheln dürfen.«

»Es ist nicht so tief«, stellte Lisabetta fest. »Komm ins Haus, ich kümmere mich um die Wunde.«

»Sie hat keine Impfung, an Ihrer Stelle würde ich sofort zum Arzt gehen, wegen der Tollwutgefahr«, gab Hanna zu bedenken. Oh, sie wäre am liebsten im Boden versunken! Diese hilfsbereiten Leute hatten im Prinzip gar nichts mit ihr zu schaffen, sie hatten sich netterweise bereit erklärt, ihr Auto vier Wochen unentgeltlich auf ihrem Parkplatz stehen zu lassen, bewirteten sie und kümmerten sich so freundlich – und zum Dank hetzte sie ihnen möglicherweise Tollwut an den Hals!

Während Marco und Lisabetta zum Haus zurückgingen, setzte Hanna sich auf den Stuhl im Schatten des Feigenbaums, trank die wunderbare Zitronenlimonade und versuchte, sich zu beruhigen. Kaum saß sie, spürte sie, wie ihr Körper ganz schwer wurde. Eine Welle der Erschöpfung überrollte sie, und sie schloss ganz kurz die Augen.

Erst die Anspannung wegen des Abgabetermins für den Roman, dann die drei Tage lange Fahrt hier herunter, die ganze Sache mit Mimi – sie wollte auf der Stelle vom Stuhl rutschen, sich im Gras zu einer kleinen Kugel zusammenrollen und dort Stunden, ach was, Tage schlafen.

Schlafen. Schlafen …

»Hanna?«, hörte sie eine leise Stimme.

Sie schlug die Augen auf, und vor ihr stand eine schmale, drahtige Frau mit Bürstenhaarschnitt.

»Clivia«, sagte diese und grinste breit. »Du siehst sehr erschöpft aus.«

Hanna nickte und blinzelte in die Sonne. War sie etwa kurz eingenickt?

»Dann packen wir mal schnell deine Sachen zusammen und setzen über, damit du dich bei uns richtig entspannen kannst.«

»Danke«, gab Hanna zurück und stand auf. Sie überragte auch ihre Vermieterin um mehr als einen Kopf. »Ich bin wirklich total fertig.«

»Salvatore hat schon etwas vorbereitet«, berichtete Clivia und ging neben Hanna zum Frosch. »Er hat gekocht und Wein kalt gestellt. Für deine Entspannung ist also gesorgt. Ich habe mir deine Kleine«, Clivia zeigte auf Mimi, »schon angesehen – sehr süß, aber sie ist nicht gerade sehr zugänglich.«

»Um ehrlich zu sein, weiß ich nicht, wie wir sie aus dem Auto locken können«, gestand Hanna. »Sie hat Marco gebissen.«

»Ich weiß, Lisabetta hat ihn gerade zum Arzt gefahren.«

Hanna stöhnte. Sie war wohl doch so richtig eingeschlafen, von wegen kurz die Augen zumachen ... Außerdem verfluchte sie sich, dass sie den Gitterkorb aus dem Tierheim abgelehnt hatte. Das hätte jetzt alles einfacher gemacht.

»Am besten wird es sein, wenn wir sie mit Futter aus ihrem Versteck locken«, machte sie einen Vorstoß. »Ich habe nur nichts mehr dabei, eine Packung Schinken hat sie schon verputzt.«

»Also, Essen ist hier kein Problem«, gab Clivia lachend zurück und ging rasch zum Haus der Pantanellas, um etwas aus der Speisekammer zu holen, was Mimi aus ihrem Versteck treiben würde. Währenddessen holte Hanna ihr Gepäck aus dem Kofferraum des Wagens und räumte ein wenig auf, schloss das Verdeck und legte die saubere und trockene Fußmatte – Lisabetta musste sie ihr gebracht haben, als sie geschlafen hatte – wieder in den Fußraum. Stets misstrauisch beäugt von der kleinen Hündin. Die saß förmlich eingeklemmt unter dem Beifahrersitz in Deckung.

Clivia kam mit einem Schälchen Wasser und klein geschnittenem rohen Fisch sowie einem Tellerchen mit Leberpastete zurück.

»Eines von beiden wird sie schon mögen«, sagte Clivia optimistisch.

»Aber sicher! Nach dem Schinken war sie auch ganz verrückt.«

Die beiden Frauen platzierten die Schälchen direkt neben dem Auto und warteten. Und warteten. Und warteten – vergeblich.

Mimi rührte sich keinen Millimeter unter dem Sitz hervor.

Also beschloss Hanna, zu einer List zu greifen – sie legte eine Spur mit der Leberpastete. Immer ein kleines Stückchen, angefangen kurz vor Mimis Nase, in zehn Zentimetern Abstand, dann das nächste Stückchen, bis hinaus aus dem Auto.

Sie warteten wieder. Und warteten. Aber sie hatten so viel Erfolg wie zuvor – nämlich gar keinen.

Clivia guckte zum Himmel und sah auf die Uhr. »Es ist schon ganz schön spät. Wir müssten wirklich los, wenn wir Capri noch im Hellen erreichen wollen.«

Hanna stemmte die Hände in die Hüften. »Ich weiß nicht, was ich machen soll«, sagte sie mit Ratlosigkeit in der Stimme. »Wenn wir sie mit Gewalt hervorziehen, dann beißt sie wieder.«

»Na, dann beißt sie eben«, gab Clivia zurück und sah dabei völlig unbeeindruckt aus. »Ich hole ein paar feste Handschuhe aus der Werkstatt von Raffaele – das ist Marcos Papà –, und damit schnappst du sie dir.«

Als sie in Hannas unentschlossenes Gesicht blickte, setzte sie nach: »Es passiert Mimi ja nichts. Sie weiß gar nicht, was sie erwartet, und sie wehrt sich zu Recht. Aber du tust ihr nicht weh – du zwingst sie nur zu ihrem Glück.« Mit diesen Worten ließ sie Hanna stehen und stapfte zum Haus zurück.

Hanna hockte sich in die Beifahrertür des Frosches und betrachtete Mimi. Bildete sie es sich ein oder sah das schwarze Fellknäuel schon weniger ängstlich aus?

»Ich werde auch nicht gerne zu meinem Glück gezwungen«, sprach Hanna Mimi mit leiser Stimme an und hoffte, dass es beruhigend auf sie wirkte. »Ich finde es lieber selbst. Das Glück. Aber du kannst nicht da bleiben, deshalb nehme ich dich mit. Und du wirst sehen, Mimi, da, wo wir hingehen, wird es ganz wunderbar. Okay?«

Immerhin: Mimi knurrte nicht. Das nahm Hanna jetzt mal als Zustimmung und entschloss sich daraufhin, der Kleinen die Stückchen Leberpastete, mit denen sie versucht hatten, sie zu locken, direkt vor die Nase zu legen.

Mimi schnüffelte, zog sich aber noch ein Stück weiter zurück. Es schien Hanna, als sei die Kleine jetzt erst recht misstrauisch geworden – das letzte Mal, als Hanna sie mit Fressen gelockt hatte, wurde ihr schließlich eine Jacke über den Kopf geworfen, und sie wurde entführt.

»Wir schaffen das.« Hanna stand auf. »Du wirst sehen, alles wird gut.«

Diese Worte sprach Hanna allerdings mehr zu sich selbst als zu Mimi, die sie ohnehin nicht verstand.

In dem Augenblick kam Clivia wieder zurück – mit ein paar festen Gartenhandschuhen aus robustem Leder und einem großen Käfig. Diesen schwenkte sie nun in Richtung Hanna.

»Der ist zwar nicht für Hunde gedacht, aber was sollen wir tun? Wir müssen sie ja irgendwie transportieren.«

Zweifelnd besah Hanna sich das Ding aus Draht. Es hatte einen Plastikboden und an der Front eine große Tür zum Öffnen – mit sanfter Gewalt würden sie Mimi gerade so hindurchzwängen können. Vielleicht hielt das Ding tatsächlich, bis sie in der Ferienwohnung waren, aber eine Dauertransportlösung war das auf gar keinen Fall. Spätestens für die Rückreise nach Deutschland musste etwas anderes her. Zusammen mit Näpfen und einer Leine und einer Hundedecke und Spielzeug und Fressen, fügte Hanna im Geiste hinzu.

Entschlossen nahm sie die Handschuhe von Clivia entgegen. Der Gedanke an die Ferienwohnung, das Essen und den Wein, den Clivia ihr in Aussicht gestellt hatte, motivierte Hanna, den Kampf mit Mimi aufzunehmen.

Ihr kleines Auto war kein Viertürer, deshalb musste sie sich entschlossen hinter den Sitz beugen, um die Hündin zu fassen zu bekommen. Mimi drehte sich ahnungsvoll um, versuchte, sich ganz klein zu machen, und wich rückwärts in den Fußraum aus, um Hannas Zugriff zu entgehen. Aber genau damit hatte diese gerechnet, sie griff blitzschnell zu den Hinterbeinchen, die nun auf die Gummimatte ragten – Mimi war zu groß, um komplett unter dem Sitz verschwinden zu können –, und zog den sich heftig wehrenden Hund aus dem Auto. Es war ein harter Kampf, Mimi wehrte sich mit allem, was ihr zur Verfügung stand, sie wand sich, biss, versuchte, sich zu drehen, aber Hanna gab nicht nach. Ihr gelang es schließlich, mit dem Schnauzengriff, den der Mitarbeiter des Tierheims angewandt hatte, Mimi am Zuschnappen zu hindern, Clivia hielt die Tür des großen Käfigs auf, und Hanna presste die strampelnde Mimi hindurch. Clivia schloss die Klappe, Mimi heulte nach Kräften, und Hanna stand der Schweiß auf der Stirn.

»Puh«, ließ sie einen Stoßseufzer los. »Ich hoffe, das muss ich nicht noch mal machen. Sorry, Mimi«, sagte sie durch die Gitterstäbe hindurch zu der wieder zitternden Hündin. »War nicht böse gemeint.«

Ein hohes empörtes Kläffen war die Antwort.

Eine halbe Stunde später – sie hatten sich noch von Marco und Lisabetta, die ihnen vom Arzt entgegenkamen, verabschieden können, und Hanna entschuldigte sich erneut tausendfach für die Unannehmlichkeiten, die sie den beiden bereitet hatte – saßen sie auf dem schwarzen Gummiboot. Clivia stand am Steuer, eine Selbstgedrehte hing ihr verwegen zwischen den Lippen, und sie steuerte das Boot in rasender Geschwindigkeit auf die schönste Insel im Mittelmeer zu. In gerader Linie sah Hanna die Sonne hinter Capri im Meer versinken – es war, wie im gleichnamigen Schlager, der pure Kitsch! Wenn es nicht echt und so atemberaubend schön gewesen wäre, wie die rostrote Sonne das Meer mit Glitter besprenkelte und die berühmten Faraglioni-Felsen golden erglühen ließ.

Der Anblick nahm Hanna schier den Atem, und sie war bereit, alles, was der heutige Tag ihr an Anspannung und Aufregung gebracht hatte, zu vergessen. Fast alles … Sie warf einen Blick auf die kleine Hündin in dem Käfig, und ihr Herz floss über vor Mitgefühl und ja, Liebe. Obwohl Mimi ihr noch keinerlei Zuneigung bezeugt hatte, sich nicht anfassen, geschweige denn, streicheln ließ, spürte Hanna, dass dieses hilflose Wesen bereits einen festen Platz in ihrem Herzen hatte.

Die Sonne war fast zur Gänze ins Meer getaucht, als sie nach einer Fahrt um die ganze Insel herum die kleine Bucht in der Nähe Anacapris erreichten, die an das Grundstück der Trettanis angrenzte. Im tiefen Blau der Mittelmeerdämmerung erkannte Hanna eine hoch aufragende Silhouette – das musste Salvatore, Clivias Ehemann, sein. Diese hatte ihn über ihre Ankunft benachrichtigt, und er stand bereit, um ihnen mit dem Gepäck zu helfen.

Als der Bug des Schlauchbootes knirschend auf den flachen Kieseln der Uferzone auflief, schmiss Clivia ihm ein Seil zu, und er zog das Boot so weit wie möglich an Land, während Clivia den Motor hochklappte. Schließlich reichte Salvatore Hanna beide Hände, nahm ihr mit der einen den Käfig mit der neuen Bewohnerin ab, während er ihr mit der anderen über die schwarze Gummiwulst half. Als Hanna festen Boden unter den Füßen hatte – endlich angekommen! –, seufzte sie tief, und Salvatore lachte.

»Herzlich willkommen auf Capri!«, rief er aus. »Ab jetzt wird alles gut.«

Hanna brauchte ihm nur einen Blick zuzuwerfen, um zu wissen: Wenn du das sagst, dann wird es so sein. Clivias Mann war für einen Italiener ungewöhnlich groß und kräftig, er mochte gut und gerne annähernd zwei Meter messen. Stämmig, mit dichten, ehemals schwarzen Locken und buschigen Augenbrauen über den kohlschwarzen Augen, strahlte er Ruhe und Sicherheit aus, sodass Hanna sich am liebsten an seine breite Brust geworfen hätte – wie ein kleines Kind, das Trost beim Papa sucht.

»Clivia, schau dir das an, das wäre eine Frau für mich gewesen!«, rief Salvatore, lachte, und dabei bebte sein ganzer Körper vor Freude.

Clivia grinste nur und zwickte ihren Mann liebevoll in den

Bauch. »Er hatte mal etwas mit einer deutschen Touristin. Vor hundert Jahren. Seitdem trauert er der verpassten Chance hinterher.«

Salvatore küsste Clivia daraufhin liebevoll, und Hanna kam sich vor, als erlebte sie ein Déja-vu: Eine ähnliche Szene hatte sie am Vortag – sie konnte kaum glauben, dass es erst vierundzwanzig Stunden her war, so viel war unterdessen geschehen – bei Gisela und Adriano erlebt. Vielleicht sollte sie sich mal bei den italienischen Gastwirten und Vermietern nach einem passenden Mann umsehen …

Salvatore nahm Hanna den großen Käfig ab und lugte neugierig hinein. »Das arme Tier«, sagte er. »Wir sollten sie schnell befreien und ihr etwas Gutes tun.«

»Außerdem sollten wir sofort nach oben gehen, damit unser Gast etwas zu essen und trinken bekommen kann«, kommentierte Clivia und scheuchte Salvatore vor sich her.

Nach oben – das war das Grundstück der Trettanis oberhalb der kleinen Bucht. Eine schmale und steile Treppe führte an den Felsen vom Wasser aus empor, und als sie das Ende der Treppe erreicht hatten, Clivia mit einem Teil des Gepäcks voran, Hanna mit zwei weiteren Taschen ihr auf den Fersen und zum Schluss Salvatore, der den großen Koffer in der einen und den Käfig in der anderen Hand nach oben balancierte, wusste Hanna, dass Korbinian die richtige Wahl für sie getroffen hatte. Vor ihr lag ein weitreichendes Grundstück mit einem Feld, gesäumt von Obstbäumen auf der einen Seite und Zitrusbäumen auf der anderen, dahinter zeichneten sich lang gestreckte Gewächshäuser ab. Den schwarzen Silhouetten nach zu urteilen, die sich in der Dämmerung unter den Bäumen abzeichneten, kuschelten sich dort ein paar Schweine aneinander. Am anderen Ende des Feldes war ein hübsches zweigeschossiges Haus zu erahnen, nebendran ein flacher Bungalow. Diesen steuerte Salvatore jetzt an.

»Das ist deine Wohnung für die nächsten vier Wochen. Normalerweise würdest du heute mit uns essen, das ist so üblich mit unseren Gästen, und es steht dir natürlich frei zu kommen – aber Clivia hat mir gesagt, dass sie glaubt, du hast heute Abend vielleicht lieber deine Ruhe?«

»Ich möchte nicht unhöflich sein …«, antwortete Hanna zögerlich. Wenn sie ehrlich war, wollte sie jetzt wirklich nur noch sehr heiß duschen und mit einem Glas sehr kaltem Weißwein erschöpft ins Bett sinken. Kein Instagram und keine Sprachnachrichten, keine Mails und kein Facebook mehr checken, höchstens noch eine feuchte Hundenase küssen und dann mit Träumen von Meer und nackten Füßen auf warmem Stein einschlummern.

Andererseits versprach ein Abend mit ihren beiden Gastgebern kulinarische Köstlichkeiten, Ablenkung und Aufheiterung. Bevor sie aber eine Antwort geben konnte, setzte Salvatore nach: »Ich habe dir Wein, Brot und einen großen Teller Antipasti ins Zimmer gestellt. Warme und kalte Vorspeisen, gegrillte Austernpilze auf Rucola und Büffelmozzarella, Zucchini al limone, Verdure alla griglia, ein bisschen Obst …«

Hannas Magen meldete sich. Mit Nachdruck. Er kam sich vernachlässigt vor, und Hanna wurde schmerzhaft bewusst, dass sie seit dem Frühstück nichts Nennenswertes mehr zu sich genommen hatte. Sie war so vollauf mit Mimi beschäftigt gewesen, dass sie gar nicht gemerkt hatte, dass ihr Magen ziemlich leer war. Beim Gedanken an die Köstlichkeiten, die Salvatore soeben aufgezählt hatte, wurde ihr flau, und sie bekam weiche Knie.

»*Mille grazie*«, stieß sie dankbar aus. »Ich weiß gar nicht, was ich sagen soll, ihr seid so unfassbar gastfreundlich …«

Clivia öffnete die Tür zur Ferienwohnung und stellte Hannas Gepäck hinein. »Gar nichts sagen«, antwortete sie. »Einfach essen, trinken, ankommen. Alles Weitere können wir morgen früh besprechen.«

Salvatore hatte den Käfig mit Mimi und Hannas Koffer ebenfalls abgestellt, zeigte auf das Essen, das auf dem Tisch stand, neben einem Korb mit Brot, einer Karaffe Wasser und einem Halbliterkrug mit Weißwein, an dessen Glaswänden die Kälte kondensierte.

»*Buon appetito*«, grinste er, »*e buona notte!*«

Dann verließen die beiden Trettanis das Apartment, und obwohl Hanna am liebsten auf dem breiten Bett niedergesunken wäre, wollte sie zuallererst Mimi befreien. Aus der Wohnung gab es kein Entkommen; Mimi würde immerhin die nächsten vier Wochen mit ihr hier verbringen, also sollte sie sich umschauen dürfen. Außerdem glaubte Hanna, dass Mimis Tag noch anstrengender gewesen war als ihrer, folglich hatte auch die kleine Hündin ein Recht auf Entspannung!

Vorsichtig näherte Hanna sich dem Käfig und sprach währenddessen leise auf Mimi ein. Die Kleine bebte – aber sie knurrte nicht. Hanna wagte es, die Käfigtür zu öffnen. Von alleine würde es die Hündin wohl nicht schaffen herauszuklettern, glaubte Hanna, dafür lag die Tür zu hoch, aber sie hatte sich getäuscht. Noch bevor sie mit ihrem Arm in den Käfig hineinlangen konnte, hatte Mimi sich von selbst befreit – so schnell, dass Hanna kaum mitbekam, wie. Sobald Mimi aus dem Käfig geflohen war, lief sie in sicherem Abstand zu Hanna schnüffelnd durch das Zimmer, aufgeregt, auf der Hut, aber neugierig. Die Nase tief auf dem Boden, mit einem Auge behielt sie wachsam ihre »Feindin« im Blick. Dann hockte sie sich unvermittelt hin, und unter ihr breitete sich eine immer größer werdende Pfütze aus.

Hanna stöhnte. Ihre Entspannungsdusche und das Essen würde sie erst einmal verschieben. Sie stand auf und fand im kleinen Bad des Apartments einen Putzeimer mit Lappen, mit deren Hilfe sie Mimis Malheur beseitigte. Dass die Hündin nicht stubenrein war, verstand sich eigentlich von selbst, allein – Hanna hatte sich keine Gedanken darüber gemacht. Mimi war ja auch seit Stunden eingesperrt gewesen – wie und wo hätte sie ihr Geschäft erledigen können? Noch während Hanna darüber grübelte, wie sie mit der Kleinen nach draußen gehen konnte – eine Leine besaß sie nach wie vor nicht –, erledigte diese gleich noch ihr großes Geschäft.

Hanna starrte den stinkenden Haufen fassungslos an. Würde das die nächsten vier Wochen so weitergehen?

Natürlich konnte Mimi nichts dafür, Hanna schimpfte sie selbstverständlich nicht, aber sie warf sich ihre eigene Naivität vor. Was hatte sie erwartet? Dass sie eine stubenreine, pflegeleichte Streunerin aufgelesen hatte, die perfekt erzogen war? Ganz sicher nicht.

Also entfernte Hanna den Haufen mithilfe eines Müllbeutels, den sie vor die Tür des Apartments stellte. Morgen würde sie mit Clivia und Salvatore besprechen, wie sie damit umgehen sollte. Außerdem musste sie die beiden um Hilfe bitten, mit ihr das nötigste Equipment für Mimi zu besorgen. Heute Abend dagegen würde nichts mehr passieren – gar nichts. Essen, trinken, schlafen, das war ihr Plan.

Und Mimi?

Hatte sich versteckt, stellte Hanna fest, als sie nach getaner Säuberungsaktion und Händewaschen aus dem Bad kam. Keine Mimi, nirgends. Als Erstes checkte Hanna, ob die kleine Fellwurst es nicht doch irgendwie nach draußen geschafft hatte, schließlich schien sie eine Entfesselungskünstlerin zu sein, aber die Fenster der hübschen Ferienwohnung waren lediglich gekippt, und weitere Türen gab es nicht.

Hanna beschloss, Mimi einfach dort zu lassen, wo auch immer sie war. Stattdessen stellte sie zwei kleine Schälchen auf, eines mit Wasser und eines mit einer winzigen Portion gekochtem Huhn, das Salvatore für Mimi wohlweislich auf das Tablett gestellt hatte.

Keine zehn Minuten später saß Hanna gemütlich auf dem einen Stuhl, auf den anderen hatte sie ihre Beine gelegt, ein Glas Wein bereits hinuntergestürzt, jetzt trank sie durstig das Wasser und erfreute sich an den wahnsinnig leckeren Antipasti. Sie musste sich förmlich zwingen, Salvatores Köstlichkeiten nicht zu schnell hinunterzuschlingen, es schmeckte alles großartig! So gute Antipasti hatte Hanna noch nie zuvor genossen.

Aus den Augenwinkeln konnte sie jetzt sehen, dass sich unter dem Bett etwas Schwarzes hervorrobbte. Keine Spinne, kein Skorpion, nein, es war Mimi. Hanna tat, als würde sie sie nicht bemerken, und beschäftigte sich mit ihrem Smartphone, dabei hätte sie am liebsten laut gelacht, so putzig fand sie Mimis Bemühen, einerseits möglichst unsichtbar zu sein, andererseits aber trotzdem die Strecke vom Bett zu den Näpfen so rasch wie möglich hinter sich zu bringen. Aber Hanna riss sich von Mimis Anblick los, und kaum hatte sie den Flugmodus ausgeschaltet, explodierte ihr kleines Gerät förmlich. Nachrichten über Nachrichten! Natürlich die Familie: Ihre Eltern wollten wissen, ob sie gut auf Capri gelandet war, ihre Schwester Julia hatte weitere Plotideen, und Ben wollte wissen, wie es Mimi ging. Dazu eine lange Mail von der Lektorin und eine von Korbinian, von diesem ebenfalls eine Sprachnachricht. Und sowohl auf Instagram als auch Facebook ging es hoch her, Hanna konnte die Benachrichtigungen und Kommentare nicht mehr zählen. Außerdem hatte sich ein Mann auf die Ebay-Kleinanzeige gemeldet, der das Longboard von Ben kaufen wollte. Um ihres Seelenheils willen entschloss sich Hanna, ihren Eltern kurz zu schreiben und sie auf den nächsten Tag zu vertrösten. Sie würde sich bei ihnen wie auch bei allen anderen dann ausführlicher melden. Einzig ihr Sohn bekam eine lange Sprachnachricht, dann arrangierte Hanna noch Weinglas, Kerze, Teller mit den bereits halb verspeisten Antipasti für Alys nächstes Posting und ging dann wieder offline.

Jetzt war sie dran.

Nur sie – und ihr erster Abend auf Capri. Hanna nahm sich das Glas Wein, ging nach draußen, schloss die Haustür hinter sich, damit Mimi nicht entwischte, und lauschte in die Nacht. Es war jetzt ganz dunkel, nur die Lichter des Trettani-Hauses leuchteten in die Finsternis, die erfüllt war vom schweren Geruch der Zitronenbäume und des Geißblattstrauchs direkt am Haus. Eine feine Note von Misthaufen mischte sich darunter, der sich an der anderen Ecke des Grundstücks befand, dort, wo man in der Ferne ein zufriedenes Schweinegrunzen vernehmen konnte.

Grillen zirpten, ansonsten herrschte eine schwere, süße Ruhe, eine Ruhe, wie Hanna sie nur selten erlebt hatte. Im Garten ihrer Eltern im Schwarzwald vielleicht oder nachts am Nordseestrand.

Sie genoss diese ruhigen Minuten mit sich allein, dann trank sie den letzten Schluck Wein, machte sich bettfertig und legte sich zum Schlafen.

Sie hatte die Augen gerade geschlossen, da hörte sie unter sich ein feines, leises Schnarchen, unterbrochen von hohen Seufzern.

Auch Mimi kam zu ihrer verdienten Ruhe, und noch bevor Hanna sich darüber freuen konnte, war sie selbst eingeschlafen.

# *Capri*

Als Hanna am Morgen die Augen aufschlug, war sie erst einmal vollkommen verwirrt und brauchte ein bisschen, um sich zu orientieren. Wo war sie? Warum war es taghell? In ihrem Lüneburger Schlafzimmer herrschten Lichtverhältnisse wie in einer Bärenhöhle, hier dagegen schien ihr die grelle Morgensonne ins Gesicht.

Das Handy lag griffbereit neben ihrem Kopfkissen, und Hanna staunte, als sie sah, dass es bereits kurz vor acht war. So lange hatte sie geschlafen! Ohne auch nur einmal wach zu werden!

Genüsslich rekelte sie sich, aber dann fiel ihr wieder ein – sie war nicht alleine. Mimi! Hanna beugte sich über die Bettkante, um darunter zu schauen, und tatsächlich blinzelten sie zwei dunkle Augen an. Mimi war also schon wach und tat keinen Mucks.

»Guten Morgen, meine Süße«, begrüßte Hanna sie, wohl wissend, dass Mimi kein Wort verstand. Aber vielleicht hörte sie am Klang ihrer Stimme, dass Hanna ihr nichts Böses wollte.

Hanna stand auf und ging vor dem Bett in die Hocke, aber die kleine Hündin wich sofort zurück.

»Schsch, ist alles gut. Ich mach uns erst mal ein schönes Frühstück.«

In der Küche stand ein Korb mit einer Erstausstattung Lebensmittel – Kaffee, schwarzer Tee, Knäckebrot (Essen

Italiener so etwas? Oder glauben sie, dass wir Deutschen das alle mögen?, fragte sich Hanna belustigt), selbst gemachte Marmeladen, eine luftgetrocknete Salami und im Kühlschrank eine kleine Auswahl Käse sowie Butter. Salvatore hatte einen netten Brief an seine Feriengäste geschrieben – wenn sie wollten, dürften sie sich bedienen, die einzelnen Posten würden später abgerechnet, so in etwa wie mit einer Minibar. Die Preise, die er für seine Sachen verlangte, waren geradezu lächerlich, und Hanna nahm das Angebot gerne an. Sie musste morgens dringend frühstücken, sonst würde ihr Kreislauf schlappmachen. Später wollte sie nach Anacapri laufen, vielleicht konnte sie Mimi ja überzeugen mitzukommen? Ein Blick unters Bett sah nicht vielversprechend aus. Ohnehin hatte die kleine Hündin ja noch keine Leine, eine Schnur hätte behelfsmäßig herhalten müssen.

Während sie Espresso in die kleine Alukanne füllte, fragte sich Hanna, ob Mimi überhaupt dazu zu bewegen war, an der Leine geführt zu werden. Was, wenn die kleine Hündin so etwas gar nicht kannte? Und das war anzunehmen, so wie sie sich gebärdete.

Hanna selbst hatte keinerlei Erfahrung mit Hundeerziehung, sie ging aber fest davon aus, dass jeder Hund das natürliche Bedürfnis hatte, nach draußen zu gehen, und vielleicht würde sich Mimi von ein paar Salamistückchen verführen lassen, ihr zu folgen. Das hatte gestern ja auch geklappt. Okay, wenn Hanna ehrlich war, nur so halb.

Sicher musste Mimi doch ein dringendes Geschäft erledigen, schließlich war sie die ganze Nacht eingesperrt gewesen. Wie viele Stunden hielten Hunde eigentlich dicht? Fragen über Fragen, Hanna würde sich heute mal zur Recherche in Sachen Hundeerziehung hinter den Computer klemmen müssen. Dieser erste Tag fiel als Schreibtag natürlich flach, nichts anderes war zu erwarten gewesen. Einkäufe erledigen, sich schlaumachen in Sachen Hundeerziehung, ihre Mails und sonstige Anfragen beantworten – und sich ein bisschen mit der näheren Umgebung vertraut machen, so sah Hannas Plan aus.

Der Kaffee blubberte noch nicht, sodass sie erst einmal ins Bad ging, um sich die Zähne zu putzen. Kaum hatten ihre Fußsohlen die Badematte berührt, wusste sie, dass Mimi es vielleicht doch nicht ganz so eilig hatte, sich zu erleichtern – das hatte sie bereits in der Nacht oder den frühen Morgenstunden getan. Und zwar auf der kuscheligen Badematte, die nun klitschnass war, ebenso wie Hannas Füße.

Hanna machte einen großen Ausfallschritt, stieg in die Dusche und packte mit spitzen Fingern den triefnassen Badvorleger, um ihn ins Waschbecken zu bugsieren.

Guten Morgen, lieber Tag, guten Morgen, Capri, wie schön, dass ich hier sein darf, betete sie ein Mantra, während sie sich die Füße abduschte. Jetzt bloß nicht ärgern, lass dir den Tag nicht vermiesen! Denn dass dieser zumindest wettermäßig herrlich zu werden versprach, das hatte ihr der traumhafte Blick aus dem großen Wohnzimmerfenster gezeigt: ein strahlend blauer Himmel über den blühenden Obstbäumen, hinter welchen sich die ebenso blaue Meeresoberfläche zeigte, leicht gekräuselt vom Wind. Vogelgezwitscher lag über dem Garten, ein fernes, sehr leises Brummen von Motorbooten, das in seiner Unaufdringlichkeit eher eine Ahnung unbeschwerter Ferien hervorrief, als dass es Lärmbelästigung war.

Hanna wischte den Boden auf, transportierte den Badvorleger nun vom Waschbecken in die Dusche, wo sie ihn mit etwas Waschmittel aus der Tube, das sie immer auf Reisen dabeihatte, einweichte.

Dann ging sie zurück in die kleine Küche – zu Mimi kein Wort, die sich aber unter dem Bett auch nicht muckte – und machte Frühstück für sie beide. Vom Hühnerfleisch des Vorabends hatte sie noch eine kleine Portion aufgehoben, aber viel war es nicht. Wie viel fraß so eine kleine Maus wie Mimi eigentlich? Noch ein Punkt auf der Hunde-Recherche-Liste, notierte Hanna sich im Geiste. Fanny, die französische Bulldogge, schien ordentlich was zu vertragen, jedenfalls nach der Menge der Leckerlis zu urteilen, die Ben ihr so über den Tag hineinschob, wenn er auf sie aufpasste.

Hanna stellte das kleine Schälchen auf den gleichen Platz wie am Vorabend, öffnete die Tür des Apartments und nahm erst einmal einen tiefen, genüsslichen Atemzug. Du meine Güte, war das schön! Weinlaub rankte sich neben der Tür empor, ein großer Feigenbaum spendete mit seinen großen Blättern lichten Schatten über einem kleinen Sitzplatz direkt am Apartment. Das wird mein Büro, dachte Hanna zufrieden und stellte sich vor, wie sie in den kommenden Wochen hier sitzen, und sich mit ihrer Hauptfigur quer durch Italien träumen würde. Mimi würde zufrieden zu ihren Füßen liegen, ab und zu ein kleiner Spaziergang durch die traumschöne Landschaft – vielleicht würde der Hund sogar Spaß daran haben, im Meer zu baden!

Frohgemut holte sich Hanna von drinnen ihr Frühstückstablett und setzte sich noch im Schlafanzug an den kleinen runden Tisch mit den Mosaiksteinchen. Sie nahm sich vor, sich eine halbe Stunde zu gönnen, in der sie einfach nur die milde Luft, die tausend verschiedenen Gerüche (ein bisschen Schwein schwang immer mit …) und den Ausblick auf das Meer genießen wollte. Ihr Handy war noch immer auf Flugmodus, Hanna überlegte, scheute sich aber, es anzustellen, angesichts der Flut von Nachrichten am gestrigen

Abend. Sie würde eine Stunde mindestens damit zu tun haben, allen zu antworten, das Longboard von Ben zu verkaufen, ihre Fans mit neuen Eindrücken aus Italien zufriedenzustellen und sich ausführlich bei ihren Eltern zu melden.

Bevor sie es sich aber am Tisch gemütlich machte, dachte sie darüber nach, ob sie die Tür des Apartments geöffnet lassen sollte. Sicher würde die kleine Mimi ihr Näschen nach draußen strecken wollen – aber wie groß war die Gefahr, dass sie abhauen würde?

Hanna sah sich um. Es schien, als sei das Grundstück rundum eingezäunt, einzig der Zugang zur kleinen Badebucht und die Steilkante entlang des Meeres nicht. Konnte sie das riskieren?

Noch während sie darüber nachdachte, kam Clivia aus dem Haupthaus zu ihr herüber. Sie winkte freundlich, und Hanna winkte zurück, dann deutete sie auf den zweiten Stuhl zum Zeichen, dass Clivia sich doch zu ihr setzen möge, was diese gerne tat.

»*Buongiorno*, Hanna, wie war deine Nacht?«

»Großartig! Ich habe so gut geschlafen wie schon lange nicht mehr.«

Clivia nickte und grinste. »So soll das sein. Und Mimi?«

Hanna zuckte die Achseln. »Sie hat auf die Badematte gemacht, tut mir leid, ich wasche sie gerade. Aber ansonsten liegt sie unter dem Bett.«

Clivia runzelte die Stirn. »Obwohl die Tür auf ist? Ist sie gar nicht neugierig?«

»Ich glaube, sie ist skeptisch«, gab Hanna zurück. »Ihre Erfahrungen mit Menschen sind wohl nicht besonders positiv. Sie wurde von dem Mann getreten, dann habe ich sie mit meiner Jacke eingefangen, sie kam ins Tierheim, dann wieder raus, ins Auto, wieder in einen Käfig …«

Ihre Schlussfolgerung musste sie nicht aussprechen, Clivia nickte beipflichtend. »Und wer weiß, was ihr vorher begegnet ist? Wahrscheinlich musst du ihr viel Zeit lassen.«

»Ich muss sowieso ein paar Sachen für sie besorgen, ich habe nicht einmal eine Leine und erst recht nichts zu fressen.«

»Bekommst du alles in Capri, in dem ganz großen Supermarkt. Ich kann dich nachher mitnehmen«, bot Clivia an. »Ich muss sowieso hin.«

»Sehr gerne! Dann kann ich mich auch selber mit allem eindecken.« Aber dann zögerte Hanna. »Was soll ich mit Mimi machen?«

Clivia überlegte kurz. »Ich glaube, sie bleibt am besten einfach im Apartment. Unter dem Bett scheint sie sich wohl und sicher zu fühlen, und sie wird auch nicht traurig sein, wenn du nicht da bist.«

Hanna seufzte. Auch wenn es ihr das Herz brach, dieses verwirrte kleine Fellbündel alleine zu lassen, hatte Clivia wohl recht. So, wie es im Moment aussah, würde Mimi sie nicht vermissen, und das Schlimmste, was passieren konnte, war, dass sie in die Wohnung machte. *Shit happens* sozusagen.

»Soll ich dir das Grundstück zeigen?«, erkundigte sich Clivia. »Die Bucht kennst du ja schon, aber ich zeige dir alles andere. Wir haben auch ein SUP im Schuppen, das du dir ausleihen kannst.«

Hanna lachte. »O nein! Niemals steige ich auf so ein wackliges Ding!«

»Es gibt für alles ein erstes Mal«, entgegnete Clivia verschmitzt, stand auf und forderte Hanna auf, ihr zu folgen.

Sie waren bereits ein paar Schritte gegangen, als Hanna zögerte: »Soll ich die Tür schließen? Damit sie nicht abhaut?«

»Sie kann nicht vom Grundstück runter«, gab Clivia zurück. »Es ist rundum eingezäunt – und übers Meer wird sie kaum schwimmen. Falls sie rausgeht, finden wir sie.«

In der nächsten Viertelstunde bekam Hanna eine exklusive Führung über das Grundstück der Trettanis, das eine skurrile Mischung aus Nutzland und verwunschenem Garten darstellte. Da war einerseits das große Feld, auf dem allerhand Freilandgemüse kultiviert wurde, sowie die zwei lang gestreckten Gewächshäuser, in denen Salvatore rund ums Jahr Gemüse für seinen Marktstand anbaute. Dazu eine moderne Garage, in welcher landwirtschaftliche Geräte sowie ein Traktor untergebracht waren. Aber dann gab es noch einen anderen Teil des Gartens, in dem das Wohnhaus und das Apartment lagen. Die Trennung zwischen den beiden Bereichen markierte eine kleine Obstbaumplantage, Pfirsich- und Aprikosenbäumchen blühten hier, außerdem Apfel- und Birnbäume. Hier hatten es sich auch die Schweine gemütlich gemacht.

Rund um das Wohnhaus jedoch standen Feigenbäume wie hingetupft, dazwischen Orangen- und Zitronenbäumchen. Wein wucherte üppig über eine alte Pergola, Kräuterbeete säumten die kleinen Wege, die zwischen den verschiedenen Gebäuden hindurchführten. Hanna hatte noch niemals so große Lorbeerbüsche gesehen, sie konnte kaum fassen, dass diese echt sein sollten – sie kaufte sich jedes Jahr einen kleinen Topf im Supermarkt, der ihr im Winter immer einging. Aber diese kräftigen Lorbeerbüsche reichten ihr bis zur Schulter.

Am Ende der kleinen Führung setzte Clivia sich noch zu Hanna an den Tisch und erklärte ihr, dass sie ihre Wäsche bei ihnen waschen lassen konnte, was sie über Einkaufs- und

Ausflugsmöglichkeiten wissen und welchen Wein aus der Region sie unbedingt probieren musste.

»Und einen Ausflug zum Garten der Farnese solltest du unbedingt machen!«, rief Clivia und fuhr sich durch die kurzen grauen Haare. »Eigentlich ist er für die Öffentlichkeit gesperrt, aber mit mir kommst du rein.«

»Das ist nett«, bedankte sich Hanna. »Aber ich muss eigentlich arbeiten. Möglichst konzentriert. Also sehr viel wollte ich eigentlich nicht unternehmen – vielleicht ein bisschen spazieren gehen mit Mimi.«

Bei dem Gedanken an Mimi fiel ihr ein, dass sie noch gar nicht überprüft hatte, wo die kleine Maus steckte – hatte sie die Chance genutzt und war abgehauen? Rasch stand Hanna auf und ging in die Wohnung. Ein Blick unters Bett zeigte: Mimi hatte sich nicht vom Fleck gerührt. Jetzt kniete sich auch Clivia neben Hanna und versuchte, das schwarze Fellbündel zu locken. Aber Mimi blickte die beiden Frauen nur an, leckte sich die Schnauze, gähnte und legte die Ohren an.

»Ich glaube, da hast du noch eine Menge Arbeit vor dir.«

Hanna nickte. »Sie hat einfach nur Angst. Ich habe schon überlegt, ob es ein Fehler war, sie mitzunehmen. An der Autobahn meine ich. Vielleicht war ihre Mama dort irgendwo.«

Aber Clivia schüttelte energisch den Kopf. »Wenn sich so ein junger Hund alleine in Gefahr begibt – die Autos, die Menschen –, dann ist er in höchster Not. Und aus der hast du ihn gerettet.« Clivia erhob sich. »Du solltest mit Michele sprechen.«

Hanna warf ihr einen fragenden Blick zu. »Wer ist das?«

»Unser Tierarzt«, gab Clivia zurück. »Wenn wir nachher in Capri sind, schauen wir mal bei ihm vorbei.« Sie warf einen Blick auf ihre Uhr. »Abfahrt in einer Viertelstunde?«

Hanna nickte, und Clivia ließ sie allein. Nervös warf Hanna einen Blick auf ihre To-do-Liste. Eigentlich hätte sie in der nächsten Stunde alle Hände voll zu tun gehabt, was sie nun würde verschieben müssen. Sie hinterließ also lediglich ihren Eltern eine Nachricht und beschrieb ihnen, was geschehen war und dass es ihr gut ging, dann antwortete sie dem Interessenten für das Longboard. Ein Knut aus Husum, und Hanna fragte sich, warum jemand den Weg von Husum nach Lüneburg auf sich nehmen wollte, nur um dieses Board zu kaufen. Immerhin 200 Kilometer. Aber was ging sie das an? Hauptsache, Ben bekam dadurch eine kleine Finanzspritze für London.

Alle anderen Mails und Nachrichten ließ Hanna unbeantwortet.

Eine Viertelstunde später stand sie vor der Garage der Trettanis, mit ihrer neuen Caprihose und einer Tunika, die Suse ihr aus Griechenland mitgebracht hatte, und wusste wieder, wie sich Sommer anfühlte. Zwar war es auf Capri auch im April nicht sommerlich heiß, aber das Thermometer am Haus war immerhin auf neunzehn Grad hochgeklettert.

Bevor Hanna die Tür des Apartments hinter sich geschlossen hatte, hatte sie noch einmal vergeblich versucht, die kleine Mimi unter dem Bett hervorzulocken. Schließlich hatte sie etwas Joghurt mit klein gezupften Resten vom Huhn bereitgestellt – Clivia war noch einmal vorbeigekommen, um ihr den kleinen Snack zu bringen – und war dann gegangen. Es stimmte sie traurig, dass der Hund so gar kein Vertrauen zu ihr fassen wollte. Wie lange würde Mimi das durchhalten, immer unter dem Bett zu liegen? Und sich nur blicken zu lassen, um zu fressen? Aber vielleicht, so machte

Hanna sich Mut, wusste der Tierarzt Rat. Sie stellte sich vor, wie sie mit Mimi zusammen im Garten saß – Mimi spielend oder in der Sonne dösend und sie selbst am Laptop. Eine Idylle! Wenn ihr da die ersten hundert Seiten nicht ganz locker in die Tastatur fließen würden …

Hanna nahm sich vor, sehr bald mit ihrer Schwester Julia zu sprechen: Ob sie wohl die kleine Hündin in Alys Geschichte einfließen lassen sollte? Dann könnte sie süße Hundebilder posten. Tierkinder kamen immer besonders gut an und Mimi würde, wenn sie erst einmal gewaschen und gebürstet und der Filz entfernt wäre, sicher die Herzen ihrer Follower höher schlagen lassen!

Hanna hatte damit gerechnet, dass Clivia mit dem Auto nach Capri fahren würde, stattdessen reichte diese ihr einen Helm und zeigte auf ein Motorrad mit Beiwagen. Hanna schluckte.

»Der bricht doch ab, wenn ich mich da reinsetze!« Sie war sicherlich doppelt so schwer wie die schmale Clivia, außerdem handelte es sich bei dem Gespann um einen Oldtimer. Hanna hatte sehr wenig Vertrauen in die Kupplung, die das Motorrad und den Beiwagen verband, insbesondere bei dieser ungleichen Gewichtsverteilung.

Clivia lachte laut. »Wenn Salvi da mitfahren kann, dann du erst recht.« Sie schwang sich lässig auf ihr Bike und guckte Hanna auffordernd an.

Also gut, ermahnte sich diese, ich will keine Spielverderberin sein und ein Angsthase auch nicht.

Keine fünf Minuten später hatte sie all ihre Bedenken vergessen und hätte am liebsten laut geschrien vor Begeisterung. Die Fahrt im Beiwagen über die bergigen Steilkurven der Insel war das reinste Vergnügen! Es fühlte sich an wie

Achterbahnfahren, nur weniger gefährlich. Hanna legte sich mit vollem Gewicht in die Kurven und genoss den Fahrtwind im Gesicht, das Brummeln und Bollern des Motors und die prickelnde Aufregung in ihrem Magen, die wie in kleinen Bläschen bis in ihre Kehle stieg und sich am liebsten durch Jubeln Luft gemacht hätte.

Als sie in Capri auf dem Parkplatz des großen Supermarkts ankamen, half Clivia ihr aus dem Beiwagen.

»Na, und?«

»Herrlich!« Hanna strahlte. »Ich glaube, ich bin süchtig.«

»Ich hab dir doch gesagt, es gibt für alles ein erstes Mal«, meinte Clivia lächelnd. »Und einen SUP-Kurs machst du auch noch bei mir.«

Niemals, dachte Hanna bei sich, das nun wirklich nie und nimmer! Sie sprach den Gedanken nicht laut aus, um nicht unfreundlich zu erscheinen, stattdessen lächelte sie Clivia an.

Im Supermarkt geriet Hanna in einen regelrechten Kaufrausch und schlug nicht nur in der Tierabteilung – ein geflochtenes Lederhalsband, sehr süße Fressnäpfe aus Keramik, ein Kuschelkörbchen, eine leichte Lederleine, lustiges Spielzeug mit Quietschen und ohne, Trockenfutter, Dosenfutter, Snacks, alles fand seinen Weg in den Einkaufswagen –, sondern auch bei den Lebensmitteln zu. Allein in der Obst- und Gemüseabteilung rastete Hanna aus, und sie hätte auch hier kein Halten gekannt, hätte Clivia sie nicht ausgebremst.

»Salvatore wäre tödlich beleidigt, wenn du hier Obst und Gemüse einkaufst!«, gab sie zu bedenken. »Unsere Gäste werden aus unserem Garten versorgt, basta.«

Gehorsam schob Hanna den Wagen weiter und kaufte dafür doppelt so viel Käse. Büffelmozzarella, Provolone, Asiago und Scamorza. Dazu Bresaola und Parmaschinken aus der Fleischabteilung, Ciabatta, Nüsse, Grissini, verschiedene Pastasaucen und Nudeln. Kekse, Joghurt und Süßigkeiten. Fisch durfte sie nicht kaufen, genauso wenig Wein – das wollte ihr Clivia ebenfalls vom Markt mitbringen.

»Du musst einmal frühmorgens mit Salvi auf den Markt fahren«, riet sie Hanna. »Da bekommst du wirklich die allerbesten Sachen superfrisch, und außerdem traut sich dann niemand, dir minderwertige Ware anzudrehen. Du bist schließlich ein Gast von Salvi.«

Voll beladen mit zwei großen Einkaufstaschen kam Hanna schließlich eine halbe Stunde später wieder aus dem Supermarkt und fragte sich, wie sie diese auf dem Motorrad unterbringen sollten.

»Das nimmt Salvatore für uns mit.« Clivia nahm Hanna die Tüten ab und stellte sie in den Beiwagen. »Ich fahre jetzt runter zur Marina, bringe ihm die Tüten und nehme nur das Hundefutter raus. Nachher hole ich dich ab.«

Hanna war verwirrt. »Soll ich hier warten?«

»Aber *no!*«, rief Clivia belustigt. »Du gehst in der Zwischenzeit zu Michele. Ich habe ihm gesagt, dass du vorbeikommst. Bei der Gelegenheit kannst du dir Capri-Stadt gleich ein bisschen angucken. Wir treffen uns …«, sie sah auf die Uhr und überlegte kurz, »… in zwei Stunden an der Piazza Umberto, an der Stazione Furnicolare. Die kannst du gar nicht verfehlen. Einverstanden?«

Zwei Stunden? Aber Hanna musste doch etwas tun! Sie wollte so schnell wie möglich wieder im Ferienhaus sein. Ihr war gar nicht wohl dabei, die arme Mimi so lange allein zu lassen. Aber noch bevor sie protestieren konnte, war Clivia bereits davongeknattert. Jetzt stand sie hier, zum Nichtstun verdammt.

Also würde sie erst einmal diesen Dottore Michele aufsuchen, entschied sich Hanna. Dumm nur, dass Clivia ihr weder den Nachnamen noch seine Adresse genannt hatte.

Glücklicherweise gab es das Internet, und Hanna fand im Nu heraus, wo sich die Praxis befand. Auf dem Weg dorthin schlenderte sie durch die Gassen von Capri-Stadt oder vielmehr: Sie bahnte sich einen Weg. Denn obwohl an Badeurlaub noch nicht zu denken war, tummelten sich bereits viele Tagestouristen auf der Insel. In wahren Trauben spuckte die Standseilbahn sie auf die Piazza aus und spülte sie in die umliegenden Straßen und ihre Shops und Cafés. In der Via Camerelle schoben sich Damen und Herren mit Hunden, die offensichtlich kleiner waren als ihre Brieftaschen, in die Edelboutiquen, vor denen Türsteher darüber wachten, dass auch wirklich nur solventes Publikum die heiligen Hallen von Gucci, Dior oder Hermès betrat. Dem abschätzenden Blick nach zu urteilen, den sie Hanna zuwarfen, gehörte diese nicht dazu.

Und sie wollte auch nicht dazugehören, sie fühlte sich wohl, so wie sie war, ganz ohne Bling-Bling.

Je weiter Hanna sich von den Shopping-Gassen entfernte – die sehr malerisch aussahen mit ihren meistens nur zweigeschossigen Häusern, den rundbogigen Fenstern, kleinen Galerien im Obergeschoss, Dachgärten und üppig bepflanzten Blumenkästen –, desto enger wurden die Sträßchen, mit immer weniger Shops, ab und zu einem kleinen *Alimentari* und auch entsprechend weniger Touristen. Wenn Clivia behauptete, Capri-Stadt sei die City der Insel, wie würde dann Anacapri aussehen?, fragte sich Hanna. Capri-Stadt war mehr ein mondänes Dorf als eine City. Sie war vollkommen begeistert und vom Zauber der Insel immer mehr in den Bann gezogen. Mit ihrem Handy schoss sie Foto um

Foto. In erster Linie für sich und ihre Lieben zu Hause, aber in ihrem Hinterkopf lauerte stets der Gedanke an Alys Instagram-Account, der regelmäßig bestückt werden musste. Wenn es in den kommenden vier Wochen so weiterging mit der Idylle, dann würde sie ausreichend Bildmaterial für den gefräßigen Social-Media-Kanal haben, bis ihr zweiter Roman erschien.

In einer stillen und für Capri-Stadt recht unspektakulären Gasse lag die Tierarztpraxis von Dottore Michele Fazio. Hanna betätigte die Klingel, die in einer hübsch gravierten Messingplatte eingelassen war, und nachdem der Summer ertönte, drückte sie die Holztür auf. Im Inneren erwartete sie ein kleines Wunder. Hanna betrat einen offenen Innenhof, der Boden mit herrlich ornamental gemusterten Terrakotta-Fliesen ausgelegt, die bestimmt viele Jahrzehnte auf dem Buckel hatten, so abgetreten und zum Teil gebrochen, wie sie waren. Aber sie schimmerten weich, die Abertausende Füße, die über sie gelaufen waren, hatten sie blank poliert. Der kleine runde Patio wurde in der Mitte von einem zierlichen Springbrunnen geschmückt, dessen leise perlendes Wasserglucksen beruhigend auf die Sinne wirkte. Hier drinnen war es kühl und friedlich. Sonnenlicht fiel von oben herein und setzte viele kleine Lichter, ähnlich einer Diskokugel. Links und rechts von dem kleinen Hof führten geschwungene Treppen in die beiden oberen Stockwerke, und sowohl auf den Treppen als auch im Hof standen unzählige Blumenkübel: kleine und große, aus schmucklosem Terrakotta, aus Plastik, manche mit, manche ohne Übertöpfe. Und in allen grünte und blühte es. Große Palmen, kleine Stecklinge, Kakteen und Kamelien. Hier schien jemand ein ausgemachter Pflanzennarr zu sein, und Hanna fragte sich, wie lange es wohl dauerte und wie mühsam es war, all diese kleinen und großen Pflänzchen zu gießen.

Sie wäre aus dem Staunen nicht herausgekommen, wenn sich nicht eine Frau im ersten Stock über die Brüstung gebeugt und ihr etwas zugerufen hätte.

»Hallo? Wollen Sie zum Doktor?«

»*Sì!*«, antwortete Hanna, und die Frau zeigte zum Fuß der Treppe, der hinter dem grünen Dschungel fast nicht zu sehen war.

Oben in der Praxis warteten bereits drei andere Menschen mit ihren Tieren – zwei Hunde, eine Katze – darauf, dass der Dottore sie aufrief. Hanna hatte der Assistentin erklärt, worum es ging, aber sie musste nicht viele Worte machen – gottlob –, die Frau war bereits informiert.

Auch der Doktor wusste Bescheid, sobald Hanna sein Behandlungszimmer betrat und sich ihm vorstellte. Er war ein Mann in ihrer Größe und ihrem Alter, mit kurzen graumelierten Haaren und für Hannas Geschmack ein wenig zu attraktiv. Diesen vermeintlichen Makel – Hanna hatte ein unbegründetes Misstrauen gegenüber schönen Männern – machte er jedoch mit natürlicher Herzlichkeit mehr als wett. Er bot Hanna einen Platz an und schwang sich auf die metallene Platte seines Behandlungstisches.

»Clivia hat gesagt, Sie haben eine kleine Streunerin aufgelesen«, begann er freundlich das Gespräch. »Dann erzählen Sie mal.«

Hanna begann, unterbrochen nur von wenigen Nachfragen des Arztes. Er hörte konzentriert zu, aber sie bemerkte, dass ein kleines, süffisantes Lächeln seine Mundwinkel umspielte. Als sie mit ihrer Schilderung fertig war, lächelte er noch breiter und nickte.

»Signora …«

»Werner«, half Hanna ihm. »Aber sagen Sie bitte einfach Hanna.«

»Also Hanna.« Der Dottore klatschte leicht in die Hände. »Das, was Sie gemacht haben, ist eine schöne Geste. Es geht Ihnen wie vielen Tausend Touristen bei uns, aber auch in Griechenland, in der Türkei, Bulgarien oder Spanien. Sie sehen einen herrenlosen Hund – vermeintlich –, der verängstigt ist und Hunger hat und Sie dann auch noch aus großen schwarzen Augen ansieht. Und Sie nehmen das Hündchen mit, weil Sie glauben, dass Sie etwas Gutes tun.« Jetzt hüpfte der Doktor von seinem Tisch, schnappte sich einen Stuhl und zog ihn zu Hanna heran, bevor er sich draufsetzte. »Das ist leider nicht immer richtig.«

Unwillkürlich wich Hanna ein Stückchen zurück. Ihr wurde heiß. Sie hatte nicht mit so deutlichen Worten gerechnet – einerseits. Andererseits hatte sie in den letzten vierundzwanzig Stunden schon mehrfach den Gedanken gehabt, dass das, was sie aus Mitleid und wegen Ben da getan hatte, nicht unbedingt eine super Idee gewesen war. Gut durchdacht war der Impuls ohnehin nie gewesen. Aber dass der Tierarzt ihr so unverblümt den Spiegel vorhielt, damit hatte sie nicht gerechnet.

»In den meisten Ländern, die ich aufgezählt habe«, fuhr er fort, »leben streunende Hunde. Manchen geht es schlecht – aber manchen auch nicht. Es gibt durchaus Streuner, die sich arrangieren, die es nicht anders kennen. Sie leben ein selbstbestimmtes Leben, meistens in Rudeln. In der Türkei zum Beispiel werden viele von ihnen von den Einheimischen versorgt. Mit Essensresten, sie lassen sie in ihren Hauseingängen dösen und so weiter.« Der Doktor musterte Hanna mit prüfendem Blick, und sie kam sich vor wie eine Schülerin, die die doofe Exponentialrechnung einfach nicht kapieren wollte.

»Ich weiß«, bemühte sie sich zu sagen. »Aber sie war so klein, sie ist noch ein Welpe …«

»Ja, das hat Clivia mir erzählt.« Jetzt lächelte Dottore Michele noch etwas breiter. »Und wenn es so ist, wenn sie ihre Familie verloren hat und noch zu klein ist, um sich alleine durchzuschlagen, haben Sie ihr womöglich doch das Leben gerettet.«

Hanna wuchs wieder ein paar Millimeter.

»Ich werde sie mir ansehen. Aber trotzdem«, er machte eine dramatische Pause, »Sie haben sich eine große Aufgabe vorgenommen. Ich will nichts beschönigen – der Hund hat vielleicht ein Trauma, möglicherweise ist er krank, es wird lange dauern, bis er ein normales Hundeleben führen kann, und ich möchte Sie inständig bitten, Hanna: Überlegen Sie es sich gut. Noch ist die Kleine nicht an Sie gewöhnt. Sie braucht Sie nicht. Jetzt gibt es ein Zurück. In einer oder zwei Wochen – nicht mehr.«

Hanna schluckte und war unfähig, ihm etwas entgegenzusetzen.

Der Dottore hatte nun aufgehört zu lächeln, er nahm sich einen Block und begann zu schreiben.

»Zuerst einmal muss sie eine Wurmkur bekommen, ich gebe Ihnen die Tabletten mit. Außerdem müssen Sie sie erst an normales Hundefutter gewöhnen, darauf ist der Magen nicht eingestellt. Geben Sie ihr für den Anfang ein paar Kartoffeln mit Fleischbrühe, ohne Salz. Vielleicht morgens ein Löffelchen Joghurt. Natürlich dürfen Sie sie verwöhnen – Clivia sagt, die Kleine kommt nicht unter dem Bett hervor?«

Erneut nickte Hanna stumm.

»Meinetwegen legen Sie eine kleine Fährte mit Hundekeksen oder hartem Käse. Hühnerfleisch, falls Salvatore etwas hat. Fisch. Aber wenn sie sich hervorwagt – nicht reagieren! Sprechen Sie sie nicht an, streicheln Sie sie nicht – und vor allem: Widerstehen Sie der Versuchung, den Hund zu packen, um ihn zu baden und zu bürsten. Ich komme morgen Abend«, er riss den Zettel, den er während seiner Rede vollgeschrieben hatte, ab und reichte ihn Hanna, »bis dahin machen Sie: *niente!*«

Hanna schluckte die Frage nach der Tollwutimpfung herunter, bedankte sich, steckte die Tabletten für die Wurmkur ein und ging wie benommen zur Tür. Als sie die Klinke in der Hand hielt und herunterdrückte, rief ihr der Dottore nach: »Und denken Sie darüber nach, ob Sie sich das antun wollen. So ein Hund kann fünfzehn Jahre alt werden.«

»Ja«, gab Hanna bemüht tapfer zurück, »ich denke darüber nach. Ernsthaft.«

»Außerdem ganz wichtig!« Jetzt kam der Doktor noch einmal zu ihr und grinste. »Sagen Sie Salvatore, er soll etwas kochen. Er weiß ja, was ich mag, ich bringe den Wein mit.«

Als Hanna Salvatore wenige Stunden später davon erzählte – er stand mit ihren zwei vollen Einkaufstüten und einer weiteren, von ihm gepackten, vor der Tür des Apartments –, lachte er schallend.

»Ah! Michele! Ja, ich weiß genau, was er gerne isst – und bitte, er soll es haben. Kalbsleber. Er sagt, die isst er nur, wenn ich sie zubereite.«

Hanna wollte es sich nicht anmerken lassen, dass es sie bei dem Gedanken an Leber schüttelte. Als Kind hatte sie zuletzt Leber gegessen und sich immer davor gegruselt. Ein bitteres Stück Fleisch, das irgendwie nicht die Konsistenz von Fleisch hatte. Außerdem waren darin immer zähe Röhrchen – waren es Blutgefäße? –, die sie partout nicht herunterbekam. Das Kartoffelpüree und die Apfelringe, die immer gleichen Begleiter des Gerichts, waren lecker – aber die Leber? Das Leibgericht ihres Vaters war ihr seit der Kindheit verleidet.

»Aber gut, dass Michele kommt«, fuhr Salvatore unbeirrt fort. »Dann kann er gleich noch einen Blick auf die Schweine werfen.«

Er hatte ihr die Tüten in die Küche gestellt und beugte sich nun hinunter, um einen Blick unters Bett zu werfen.

»Sie hockt immer noch darunter?«, erkundigte er sich. »Ist sie gar nicht rausgekommen?«

Hanna seufzte. »Doch. Als ich mit Clivia in Capri war. Sie hat alles aufgefressen und ihr Geschäft wieder im Bad gemacht. Aber als ich nach Hause kam, ist sie sofort wieder unters Bett geflüchtet.«

»*Povera* …« In Salvatores Stimme schwang aufrichtiges Bedauern. »Sie könnte es so schön hier haben. Der Garten ist groß genug und es gibt viel zu entdecken für einen kleinen Hund.«

Er stand wieder auf. »Aber das wird sie schon noch merken. Vier Wochen sind eine lange Zeit.«

Dann verabschiedete er sich von Hanna, nicht ohne sie für den späteren Abend zu sich und Clivia zum Essen hinüberzubitten.

Aber Hanna lehnte erneut dankend ab. Zum einen, weil sie endlich damit anfangen musste, ihre To-do-Liste abzuarbeiten, zum anderen, weil sie gelesen hatte, was Dottore Michele ganz unten in Versalien auf den Zettel geschrieben hatte: NON ANDATE VENE DA SOLI – nicht alleine lassen!

Mittlerweile war es später Nachmittag, Hanna saß unter dem Feigenbaum vor Laptop und Handy und kämpfte gegen die Schwächen von Salvatores Internetverbindung. Bilder verschicken ließ sich gerade noch bewerkstelligen, schön eins nach dem anderen, auch kürzere Sprachnachrichten gingen durch, aber Videos senden war absolut unmöglich. Also hatte Hanna eine Stunde mit ihrer Mama telefoniert, Ben musste sich mit einem Foto von Mimi unter dem Bett und einer ausführlicheren Mail begnügen. Mit dem Verlag kommunizierte Hanna ohnehin per Mail, das war also kein Problem. Sie bedankte sich bei ihrer Lektorin für die Begeisterung, die diese ob ihres Vorschautexts und der Idee, Aly mit Josh auf Honeymoon nach Italien zu schicken, gezeigt hatte.

Den Mann aus Husum, Knut Meißen, der das Longboard kaufen wollte, verband sie mit Suse. Ihre Buchhändler-Freundin hatte einen Schlüssel für die Wohnung, weil sie Hannas Blumen goss, und erklärte sich bereit, den Ebay-Deal vor Ort mit dem Käufer abzuwickeln. Aus Neugier und weil sie sich scheute, ihre richtige Arbeit anzugehen – die Gliederung des Romans! –, klickte Hanna ein bisschen auf Ebay herum, und schaute sich das Profil des Käufers an. Anscheinend war er seit zwanzig Jahren auf der Plattform, folglich nicht mehr das jüngste Semester. Was machte so einer auf einem Longboard?, fragte sie sich. Fand er das nicht peinlich? Das war einer der Gründe, warum sie auf keinen Fall auf einem Stand up Paddel-Board herumeiern wollte. Mit Anfang vierzig musste man sich ja nicht mehr lächerlich machen, bestimmt würde sie zu Beginn ständig ins Wasser fallen und wackeln. Sie malte sich aus, wie sie aussehen würde, wenn sie mit triefnassen Haaren versuchte, aus dem Wasser wieder auf das instabile Brett zu gelangen. Das wäre so jenseits von Eleganz und Sportlichkeit, dass Hanna fast schon wieder kichern musste.

Dann entdeckte sie, was Knut aus Husum verkaufte: eine Hundetransportbox fürs Auto! Zu einem ziemlichen Spottpreis. Würde sie in Deutschland so etwas nicht auch für Mimi brauchen? Noch war die Hündin klein, aber wer weiß, welche Größe sie einmal erreichen würde?

Plötzlich kam Hanna ein erschreckender Gedanke: Was, wenn Mimi richtig groß wurde? In ihrer Fantasie stellte sie sich Mimi immer so klein vor, wie sie jetzt war, aber was wusste sie schon? Weder das Alter noch die Rasse. Am Ende wurde aus der süßen kleinen Maus ein pelziges Ungeheuer, das ihr bis zur Hüfte reichte! Wie würde das mit dem Frosch zusammenpassen? Konnte sich ein großer Hund auf den Rücksitz zwängen? Und überhaupt, der Vermieter in Lüneburg – ob der die Haltung eines Hundes erlauben würde? Und was, wenn Hanna doch wieder als Buchhändlerin arbeiten wollte, wenn sie das Hamburger Angebot, für das sie sich Bedenkzeit ausgehandelt hatte, annahm – wohin mit dem Hund? Dumme, große Fragen, die sich Hanna bis jetzt nicht gestellt hatte. Nicht stellen wollte.

Trotz der herrlichen Sonne und des fernen Ausblicks auf das Meer legte sich ein düsterer Schatten auf Hannas Gemüt. Das war mal wieder typisch für sie. Total impulsiv zu handeln und sich erst im Nachhinein Gedanken über die Konsequenzen zu machen. Was hatte der Tierarzt gesagt? Überlegen Sie es sich jetzt, in einer Woche ist es zu spät.

Er hatte recht. Sie durfte sich nicht davon beeinflussen lassen, was Ben wollte, denn natürlich wollten Kinder, auch so große Kinder wie er, einen Hund. Auch von Mimis Wuschelfell, der kleinen rosafarbenen Zunge und dem ängstlichen Blick durfte sie sich in ihrer Entscheidung nicht beeinflussen lassen. Außerdem hatte Mimi bereits gebissen, bis jetzt hatte sie sich jedenfalls nicht als sanftmütiges Wesen gezeigt. Was Hanna auch verstand, aber die Vorstellung, dass aus diesem hilflosen kleinen Fellbündel eine große schwarze Angstbeißerin würde, die Hanna, hundeunerfahren, wie sie war, nicht in den Griff bekam, ängstigte sie. Und wenn man von ihr einmal absah: Was war denn das Beste für die kleine Hündin? Sollte sie nicht lieber in die Obhut von jemandem kommen, der sich mit Hunden wirklich auskannte, einen Garten hatte und im besten Fall sogar einen anderen Hund, zu dem Mimi Vertrauen fassen und von dem sie sich etwas abschauen konnte? Bei Hanna hatte sie nicht einmal einen Balkon, die Wohnung lag in der Innenstadt von Lüneburg, der nächste Park, der Liebesgrund, lag fünfzehn Fußminuten weit entfernt. Es gab Straßen, Autos, Unmengen von Fahrradfahrern … Vielleicht fand sich ja stattdessen jemand auf Capri, der sich Mimis annehmen würde? Dann konnte sie in der sonnenbeschienenen Idylle bleiben.

Die Antwort auf diese Fragen war sonnenklar: Für alle Beteiligten wäre es das Beste, Mimi abzugeben. Hanna beschloss, den Tierarzt darum zu bitten, sich nach geeigneten Besitzern umzusehen. Er kannte doch bestimmt jede Menge Leute hier und hatte eine Idee, wo Mimi ein für sie geeignetes neues Zuhause finden könnte. Ein Tierheim kam natürlich nicht infrage, und solange Hanna auf der Insel war und ein neuer Besitzer nicht gefunden worden war, würde sie sich kümmern. Aber den Heimweg nach Deutschland würde sie ohne Hund antreten.

Ein leises Pling zeigte ihr den Eingang einer Mail an, es war ihre Lektorin. »Breaking news« war die Mail übertitelt, und Hanna bekam augenblicklich wieder so ein spezifisches Grummeln in der Magengegend. Je lauter alle nach ihrem

Roman schrien, desto mehr geriet sie unter Druck. Sie hätte sich wesentlich besser damit gefühlt, wenn wenigstens schon *ein* Kapitel existiert hätte. Sie hatte ja noch nicht einmal ein Gefühl für den Ton, die Stimmung, die Atmosphäre oder gar die neuen Charaktere.

Hastig überflog sie die Mail aus dem Verlag. »Großer Auftritt auf der Frankfurter Buchmesse«, »Signierstunde«, »Fernsehinterview«, »Fans wollen endlich Aly kennenlernen«, waren die Bruchstücke, die ihr besonders ins Auge fielen.

Nein, dachte Hanna nur. Nein, nein, nein! In was habe ich mich da nur hineinmanövriert?

Damit sie ihre Energie nicht unnötig mit Panik verplemperte, griff sie zum Handy und rief Korbinian an.

»Hast du die Mail vom Verlag gesehen?«, fragte Hanna. Ihr Agent war von der Lektorin ins CC gesetzt worden.

»Warte mal, Schätzchen«, gab Korbinian zurück. »Ich gucke mir das gleich an. Hm. Hm, hm, hm. Ist doch spitze!«

»Spitze?« Hanna platzte fast. »Darf ich dich zitieren, als du mich damals das erste Mal gesehen hast? Du hast gesagt, wortwörtlich!: Das darf der Verlag niemals erfahren.«

Korbinian kicherte. »Nicht sehr schmeichelhaft.«

»Das sowieso nicht. Aber du hast mir sehr schnell klargemacht, dass Verlag und Fans unbedingt in dem Glauben bleiben sollen, dass ich Aly Walker bin. Eine zweiundzwanzigjährige Vollwaise, die unter Adipositas gelitten und als Tierpflegerin im Hamburger Delfinarium die Liebe ihres Lebens kennengelernt hat.« Hanna bekam fast keine Luft mehr, so sehr echauffierte sie sich. »Und jetzt findest du es spitze, dass Tausende Fans enttäuscht werden, weil statt Aly eine alleinerziehende Mittvierzigerin aus Lüneburg vor ihnen sitzt? Sorry, Korbinian …«

»Ja, ja, du hast ja recht.« Ihr Agent lenkte ein. »Den Zahn müssen wir ihnen wohl ziehen. Aber schade – so einen Mega-Auftritt auf der Buchmesse, das schafft sonst nur der Fitzek.« Er seufzte. »Ich spreche mit dem Verlag. Keine Liveauftritte, keine Fernseh-Interviews, keine Signierstunde. Aly bleibt unsichtbar, ich sorge dafür.«

Hanna stieß einen Stoßseufzer aus. »Ich danke dir.«

»Und, wie weit bist du?«, erkundigte sich Korbinian, die Harmlosigkeit in Person.

»Das ist der erste Tag auf der Insel!« Hanna geriet ein wenig aus der Fassung. »Was glaubst du eigentlich? Ich habe eingekauft, meine Fans auf Instagram und Facebook bedient, Mails beantwortet und so was. Morgen fange ich an, zu schreiben.« Dass sie eine herrenlose Hündin an einer italienischen Raststätte aufgelesen hatte und sich ihre Gedanken seitdem ausschließlich darum drehten, verschwieg sie wohlweislich.

»Das ist gut, weil die Gitta interessiert sich nämlich auch sehr für den zweiten Teil.« Korbinian klang ausgesprochen fröhlich. »Die meint, man könnte da auch ganz toll eine Serie draus machen. Eine Weekly, prime time.«

»Eine was?« Hanna verstand nur Bahnhof.

»Eine wöchentliche Serie zur besten Sendezeit«, erklärte Korbinian ihr – der mitleidige Unterton war unüberhörbar.

»Ja, bitte, gerne«, gab Hanna zurück, der diese Gitta so was von schnuppe war. »Ist mir im Moment gerade egal, du machst das schon. Ich muss jetzt schreiben, Korbi. Dafür hast du mich hier runter geschickt, und ich konzentriere mich jetzt die nächsten Wochen darauf und auf nichts anders. Okay?«

»*I get it!* Ich mache meinen Job als Ausputzer, du gibst dich deiner Kreativität hin. Alles gut, stress hier nicht so rum.«

Jetzt war er also wieder eingeschnappt. Manchmal fragte sich Hanna, wer von ihnen beiden die Mimose war. Sollte es nicht die Aufgabe eines Literaturagenten sein, alles zu unternehmen, um seiner Autorin den Rücken freizuhalten?

»Ich stress nicht rum! Du bist zickig – ach was, vergiss es. Tschüs, Korbinian.«

Hanna wollte bereits auflegen, sie hatte keine Nerven für die Fortsetzung des Gesprächs. Aber ihr Agent war noch nicht am Ende.

»Was ich dir noch sagen wollte!«, hielt er sie auf.

»Ja?«

»Wir sehen uns nächste Woche. Gitta will dich kennenlernen. Wir sind im Hotel Piccola Marina.« Stolz schwang in Korbinians Stimme mit.

Hanna starrte nur auf ihr Handy, legte grußlos auf und schaltete im nächsten Moment auf Flugmodus. Täuschte sie sich oder hatte sie ihrem Agenten gerade gesagt, dass sie in Ruhe schreiben wollte?! Was genau war daran so schwer zu verstehen?

Sie warf einen Blick auf die Uhr. Die Zeit war unbemerkt an ihr vorbeigerast, es ging auf sieben Uhr zu. Sie beschloss, sich eine Pause zu gönnen, ihr Magen knurrte, und der kleine Kühlschrank im Apartment war randvoll mit Leckereien aller Art. Zum Kochen war sie zu müde, also bereitete sie sich in der Küche einen großen Teller mit kleinen Köstlichkeiten zu. Eingelegtes Gemüse, Ciabatta mit verschiedenem Käse und Parmaschinken, frische Tomaten aus Salvatores Gewächshaus nur mit etwas Meersalz und Olivenöl mit Zitrone. Ein Gedicht!

Von Mimi weiterhin keine Spur, und jetzt war Hanna sogar recht dankbar dafür. Ihre Entscheidung war gefallen – sie konnte die Hündin einfach nicht behalten. Warum sollte sie sich diese Aufgabe ans Bein binden? Ein möglicherweise traumatisierter Hund, der sie in ihrer Freiheit einschränken, sie in jeder Entscheidung binden würde – und der es ihr vielleicht niemals mit Liebe dankte. War es das, was sie gerade brauchte? Nein, Hanna hatte genug Baustellen in ihrem Leben. Ben würde ausziehen, und dann konnte nichts sie darüber hinwegtäuschen, dass sie allein war. Sehr allein. Bislang hatte sie den Gedanken daran, dass sie seit Olaf keinen Mann mehr ernsthaft in ihr Leben gelassen hatte, erfolgreich verdrängt. Aber sie war erst Anfang vierzig, und auch Hanna war vollkommen klar, dass sie diese Großbaustelle angehen musste. Sie wollte schließlich nicht noch ein paar Jahrzehnte alleine durchs Leben gehen. Aber allein der Gedanke daran, sich bei einer dieser Internet-Partnervermittlungen anmelden zu müssen, verursachte ihr Magenschmerzen. Suse war da viel pragmatischer, hatte weniger Berührungsängste – und tatsächlich einen richtig netten Typ auf einer dieser Plattformen an Land gezogen.

Zudem war sie immer noch in finanziell instabiler Lage – nur die Abgabe eines weiteren Romans, der dann in etwa ein ähnlicher Erfolg werden musste wie *You got me* würde ihr helfen, aus dem Tal herauszukommen. Und selbst dann: Was war danach? Bis zur Rente war es noch eine weite Strecke, würde sie die als Aly Walker überstehen? Oder sollte sie nicht doch versuchen, wieder in ihrem erlernten Beruf zu arbeiten?

Gedankenverloren setzte Hanna sich mit ihrem Snack-Teller und einem Glas Wein wieder nach draußen. Wehmütig dachte sie an ihre Zeit als Buchhändlerin zurück. Die zehn Jahre bei Wilhelm in der Bücherjolle waren die schönsten ihres Lebens gewesen! Auch die anstrengendsten, berufstätig mit einem kleinen Jungen. Aber Wilhelm,

Ben und sie hatten in all den Jahren wunderbar zusammengehalten. Wilhelm war wie ein Vater zu ihr und ein Opa für Ben gewesen. Wie oft hatte er nach Geschäftsschluss mit Ben in der hölzernen Jolle gesessen und dem Jungen vorgelesen, während Hanna sich noch um den Einkauf kümmerte oder sich mit Suse auf einen Wein in der Innenstadt verabredete!

Morgen würde sie ihrem ehemaligen Chef eine schöne Postkarte von Capri schicken, beschloss Hanna. Mit Mails oder Sprachnachrichten konnte der alte Herr nichts anfangen. Beschämt stellte Hanna fest, dass sie schon länger keinen Kontakt mehr mit ihm gehabt hatte, dieses Brimborium um ihren Romanerfolg, die Fokussierung darauf, mit ihren Fans zu kommunizieren, hatte sie nachlässig werden lassen, was ihre Freunde und Bekannten anging. Das musste unbedingt wieder anders werden!

Während Hanna die wolligen Schweine auf der anderen Seite des Feldes beobachtete, die mit ihren Schnauzen die Erde um die Obstbäume durchpflügten, horchte sie in sich hinein. Sie fühlte sich irgendwie zerfasert, aufgerieben, nicht ganz bei sich. Ein Gefühl, das neu für sie war. Ihre Freundin Suse, die mehr Hang zum Esoterischen hatte als die pragmatische Hanna, hätte jetzt zu ihr gesagt: Du hast deine Mitte verloren.

Stimmt, dachte Hanna und kommunizierte in Gedanken mit ihrer Freundin. Du hast recht, Suse. Und ich weiß auch genau, warum das so ist. Ich bin nämlich auch noch Aly Walker. Und das stresst mich.

Aber es half alles nichts. Ein zweiter Aly-Roman musste geschrieben werden, erst dann konnte Hanna neue Entscheidungen über ihr Leben treffen. Ein Leben als Schriftstellerin war außerdem einsam; wenn Ben auszog und sie den lieben langen Tag allein zu Hause vor ihrem Computer sitzen würde – war das ein Leben, wie sie es sich gewünscht hatte? Nein, gab Hanna sich selbst die Antwort. Ich brauche Kontakt. Zu einem Lebenspartner, zu Kunden, zu Kollegen, ganz egal. Sonst verwelke ich.

In diesem Moment spürte sie etwas Feuchtes an ihrem Fuß. Sie guckte nach unten. Ein kleines Fellbündel hockte ihr zu Füßen. Mimi.

Hanna hielt den Atem an und traute sich kaum, sich zu bewegen. Mimi blickte zu ihr hoch, fuhr sich mit der kleinen Zunge über die Nase, und mit Entzücken sah Hanna, dass sie mit dem Schwanz wedelte!

Bedächtig und langsam, damit sie die kleine Maus nicht verschreckte, schnitt Hanna ein Stückchen von dem Provolone ab und hielt es Mimi vor die Schnauze. Die Hündin schnupperte neugierig, nahm vorsichtig den Käse und lief damit in die Ferienwohnung. Keine halbe Minute später kam sie wieder zurück. Stellte sich erneut neben Hannas Fuß und wedelte nun heftiger mit dem Schwanz.

Hanna grinste. »Du bettelst ja«, sagte sie leise, schnitt aber erneut ein Stück Käse ab. Wieder nahm Mimi es, forscher dieses Mal, und verschwand.

Hanna sah ihr nach und fühlte einen Stich im Herzen. Sollte sie es sich nicht doch noch einmal überlegen?

»Die verdammten Mücken sind dieses Jahr besonders früh dran«, murmelte Clivia und zündete die Citronella-Kerzen an, die sie rund um ihre Sitzecke vor dem Haus verteilt hatte. Dann schlüpfte sie in den dicken Hoodie und kramte ihr Päckchen Tabak aus der Vordertasche, um sich eine Zigarette zu drehen. Salvatore stand noch in der Küche, die Tür zur Sitzecke geöffnet, und legte Salzzitronen ein. Dazu schnitt er die Zitronen kreuzweise ein, rieb Meersalz in die Einschnitte und legte die Zitronen mit weiterem Salz, Lorbeerblättern und Pfefferkörnern in ein großes Glas. Er presste sie fest aneinander, goss Zitronensaft dazu, beschwerte alles mit einem flachen sauberen Stein und füllte das Glas schließlich mit Olivenöl auf.

Clivia sah ihm von draußen dabei zu, während sie rauchte. Sie liebte es, ihren Mann beim Zubereiten von Speisen zu beobachten. Oder wie er sein Obst und Gemüse erntete. Kleine Stecklinge setzte und pikierte. Immer lag in der Art und Weise, mit der Salvatore diese Dinge anfasste, etwas Behutsames, Wertschätzendes. Seine ganze Liebe den Pflanzen gegenüber oder überhaupt allem, was kleiner und zarter war als er selbst, sprach aus seinen Gesten. Dabei hatte sein Äußeres durchaus etwas, das man für grobschlächtig halten konnte. Über eins neunzig groß, schwer, eine Brust wie ein Ochse. Seine Hände glichen eher Schaufeln, dennoch besaß Salvatore ein einzigartiges Fingerspitzengefühl.

Wenn Clivia ihn beobachtete, wie er vollkommen konzentriert und in Hingabe versunken vor sich hin werkelte, wurde ihr Herz warm. Sie liebte diesen Kerl. Doppelt so groß, doppelt so schwer wie sie, aber auch sein Herz schien das Doppelte zu wiegen. Ich habe vor mehr als dreißig Jahren die richtige Wahl getroffen, dachte sie. Zog an ihrer Zigarette und drückte diese dann aus.

Salvatore hatte das Glas mit den Salzzitronen beiseitegestellt und goss ihnen beiden einen Campari Soda auf Eis ein, kam damit auf die Terrasse, nahm neben Clivia Platz und atmete tief aus.

Clivia bettete ihren Kopf an seine Brust, er legte den Arm um sie, und so saßen sie gute zehn Minuten, hingen ihren Gedanken nach.

»Sie ist so eine nette Frau«, fing Salvatore dann an. »Es tut mir ein bisschen leid, dass sie allein ist.« Er nickte zu Hannas Apartment hinüber, in dem noch Licht brannte.

Abrupt hob Clivia den Kopf. »Wer sagt dir denn, dass sie allein ist?«

»Na, sie reist doch alleine, oder etwa nicht?«

»Sie ist vier Wochen alleine in dem Apartment, weil sie ein Buch schreibt. Und Ruhe braucht«, gab Clivia zurück und schüttelte den Kopf über ihren Mann. »Du bist so altmodisch, Salvi.«

»Wieso das denn?«

»Ich weiß genau, was du denkst.« Clivia tippte ihm zwischen seine Augenbrauen an die Stirn. »Du denkst: Ach, die arme Frau hat keinen Mann. Dabei sieht sie gut aus und ist nett und noch nicht alt.«

»Ja, und wennschon?«

Clivia stöhnte. »Das ist eine veraltete Denkweise! Dass jeder Topf einen Deckel braucht. Und vor allem: Jede Frau einen Mann! Bei einem allein reisenden Mann würdest du das niemals denken.«

Salvi schwieg und zuckte nur hilflos mit den Schultern. Dann war er eben altmodisch. Na und?

Aber Clivia war richtig in Fahrt. »Als ob eine Frau unbedingt einen Mann braucht, um glücklich zu sein! Sieh dir Annunziata an, ist die unglücklich?« Eine Antwort wartete sie gar nicht erst ab. »Neunundachtzig Jahre ohne Mann – wahrscheinlich ist sie nur deshalb so gesund und gut drauf!«

»Bist du etwa nicht gut drauf – weil du einen alten Trottel wie mich an deiner Seite hast?«

»Jetzt dreh mir bloß nicht das Wort im Mund herum, Salvatore Trettani!« Clivia grinste und wuschelte ihrem Liebsten durch die mittlerweile grauen Locken. »Dass ich dich getroffen habe, war mein größtes Glück.« Sie überlegte kurz. »Nein, das stimmt nicht. Die Kinder sind mein größtes Glück. Aber du kommst mindestens an zweiter Stelle.«

»Immerhin«, seufzte Salvatore.

»Aber du kennst mich.« Clivia konnte einfach nicht aufhören. »Ich wäre auch ohne Mann gut ausgekommen. Und wehe, du versuchst morgen, die arme Hanna mit Michele zu verkuppeln!«

»Bist du verrückt!« Salvi hob beide Hände in Richtung Abendhimmel. »Der braucht nun wirklich keine Nachhilfe. Wahrscheinlich muss man sie eher vor ihm beschützen.«

Dann schwiegen sie beide; Salvatore hing dem Gedanken nach, wie dankbar er darüber war, seine Clivia getroffen zu haben. Das Leben hätte durchaus auch die Dottore-Michele-Variante für ihn bereitgehalten: bloß keine feste Bindung eingehen und stattdessen von einer Blume zur nächsten flattern. Er war schon auf dem besten Wege zum Latin Lover gewesen, als Clivia sich ihn geschnappt und nie wieder losgelassen hatte. Was für ein Glück!

Clivia dagegen dachte an Annunziata. Als junges Mädchen hatte sie die Contessa Farnese bemitleidet, die nach dem frühen Tod ihrer Mama jahrzehntelang mit ihrem Vater im Palazzo gelebt und sich, als dieser alt wurde, aufopferungsvoll um ihn gekümmert hatte. Darüber hatte sie es verpasst, einen Mann kennenzulernen und zu heiraten, und war eine alte Jungfer geworden. Nur dass Annunziata in keinster Weise eine freudlose Alte war, sondern, wie Clivia heute mit der Reife einer ebenfalls nicht mehr ganz jungen Frau feststellte, eine lebensfrohe und im Kopf sehr jung gebliebene Dame, die nicht den Eindruck machte, als trauerte sie allem Verpassten hinterher. Nein, so dachte Clivia jetzt und hier mit ihrem Salvi an der Seite, so wie es für Annunziata war, war es richtig. Sie hatte ihr Leben ihrem Vater und seinem Werk gewidmet, und dabei war sie glücklich. Es gab eben viele Wege zum Glücklichsein, wusste Clivia, und wie schön, dass sie heute in einer Zeit lebten, in der so etwas viel eher toleriert wurde – in der Zeit ihrer Jugend war es für Annunziata gewiss nicht ganz einfach gewesen, sich einem Mann, der Ehe und dem Kinderkriegen zu versagen.

Clivia rechnete im Kopf zurück: Annunziata Farnese musste 1932 geboren worden sein! Was sie alles erlebt und gesehen hatte … Ihre Gedanken führten Clivia zurück in die damalige Zeit und noch weiter …

Salvatore trank seinen Campari aus und gab sich einen Ruck. Seit Tagen suchte er eine passende Gelegenheit, um mit Clivia das Thema Finanzen zu besprechen, und jetzt schien der richtige Moment gekommen zu sein.

»Clivia, *Amore mio*«, begann er und drehte sich zu ihr. Aber Clivias Kopf auf seiner Brust war ganz schwer geworden, und als er sich nun bewegte, sackte sie etwas hinunter. Rasch nahm Salvi wieder seine Position ein, da er merkte, dass seine Frau eingeschlafen war.

»Dann eben morgen«, murmelte er. »Morgen aber ganz bestimmt!«

Als Lucia am Morgen die Tür zu Annunziatas Zimmer öffnete, traute sie ihren Augen kaum. Das Bett war leer! Und bereits gemacht. Die Vorhänge aufgezogen und von der Contessa keine Spur. Und das um acht Uhr in der Früh.

Trotz ihres hohen Alters spotteten die Lebensgewohnheiten der alten Dame jedem Klischee. Wo die meisten älteren Leute ab den frühen Morgenstunden wach lagen und kein Auge mehr zutaten, fiel Annunziata Farnese in die zweite Tiefschlafphase. Meistens war sie vor neun Uhr nicht ansprechbar, schlummerte bis halb zehn, bis sie das Frühstück, das Lucia ihr ans Bett stellte, überhaupt eines Blickes würdigte. Das lag nicht zuletzt daran, dass die Contessa eine leidenschaftliche Leserin war. Im Palazzo befand sich eine riesige Bibliothek, die neben vielen mehrbändigen Lexika in verschiedenen Sprachen, wertvollen alten Folianten und einer schier unübersichtlichen Sammlung wissenschaftlicher Literatur zu den Forschungsgebieten von Giovanni Farnese den gesamten Kanon klassischer Literatur beherbergte. Insbesondere die Russen hatten es Annunziata angetan. Turgenjew, Dostojewski, Tolstoi und Aitmatow – Lucia hatte den Eindruck, die alte Dame begann immer wieder von vorn, kaum hatte sie das Gesamtwerk eines ihrer Lieblinge ausgelesen. Aber auch in der neueren Literatur des 20. Jahrhunderts war Annunziata bewandert. Sie las von Proust bis Thomas Bernhard, von Günther Grass bis Umberto Eco alles, was ihr in die Finger kam. Und bestellte immer wieder in einem Antiquariat in Neapel Nachschub. Einmal pro Monat kam ein Bücherpaket für sie an, vom Buchhändler eigens für sie ausgewählt.

Lucia las auch gerne, allerdings bevorzugte sie leichtere Literatur. Manchmal legte Annunziata aber auch ein schmales Bändchen mit Gedichten oder ein Stück von Shakespeare auf den Nachttisch, weil sie der Meinung war, dass es Lucia gefallen könnte. Und tatsächlich: Die Contessa traf es immer auf den Punkt. Im Moment allerdings war Lucia vernarrt in Elena Ferrante – die Bücher waren in einer der

Sendungen vom Festland gewesen, und Lucia beschlich das Gefühl, Annunziata habe sie extra für sie geordert.

Dass das Zimmer aber leer und ihre Chefin anscheinend schon auf den Beinen war, hatte nichts mit ihrer aktuellen Lektüre zu tun, mutmaßte Lucia und machte auf dem Absatz kehrt. Sie wusste genau, wo sie ihre Arbeitgeberin finden würde, und durchquerte den Palazzo bis zum Seitenflügel, dort, wo sich der Wintergartenanbau und die Bibliothek befanden. Im ersten Stock, verbunden mit den beiden Räumen durch eine Wendeltreppe, lag das ehemalige Arbeitszimmer des Dottore Farnese. Und tatsächlich: Hier saß die kleine Contessa in ihrem Hausanzug und einer dicken Strickjacke und wühlte in einem hohen Unterlagenschrank.

»Lucia, dich schickt der Himmel«, murmelte sie, ohne sich umzusehen. »Ich muss dort oben an die Schublade, aber ich bin zu klein, bist du so gut …«

Eigentlich hatte Lucia vorgehabt, ihrer Chefin die Leviten zu lesen, aber nun konnte sie sich ein Lächeln nicht verkneifen. Sie stellte ihr Tablett mit dem Frühstück ab – der grüne Tee war mittlerweile kalt – und zog die gewünschte Schublade auf. Darin lagen große Papiere, beidseitig eng beschrieben, der Text unterbrochen von Bleistiftzeichnungen.

»Das müssten die Notizen aus dem Kaukasus sein«, sagte Annunziata und nahm Lucia die Papiere mit vor Aufregung glänzenden Augen ab. »Die hat Gabriel gesucht, und mir ist mitten in der Nacht eingefallen, wo sie sind. Ich lege sie ihm hin, dann kann er sich gleich damit beschäftigen.«

»Denkst du nicht, er hätte sie sich auch selbst heraussuchen können?«

»Auf gar keinen Fall.« Annunziata hatte ihre Nase tief in die Aufzeichnungen ihres Vaters gesteckt. »Er soll sich mit den Inhalten beschäftigen und nicht die Zeit mit Suchen verplempern. Außerdem bin ich die Einzige, die sich in diesem Labyrinth auskennt.« Jetzt blickte sie auf und strahlte Lucia an. »Ich bin doch froh, wenn ich helfen kann!«

Lucia lächelte zurück, die Kanne mit dem kalten Tee nahm sie an sich. »Ich finde trotzdem, du machst ihm seine Arbeit zu leicht. Aber gut, das ist eine Sache zwischen euch zweien. Ich koche dir einen frischen Tee.«

Die alte Dame jedoch schien ihr schon nicht mehr zuzuhören. Lucia schüttelte mit dem Kopf, machte sich wieder auf den Weg zurück in die Küche und beschloss, auf dem Weg an Gabriels Zimmer vorbeizugehen. Sie würde klopfen, damit der Stipendiat nicht wieder den halben Tag im Bett verbrachte. Schließlich war er nicht auf Urlaub hier, sondern hatte ein Arbeitsstipendium. Seit seiner Ankunft waren erst wenige Tage vergangen, aber von Eifer war bei dem jungen Mann noch nichts zu spüren.

Als Lucia im vergangenen Jahr im Palazzo ihre Stelle als Haushälterin, Köchin und Pflegerin von Annunziata angetreten hatte, zeigte sich schnell, dass das gesamte Anwesen in marodem Zustand war. Außer Lucia gab es nur noch einen weiteren Angestellten, Umberto, aber der hatte alle Hände voll zu tun, die riesige Gartenanlage zu pflegen, und selbst das war für eine Person zu umfangreich. Die Contessa hatte ihr Leben ihrem Vater gewidmet, niemals einen Beruf ergriffen, und so war das einst riesige Vermögen der Farneses dahingeschmolzen. In ihrer Not hatte Annunziata Hypotheken aufgenommen, um wenigstens die dringend nötigen Pflege- und Instandsetzungsarbeiten bezahlen zu können; tatsächlich aber reichte das Geld vorne und hinten nicht.

Die Rettung war in Person eines auf den ersten Blick unscheinbaren Deutschen gekommen: Martin Hubscheid, ein Schmetterlingsforscher aus Heidelberg. Er hatte nicht nur Lucias Herz erobert, sondern zusammen mit seinem Professor einen Plan entwickelt, wie man den Palazzo, den botanischen Garten und den wissenschaftlichen Nachlass des Dottore Farnese retten konnte: Mit der biologischen Gesellschaft Italiens hatten sich verschiedene Institutionen zusammengefunden, um eine Stiftung zu gründen. Diese Stiftung widmete sich dem Erhalt des nationalen Kulturgutes, aus verschiedenen Töpfen der EU wurden künftig auch die Stellen von Umberto und Lucia finanziert. Die Stiftung übernahm die Hypotheken und erwarb so nach und nach das Anwesen. Annunziata hatte keine Kinder, also wurde niemandem sein Erbe streitig gemacht – eine wunderbare Lösung. Das einzige Opfer, das die Contessa, die die Öffentlichkeit scheute, dafür bringen musste, war, einen Stipendiaten aufzunehmen. Für jeweils ein halbes Jahr würde eine Studentin oder ein Student in den Palazzo einziehen und sich dort, im Rahmen einer Masterarbeit, dem Wirken Giovanni Farneses widmen. Zunächst war Annunziata skeptisch gewesen – sie sollte Fremde in das Allerheiligste, das Arbeitszimmer ihres geliebten Vaters, lassen? Es hatte Lucia und Martin viel Überredungskunst gekostet, bis sie sich dazu bereit erklärte.

Und nun wollte sie nicht mehr von Gabriels Seite weichen! Seit der Student angekommen war, lief die alte Dame die Wendeltreppe zwischen Arbeitszimmer und Bibliothek rauf und runter, schleppte Bücher hinauf und wieder zurück in die Bibliothek, die ihm bei seiner Forschungsarbeit helfen sollten. Lucia beschlich langsam der Gedanke, dass Annunziata zu guter Letzt die Arbeit schrieb und nicht

Gabriel. Der sich nämlich auf die faule Haut legte und das *Dolce far niente* genoss …

Zwar war es mit der Stiftung abgesprochen, dass der Stipendiat Kost und Logis erhalten sollte, aber Lucia hatte für sich beschlossen, dass sie sich nicht dafür zuständig fühlte, dem Herrn sein Frühstück oder Snacks zu servieren. In ihren Augen reichte es, wenn sie für den Einkauf sorgte und einmal am Tag ein warmes Essen auf den Tisch stellte.

Energisch pochte sie nun an die Tür des Gastes, und als sie von drinnen ein verschlafenes *»Si«* hörte, rief sie durch die geschlossene Tür.

»Annunziata hat schon mit der Arbeit angefangen, beeil dich!« Zufrieden mit sich setzte sie ihren Weg in die Küche fort.

An diesem Morgen hatte sie zum ersten Mal nicht mit Übelkeit zu kämpfen, also wagte es Lucia, sich einen Milchkaffee zu kochen und diesen, nachdem sie der Signora frischen Tee in die Bibliothek gebracht hatte, auf der Terrasse zu genießen.

Die beiden Spaniels balgten sich zu ihren Füßen, Lucia scheuchte sie in den Garten, damit sie sich austobten und das Fressen verdienten. Eigentlich mussten die zwei dringend wieder ausgiebig Gassi gehen, aber dazu hatte Lucia im Moment zu wenig Zeit und Energie. Das kleine Wesen, das in ihr wuchs, forderte seinen Tribut, das spürte sie sehr deutlich. Und es würde in den kommenden Monaten nicht einfacher werden, das wusste Lucia. Gerade jetzt, wo sie mit einer Person mehr im Haus auch mehr Arbeit hatte als zuvor, zusätzlich zu den Aufgaben, die sie für die Signora übernahm. Lucia verdrängte den Gedanken daran, was werden würde, wenn sie es nicht mehr schaffte, die ganze

Hausarbeit zu erledigen. Sie würde auch die schweren Einkäufe nicht mehr tragen dürfen, vielleicht bekam sie Wasser in den Beinen oder gar – Gott behüte! – Schwangerschaftskomplikationen! Und wie würde es erst sein, wenn das Baby da war? Würde es Nacht für Nacht schreien und sie um den Schlaf bringen? Hätte sie die Kraft, das Baby zu stillen und sich trotzdem um alles hier zu kümmern?

Lucia wusste, dass Martin sich große Sorgen um all das machte, sie wusste auch, dass er sich wünschte, sie käme zu ihm nach Deutschland. Aber den Gedanken daran schob sie weit weg. Noch ging es ja, dachte sie optimistisch. Ich gehe erst über die Brücke, wenn ich sie erreicht habe.

Mit diesem Gedanken motivierte sie sich für den vor ihr liegenden Tag, brachte ihre Tasse in die Küche, schnappte sich den Einkaufskorb und holte die himmelblaue Vespa aus dem Schuppen. Jetzt aber avanti auf den Markt!

»Veganer?« Salvatore blickte Lucia ungläubig an. »Also davon habe ich keine Ahnung. Mach ihm Gnocchi.«

Lucia verzog das Gesicht. »Die sind mit Ei, das geht nicht.« Sie hatte Salvatore um Rat gebeten, was sie für Gabriel kochen sollte. Dieser ernährte sich vegan und stellte damit Lucias Kochkünste auf die Probe, die sich zwar seit dem letzten Jahr eindeutig verbessert hatten – bis dahin war sie höchstens in der Lage gewesen, ein Ei in die Pfanne zu hauen –, aber noch nicht so weit professionalisiert waren, dass sie vegane Gerichte aus dem Ärmel schütteln konnte.

»Also Pasta«, riet Salvi ihr jetzt. »Die ist ohne Ei. Wahrscheinlich kannst du Gnocchiteig auch ohne Ei machen, probier's doch mal aus.« Er griff zu einer Aubergine. »Kleine Würfel schneiden, scharf in Olivenöl anbraten und gut würzen. Dann Tomaten dazu. Am besten die kleinen Datterini. Knoblauch, Basilikum, schön köcheln lassen. Am besten schmecken dazu Penne oder Rigate. Und für dich und Annunziata gibt es noch klein gerupften Mozzarella buffala zum Darunterziehen.«

Während er redete, griff Salvatore nach den Tomaten, packte rasch noch Zwiebel und Knoblauch ein und legte alles mit der Aubergine in Lucias Korb.

»Ich danke dir, Salvi.« Lucias Augen wanderten suchend über den Marktstand. »Hast du Honigmelone? Ich habe so wahnsinnigen Appetit auf etwas Saftiges, Süßes …«

Mit einer raschen Handbewegung griff Salvatore zu einer Netzmelone, roch an ihr, klopfte und drückte ein bisschen.

»Honigmelone nicht, aber eine Galia aus meinem Gewächshaus. Wunderbar süß! Diese hier ist genau richtig reif.« Er reichte Lucia die Frucht. »Magst du noch etwas für die Signora mitnehmen? Ich habe Kaki, die sind allerdings nicht von mir, sind importiert.«

Lucia nickte. »Gerne! Und gib mir noch etwas Wurzelgemüse. Ich werde nachher eine kräftige Fleischbrühe kochen. Das Rezept ist von meiner Schwiegermutter aus Heidelberg, und ich kann dir sagen, Salvi, diese Brühe weckt Tote wieder auf. Soll ich es dir mal geben?«

Salvatore lachte. »Dass ich von einer Deutschen kochen lerne, das fehlte noch! Nein, im Ernst: Gib es mir gerne. Man lernt nie aus. Wie geht es Annunziata? Clivia und ich haben gerade gestern von ihr gesprochen.«

»Ein bisschen zu gut, wenn du mich fragst«, gab Lucia zurück. »Sie geht total auf in der Sichtung des Nachlasses ihres Vaters. Es ist ein Jungbrunnen für sie – plötzlich interessieren sich die Leute dafür, Fachartikel werden veröffentlicht,

Doktorarbeiten geschrieben. Sie ist total aus dem Häuschen, aber sie gönnt sich auch keine Ruhe, das gefällt mir gar nicht.«

»Es ist kaum zu glauben – sie wird nächstes Jahr neunzig, stell dir das vor!«

Lucia seufzte. »Mir wächst das zurzeit ein bisschen über den Kopf. Ich habe unterschätzt, wie anstrengend es ist, schwanger zu sein.«

»Hör mal.« Salvatore stupste sie an die Schulter. »Du solltest auch aufhören, wie eine Verrückte mit deiner Vespa über die Insel zu jagen. Und keine Einkäufe mehr machen, du schleppst zu viel.« Er deutete auf die Flaschen in ihrem Korb: Cola für den Herrn Stipendiaten, Wein für die Signora. »Ich liefere dir alles nach Hause, das weißt du. Ein Anruf genügt, und ich bringe es dir in den Palazzo – auch von meinen Kollegen«, er zeigte mit dem Arm einmal rundherum um den Markt, »Fleisch, Fisch, Käse, ganz egal.«

»Danke, Salvi, das weiß ich wirklich zu schätzen.«

»Du musst dich ein bisschen schonen, weißt du?«

Lucia lachte. »Erzähl mir bloß nicht, dass Clivia sich auch nur in einer ihrer Schwangerschaften geschont hat, das glaube ich nie und nimmer!«

Anstelle einer Antwort verdrehte Salvatore nur die Augen.

Trotzdem dachte Lucia an Salvatores Worte, als sie mit der Vespa und den Einkäufen zu ihren Füßen die Serpentinen in Richtung Anacapri hinauffuhr. In der nächsten Aussichtsbucht ließ Lucia die Vespa auslaufen und hielt an. Auf dem Scheitelpunkt hatte sie einen atemberaubenden Blick über die steilen Felsen hinunter zu den Ufern, wo sich die Meereswellen brachen, über den Golf von Neapel, den ein Muster von weißen feinen Fäden von der Gischt der Boote durchzog wie ein schlecht gewebtes Spinnennetz. Möwen stürzten sich kreischend von der Höhe der Capreser Berge hinab, und in der Ferne erhob sich der Krater des Vesuv wie eine Festung aus anderen Zeiten. Sie war hier zu Hause, Capri war ihre Heimat, ihr Hafen. Die Jahre in Neapel waren nicht von Glück geprägt gewesen, hier und nur hier war sie glücklich. Umgeben von ihrer Mamma Renata und Papà Tomasio, in der Nähe ihrer geliebten Halbschwester Marcella, die gleichzeitig ihre beste Freundin war. Wo, wenn nicht hier, wuchs ihr Kind im Paradies auf?

Entschlossen kickte Lucia den kleinen Roller wieder an, dieser stieß eine empörte graue Wolke aus, dann rollte sie die Kurven nach Anacapri hinab. Sie würde mit Martin sprechen, nahm Lucia sich vor. Wenn er das nächste Mal wieder auf die Insel kam, dann würde sie ihm sagen, dass es keine Alternative gab. Sie jedenfalls würde Capri nie und nimmer verlassen.

Wenig später umkreiste Lucia das kleine Rondell am östlichen Teil des Farnese-Anwesens, machte den Motor aus, schloss die schwere Holztür auf und schob den Roller mitsamt der Einkäufe hindurch. Weit hinten im Waldgebiet des Gartens hörte sie Umbertos Motorsäge, von Annunziata und Gabriel keine Spur – natürlich, die saßen im Arbeitszimmer. Allerdings kamen auch Camillo und Beppone nicht angerannt, das war ungewöhnlich. Normalerweise begrüßten die beiden kleinen Hunde jeden, der durch das Tor trat. Aber wahrscheinlich hatten sie irgendwo auf dem weitläufigen Gelände etwas Spannenderes entdeckt.

Lucia machte sich daran, ihre Einkäufe in der Küche zu verstauen, dann bereitete sie zwei große Obstteller vor, einen für die beiden Studierenden und einen für sich und Umberto.

Als Lucia mit dem Teller das Arbeitszimmer betrat, war es leer. Noch bevor sie darüber nachdenken konnte, hörte sie einen Stock tiefer, aus der Bibliothek, Hundegekläff und Stöhnen.

»*Aiuto!*«

Das war Annunziata!

Lucia schmiss den Obstteller mehr hin, als dass sie ihn abstellte, und flog die gusseiserne Wendeltreppe hinab. Dort unten lag, umgeben von ihren aufgeregten Hunden, die Contessa. Sie hielt sich mit schmerzverzerrtem Gesicht den rechten Oberschenkel.

»Hilf mir hoch, Lucia, ich schaffe es nicht alleine!«

Aber Lucia dachte nicht daran. Das Bein der alten Dame war seltsam verdreht, es sah aus, als sei es gebrochen oder gar aus dem Gelenk gesprungen. Sie war keine Medizinerin, aber aufstehen sollte Annunziata jetzt unter keinen Umständen.

»Was ist passiert?«, fragte Lucia, obwohl sie die Antwort kannte. Während die Signora ihr erzählte, dass sie auf der Treppe gestolpert und diese schließlich hinuntergestürzt war, hatte Lucia bereits ein Kissen und eine warme Decke von der Recamière geholt, die in der Bibliothek stand. Darauf bettete sie Annunziata, deckte sie zu und wählte die Nummer des Notarztes.

»Nein!«, versuchte die Contessa, sie abzuhalten. »Bitte nicht! Das wird schon wieder … Umberto soll mich ins Bett tragen.«

Aber Lucia ließ sich nicht beirren. Das hier war keine Kleinigkeit, ein Arzt musste her.

»Ja, hallo? Wir haben einen Notfall in Anacapri, Palazzo Farnese. Die Signora ist die Treppe hinuntergefallen … Ja, genau. Ich weiß nicht, gebrochen oder so … Sie ist bei Bewusstsein … Danke, bis gleich.«

Ohne auf Annunziatas Proteste auch nur im Geringsten einzugehen, wählte Lucia anschließend die Handynummer von Umberto und hoffte, dass er in den Pausen, in denen er die Motorsäge abgestellt hatte, ihren Anruf hörte. Er sollte dem Notarzt das Tor öffnen und den Weg zum Wintergarten mit der Bibliothek weisen.

Umberto ging nicht ran, Lucia hinterließ ihm eine Nachricht, zur Not würde sie gleich herausrennen und ihn persönlich alarmieren.

»Wo ist denn Gabriel, dieser Nichtsnutz?«

»Ich weiß nicht«, sagte Annunziata mit vor Schmerz verzerrtem Gesicht, »er ist heute noch nicht aufgetaucht.«

Wahrscheinlich hatte er sich im Bett einfach noch einmal umgedreht und war wieder eingeschlafen, dachte Lucia bei sich, aber sie schluckte einen weiteren Kommentar hinunter.

Eine Stunde später sah sie zu, wie ihre Chefin und Freundin Contessa Annunziata Farnese mit dem Notarztwagen durchs Tor rollte. Die Diagnose des Arztes war schnell gestellt: Die alte Dame hatte sich die Hüfte gebrochen. Sie würde im kleinen Spital Capris eventuell noch geröntgt, um Genaueres festzustellen, aber dann würde man sie noch heute nach Neapel bringen, denn nur dort konnte man sie entsprechend behandeln. Lucia hatte Annunziatas Hand gehalten und ihr eines fest versprochen: »Ich packe jetzt ein paar

Sachen – für dich und für mich. Ich komme mit, es kommt nicht infrage, dass ich dich alleine lasse!«

Vor wenigen Stunden hatte sie noch gedacht, wie froh sie auf Capri war, wie dankbar dafür, dass sie nicht mehr in Neapel sein musste. Und nun hatte sich alles um hundertachtzig Grad gedreht.

Der zweite Tag ihres Arbeitsurlaubs stand dem ersten in nichts nach: Wieder leuchtete der Himmel strahlend blau, das Thermometer kletterte auf satte vierundzwanzig Grad, und Hanna saß inmitten der Idylle der Trettanis zwischen blühenden Obstbäumen, Geißblatt, Weinranken und duftenden Kräutern unter dem großen Feigenbaum. Den Laptop hatte sie bereits seit vier Stunden in Betrieb, sie war einigermaßen fleißig gewesen. Im Moment war sie damit beschäftigt, für Instagram und Facebook den Post des Tages zu formulieren. Motive hatte sie mehr als genug! In Capri-Stadt hatte sie unzählige hübsche Bilder aufgenommen, aber auch die wolligen Mangalitza-Schweine von Salvatore oder das alte Motorrad mit Beiwagen von Clivia erzählten gute Geschichten, über die sich ihre Follower freuen würden. Tatsächlich kam es bei ihren Leserinnen und Lesern sehr gut an, dass »Aly« sich in Italien tummelte, dem Sehnsuchtsland der Deutschen.

Mit ihrem Roman allerdings war Hanna noch nicht so richtig weitergekommen, sie hatte einzelne Szenenideen entwickelt, einen Anfang formuliert, über den Verlauf der Geschichte nachgedacht, aber immer wieder schweifte ihre Aufmerksamkeit ab. Zu Mimi. Dieser Moment gestern, als

Mimi ihr zu Füßen saß und hingebungsvoll ihre Zehen ableckte, hatte Hanna zu Tränen gerührt. Sie hatten das Spielchen mit dem Käse eine Zeit lang gespielt, bis Hanna einmal das Leckerchen aus der Hand fiel, sie sich danach bückte und Mimi vor Schreck wieder ins Haus zurücklief.

Am Abend jedoch, als Hanna sich in die Ferienwohnung zurückgezogen hatte, kam Mimi immer wieder zu ihr – vorsichtig, das kleine Schwänzchen stand irgendwann sogar in die Höhe, anstatt zwischen den Hinterbeinen eingeklemmt zu verschwinden. Hanna lobte die Kleine mit ruhiger Stimme und einem Leckerbissen. Den ganzen Abend verbrachten sie so: Mimi traute sich an Hanna heran, schnappte sich das Leckerli und verschwand. Es schien ihr sogar ein bisschen Spaß zu bereiten, sie hoppelte jedes Mal beinahe ausgelassen unters Bett zurück, wedelte aus Versehen sogar mit dem Schwanz, und Hannas größter Erfolg war es schließlich, dass Mimi sich anfassen ließ. Hanna saß von der Anspannung erschöpft am Boden, Mimi lag in Armlänge von ihr entfernt.

Vorsichtig hatte Hanna eine Hand ausgestreckt und Mimis Fell berührt. Sanft, sehr langsam und begleitet von lobenden Worten hatte die Kleine sich von ihr streicheln lassen! Hanna zitterte vor Freude, so überwältigt war sie von ihrem – und Mimis! – Erfolg.

In dem Moment hatte Hanna sich ihrer Gedanken und ihres Vorhabens, Mimi wieder herzugeben, geschämt, auch wenn sie wusste, dass Mimi das gar nicht verstehen konnte. Natürlich blieben ihre Zweifel an der nicht gerade von Vernunft geprägten Entscheidung, aber sie würde das Für und Wider heute Abend mit dem Tierarzt besprechen.

Zum Schlafen hatte Mimi sich wieder unters Bett zurückgezogen, das kuschlige Bettchen, das Hanna für sie besorgt hatte, würdigte sie keines Blickes.

Am Morgen hatte Hanna sofort die Tür zum Garten geöffnet, in der Hoffnung, Mimi verführen zu können, ihre Geschäfte nach draußen zu verlegen – aber diese bevorzugte anscheinend das Badezimmer. Clivia kam, nahm die beiden Badvorleger lachend mit und gab Hanna gleich drei neue.

»Wir spielen das Spielchen so lange, wie Mimi möchte«, hatte sie Hanna beruhigt. »Auch meine Kinder sind irgendwann aufs Töpfchen gegangen, alle drei, auch wenn ich zwischenzeitlich nicht daran geglaubt habe. Vor allem bei den Jungs … Mimi schafft das, *di sicuro!*«

Gerne hätte Hanna sich noch ein bisschen länger mit Clivia unterhalten, aber diese war auf dem Weg zu einem Einsatz auf dem Meer – außerdem hatte sie einen Anruf aus dem Palazzo bekommen. Dort hatte sich die Hausherrin verletzt, und Clivia verabschiedete sich hastig von Hanna, damit sie noch vor ihrer Abreise in Capri im Krankenhaus vorbeischauen und nach der Signora Farnese sehen konnte.

Salvatore war an diesem Tag nicht auf dem Markt, er arbeitete in seinen Gewächshäusern und auf dem Feld, ab und an sah Hanna seine massige Gestalt zwischen den Bäumen herumwuseln. Sie würde also den Abend mit ihm und dem Tierarzt verbringen, dachte Hanna, und obwohl sie beide Männer überaus sympathisch fand, wäre es ihr lieber gewesen, Clivia an ihrer Seite zu wissen. Sie kam sich ein bisschen überflüssig vor – Salvatore und Michele kannten sich anscheinend schon lange, und was sollten sie mit ihr, einer Deutschen, die mehr schlecht als recht Italienisch sprach, anfangen? Und dann würde es auch noch Leber geben …

Abzusagen aber wagte sie nicht – sie hatte bereits zweimal das Angebot einer Essenseinladung ausgeschlagen, es wäre mehr als unfreundlich gewesen, schon wieder Nein zu sagen.

Ihr Handy zeigte den Eingang einer Sprachnachricht an – Suse. Sie gab Hanna Bescheid, dass der Typ aus Husum gerade vorbeigekommen war und das Longboard mitgenommen hatte.

»Total schnuckelig«, hörte Hanna Suse flöten. »Der hätte dir gefallen! Kein Hübschi, aber knuffig. Unser Alter. Also perfekt! Schade, dass du nicht da warst.«

Hanna verdrehte die Augen. Typisch Suse! Seit ihrem eigenen Coup bei der Partnerbörse versuchte ihre Freundin ständig, sie zu verkuppeln.

Noch während Hanna die Sprachnachricht zu Ende anhörte, ging eine Nachricht auf der Ebay App ein. Knut aus Husum schrieb, dass die Kaufabwicklung super geklappt hatte, das Longboard in einem tollen Zustand sei und er sich noch einmal für den tollen Deal bedanken wollte.

Hanna schrieb zurück. »Hallo, Knut, freut mich, dass alles top war. LG Hanna!« Dann überlegte sie. Knuffig oder nicht – es schadete doch nicht, noch etwas Persönliches hinzuzufügen, oder? »Fährst du eigentlich selbst damit? Respekt!«

Knut schickte einen Tränen lachenden Smiley zurück. »Ich doch nicht! Das ist ein Geschenk für meinen Neffen.«

Bevor Hanna das Handy zur Seite legen konnte, schrieb Knut erneut: »Und du? Gibt es ein Leben ohne Longboard?«

»Bin vom Asphalt aufs Wasser gewechselt«, textete Hanna zurück. »Surfe jetzt mein SUP, Longboard war zu klein.«

Dann schickte sie ebenfalls einen lachenden Smiley hinterher.

»Wenn dir das auch irgendwann zu fad ist, weil du plötzlich Paragliding machst, sag Bescheid«, kam von Knut prompt die Antwort. »Ich reserviere das SUP schon mal.«

Hm, dachte Hanna und spürte, dass sie ein winziges warmes Gefühl im Bauch bekam. Husum-Knut schien Humor zu haben, und wenn er auch noch knuffig war … Gegen ein bisschen Hin- und Herschreiben war nichts einzuwenden. Um ein Date konnte er sie nicht bitten – sie war zweitausend Kilometer weit entfernt. Aber Hanna merkte, dass es ihr gefiel. Ein bisschen zu flachsen und zu flirten, wann hatte das zuletzt bei ihr stattgefunden?

Das Pingpong ging noch eine Weile, bis sie sich schließlich einen Ruck gab und darauf verwies, dass sie arbeiten müsse. Knut bedauerte, schrieb aber selbst nichts von Arbeit, was Hanna neugierig machte. Überhaupt machte der Mann sie neugierig. Durch die Kaufabwicklung hatte sie seinen vollen Namen und Adresse und beschloss, ihn zu googeln. Knut Meißen, Husum.

Die Suchmaschine spuckte als Erstes ein Bild aus – ein seriöser Typ mit Halbglatze und dunkelblauem Anzug. Darunter erschien die Adresse seiner Kanzlei. Anwalt für Patentrecht? Hanna musste schon zweimal hinschauen, bis sie sich vorstellen konnte, dass das der »knuffige« Typ war, mit dem sie gerade so locker flockig hin- und hergeschrieben hatte. Er war offensichtlich Anwalt für Patentrecht mit einer eigenen Kanzlei, alles wirkte seriös, erfolgreich und ziemlich langweilig. Klar, ein Anwalt musste natürlich auf seiner Website seriös rüberkommen. Vielleicht fand sie ihn ja bei Facebook wieder und konnte ein bisschen in seinem Privatleben herumschnüffeln.

Kaum hatte sie diesen Gedanken zugelassen, versank Hanna innerlich in Grund und Boden. Gott, war sie peinlich! Sie benahm sich wie ein Teenager, spionierte einem Mann hinterher, den sie nicht kannte und vermutlich niemals kennenlernen würde. Andererseits: Machte das nicht jeder? War doch heute normal, oder? Allerdings: Über sie fand man auch nicht besonders viel im Netz. Ihre private Facebook-Seite hatte sie schon vor Jahren deaktiviert, und bei Instagram war sie als Hanna nie gewesen. Eigentlich absurd, dass sie nun als Aly Walker eine Social-Media-Größe war. Hinter ihrem Namen hatte sie sogar das blaue Häkchen, das sie als Original-Account und also prominent auswies. Was würde ein Knut Meißen dazu sagen, dass sie sich als Zweiundzwanzigjährige ausgab?

Auch ihn schien es als Privatmenschen nicht im Netz zu geben, keine Fotos mit Wampe am Strand oder in den Armen seiner Ehefrau. Nichts über Haustiere oder Kinder.

Apropos Haustiere! Sie könnte sich doch nach der Transportbox erkundigen, fiel Hanna ein. Das war unverfänglich, und vielleicht könnten sie ja noch mal so nett schreiben. Wer weiß, vielleicht könnten sie ja auch Nummern austauschen und sich SMS oder Whatsapp schicken?

Hör auf mit der Spinnerei!, rief Hanna sich zur Ordnung. Sie wusste genau, dass es hier nicht wirklich um diesen Knut Meißen aus Husum ging, sondern ihr gerade alles recht war, was sie vom Schreiben abhielt.

Aber warum eigentlich? Vorgestern, bei Julia und auf der Fahrt, war sie noch total euphorisch gewesen, weil sie endlich eine Plotidee hatte. Warum nur fiel es ihr so schwer, daran konsequent weiterzuarbeiten? So war es bei *You got me* niemals gewesen. Dieser Roman war damals förmlich aus ihr herausgeflossen. Sie konnte es am Morgen kaum erwarten, sich an den Schreibtisch zu setzen. Hatte sich nicht auf die Zeitung konzentrieren können, stattdessen war sie von früh bis spät bei ihren Figuren. Ständig hatte sie sich gefragt: Was würde Aly jetzt tun? Wie würde sie empfinden, was würde sie denken? Was zieht Aly an, was isst sie, was mag sie, was nicht?

Und so sollte es eigentlich sein, wenn man Schriftstellerin ist, dachte Hanna, blickte auf die spärlichen Notizen in ihrem Laptop und dann auf das Meer hinaus.

Was war geschehen? Warum fand sie keinen Zugang mehr zu Aly? Was hatte sich verändert?

Oder war es so, dass sie, Hanna, einfach nur ein One-Hit-Wonder war? Dass sie nur diesen einen, einzigen Roman schreiben konnte – und darüber hinaus nichts? Durfte sie sich überhaupt Schriftstellerin nennen? Oder war sie eine Hobbyautorin, die einfach nur Glück gehabt hatte?

Während Hanna in sich hineinhorchte und sich diese Fragen stellte, spürte sie eine Identitätskrise am Horizont aufziehen.

Was zum Teufel kündigte sich da an? Midlife-Crisis? Wechseljahre, schon mit 42?

Schluss! Hanna knallte ihren Laptop zu. Korbinian hatte sie nach Capri geschickt, damit sie sich auf den Roman konzentrierte. Sie würde jetzt hinunter zum Meer gehen und ihren Blick weiten. Vorher schaute sie noch mal zu Mimi – die sich in die geöffnete Tür des Ferienhauses gelegt hatte. Hier erwärmten die Sonnenstrahlen den Boden, und der kleine Hund, der anfangs noch wie ein Luchs den Garten beobachtet hatte, war vor Müdigkeit umgefallen, lag ausgestreckt in der Sonne und schlief. Gerührt betrachtete Hanna den mageren Körper. Was hatte Mimi schon alles Schreckliches erdulden müssen, bevor sie sie aufgelesen hatte? Trotz des zotteligen Fells wirkte die schwarze Hündin zart und verletzlich, ihr kleiner Bauch war noch nackt, blassweiße Haut mit dunklen Flecken schimmerte hindurch, und Hanna spürte, wie Liebe in ihr aufwallte. Sie fühlte sich verantwortlich für den Schutz von Mimis kleinem Leben. Die Hündin hatte ein Recht darauf, geliebt und nicht verletzt zu werden. Jetzt öffnete Mimi ihre Augen und sah Hanna an. Diese verstand es als Aufforderung und hockte sich zu ihr, aber da legte Mimi die Ohren an, stand auf und ging von Hanna fort.

»Okay, verstanden.« Hanna stand wieder auf und nahm ihr Badehandtuch. Zum Schwimmen war es noch zu kalt, aber vielleicht würde sie sich in die Bucht setzen und ein wenig lesen können. Sie hatte außer den Reiseführern von Suse noch andere Bücher bekommen, hauptsächlich Urlaubsromane, die ganz neu erschienen waren. Mit ihren hübschen bunten Covern machten sie Lust auf Sommer, und auch wenn Hanna sich selbst im Urlaubsparadies aufhielt, wollte sie sich gerne verzaubern und an neue Orte entführen lassen. Bevor sie das Apartment verließ, forderte sie Mimi noch auf, sie zu begleiten, aber das war vergebliche Liebesmüh. Auch die neu erstandene Leine ließ Mimi sich nicht anlegen, jedes Mal, wenn Hanna sich ihr damit näherte, flüchtete die Kleine panisch.

So beschloss Hanna, die Tür der Ferienwohnung geöffnet zu lassen. Mimi sollte sich ruhig draußen umsehen, vielleicht fasste sie alleine mehr Vertrauen zu ihrer neuen Umgebung.

Salvatore nickte freundlich, als Hanna ihn bat, ihr Bescheid zu sagen, falls Mimi alleine auf dem Grundstück herumspazieren sollte. »Michele kommt, wenn in seiner Praxis Schluss ist«, informierte er Hanna. »Er schaut sich Mimi an, dann die Schweine, ich koche, und dann essen wir. Alles ganz locker.«

Alles ganz locker, dachte Hanna, als sie die Steinstufen zur kleinen Bucht hinunterstieg. Das muss ich auch noch werden. Ganz locker. Von Salvatore kann ich wirklich lernen. Als sie den Strand erreichte, stellte sie sich an die Wasserkante, die Füße im kalten Wasser, und schaute zum Horizont. Hanna holte tief Luft und konzentrierte sich auf ihre Atmung, so, wie sie es im Yoga gelernt hatte. Streckte den Rücken und richtete sich innerlich auf. Schultern zurück, Körperspannung – und dann: genießen. Alles annehmen, was kommt, dachte Hanna. Das sagte ihre Yogalehrerin immer, und wenn sie im Gymnastikraum der Lüneburger Volkshochschule auf ihrer Gummimatte lag, erschien es ihr wie eine hohle Floskel, die man so einfach dahinsagte. Hier aber, überwältigt von der Schönheit der Insel, vor Augen die unfassbare Weite, tiefblaue Freiheit, verstand Hanna plötzlich, dass sie genau das umsetzen musste. Und es auch konnte.

Was zählte, war der Moment. Und dieser Moment hier auf dieser wunderschönen Insel, getragen von der Gastfreundschaft des Landes, umspielt von der sanften Meeresbrise, beschienen von der warmen Sonne des späten Frühlings, dieser Moment war unendlich schön und wertvoll. Er würde sie durch die nächsten Wochen und vielleicht Monate tragen, immer wieder würde sie an Capri denken, das spürte Hanna. Egal, was noch geschehen würde.

Als sie am frühen Abend aus der Dusche stieg – Mimi hatte den Badvorleger ausnahmsweise verschont –, war Hanna sehr zufrieden mit sich. Nach ihrer Lesepause am Strand hatte sie es tatsächlich geschafft, die ersten fünf Seiten ihres neuen Romans zu schreiben! Ein Einstieg, juhu! Außerdem hatte sie mit Mimi das Leckerchenspiel vom Vortag wiederholt, und erneut hatte sie die kleine Hündin streicheln dürfen. Mimi hatte sich wieder vor die Tür gewagt und einen neuen Lieblingsplatz entdeckt: direkt an der sonnenbeschienenen Hausmauer, gut verdeckt vom Geißblattstrauch.

Hanna hatte gehofft, dass Mimi bis zur Ankunft des Tierarztes draußen bleiben würde, aber als sie jetzt aus der Dusche kam, hatte sich die Hündin schon wieder in Deckung unter das Bett begeben. Nun gut, Michele war ja vorbereitet, Hanna hatte ihm erzählt, wie es um Mimi stand.

Tatsächlich hatte er kein Problem damit, als er kam, im Gegenteil – er lachte und sagte, dass er nicht damit gerechnet hatte, einen entspannten und sich normal verhaltenden Hund anzutreffen.

Hanna hatte es ein wenig den Atem verschlagen, als er in der Tür stand: Er trug ein dunkelblaues Polohemd, das seine braun gebrannten und muskulösen Arme überaus vorteilhaft zur Geltung brachte. Dazu eine lässige weite Chino – eine typische Mischung aus Coolness, Lockerheit und Chic, die Hanna an den Italienern und Italienerinnen sehr bewunderte. Sie selbst trug ihre Jeans und ein schwarzes T-Shirt mit Blumenprint, bedauerte ihre Wahl aber doch ein wenig. Sie hatte kurz gezögert, ob sie ihr schwarzes Sommerkleid anziehen sollte, es war bodenlang, aus Stretch-Material, ab der Taille leicht ausgestellt, der Ausschnitt tief ausgeschnitten. Es brachte ihre üppige Figur an den richtigen Stellen gut zur Geltung und verdeckte gnädig die anderen. Hanna hatte es für nur zwanzig Euro in einem Discounter gekauft, aber da es schwarz und lang war, wirkte es elegant. Deshalb hatte sie sich auch dagegen entschieden, denn es schien ihr bei einem Essen mit Vermieter und Tierarzt nicht angemessen. Gelegenheiten, es zu tragen, gab es in Hannas Leben leider nur allzu selten.

Der Dottore bückte sich und guckte unters Bett.

»Ich brauche nicht zu versuchen, sie zu locken«, sagte er dann und erhob sich wieder. »Sie hat furchtbar Angst vor mir. Wahrscheinlich allgemein vor Männern.«

Hanna bekräftigte. »Der Typ an der Tankstelle, der sie getreten hat, war ein Mann. Und als Marco sie streicheln wollte, hat sie gleich zugebissen.«

»Trägt sie ein Halsband?«

»Ja, das hat mir der Typ vom Tierheim gegeben, und ich habe es ihr nie abgemacht. Das schöne neue haben wir noch nicht anlegen können.«

»Okay. Was wir jetzt machen, wird ihr nicht gefallen, aber es gibt keine andere Möglichkeit, ich muss sie mir ja aus der Nähe ansehen.« Der Doktor nahm seine Tasche und machte Anstalten, die Wohnung zu verlassen. »Ich gehe vor die Tür, und Sie versuchen, sie mit Leckerli unter dem Bett hervorzulocken. Sie haben gesagt, manchmal klappt es?«

Hanna nickte.

»Gut. Sobald sie bei Ihnen ist, nehmen Sie sie am Halsband und rufen mich. Aber Vorsicht – versuchen Sie, nicht zu hektisch zu sein, schön ruhig. Mit tiefer Stimme mit ihr reden und schmatzen.«

»Was?« Hanna glaubte, die Bedeutung des Wortes nicht richtig interpretiert zu haben, aber Michele wiederholte es.

»Schmatzen! Als wenn Sie Kaugummi kauen. Also so.« Er machte es ihr vor. »Das beruhigt die Hunde, das kennen sie von ihrer Mutter.«

Bei dem Gedanken daran, dass Mimi ihre Familie verloren hatte und sie nun ihre Mami spielen musste, wurde Hanna ein bisschen weh ums Herz.

Der Doktor ging und schloss die Tür hinter sich. Hanna entschied sich für Käsestückchen. Sie hatte festgestellt, dass insbesondere der Pecorino zu Mimis Favoriten zählte. Also schnitt sie davon winzige Stückchen ab und legte wieder eine Leckerchenspur – an deren Ende sie selbst saß.

Es dauerte keine fünf Minuten, da lugte eine feuchte schwarze Nase unter dem Bett hervor. Hanna musste sich zwingen, ruhig zu bleiben, sie traute sich nicht einmal, Mimi anzusprechen, weil sie fürchtete, die Anspannung in ihrer Stimme würde Mimi verraten, dass dies eine Falle war. Also schmatzte sie. Du meine Güte, kam sie sich blöd vor! Aber es zeigte Wirkung. Mimi fraß sich Käsestückchen um Käsestückchen an Hanna heran. Skeptisch zwar, das erkannte Hanna am Weiß der Augäpfel, das immer wieder in dem schwarzen Fellknäuel aufblitzte, aber sie kam näher und näher. Das letzte Käsestückchen schließlich hielt Hanna ihr in der geöffneten Hand hin.

Mimi stockte.

Komm schon, dachte Hanna und kam sich wie eine ganz miese Verräterin vor. Aber sie lächelte Mimi an und tat weiterhin, als würde sie mit offenem Mund Kaugummi kauen.

Mimi gab sich einen Ruck, Hanna auch und packte die kleine Hündin am Halsband. Sie bekamen beide einen Schreck; Mimi versuchte sofort, nach Hanna zu schnappen, aber die, mit Herzklopfen bis zum Hals, nahm die Kleine hoch, hielt sie fest, aber liebevoll im Arm und sprach nun mit tiefer, ruhiger Stimme auf sie ein.

»Es tut mir leid, meine Süße. Du bist eine ganz Feine. Alles ist gut …« Erst als Mimi sich ein wenig beruhigte und nicht mehr versuchte, Hanna in die Hand zu zwicken – sie hatte immerhin keine ernsthaften Versuche unternommen, sie zu beißen –, rief Hanna den Dottore.

Michele kam wieder herein, kniete sich etwas entfernt hin, blieb seitlich zum Hund und fing auch an, ganz leise kleine Geräusche von sich zu geben. Dann warf er Mimi winzige Leckerchenbrocken hin. Hanna wagte, die Hündin abzusetzen. Und tatsächlich: Sie nahm die Bröckchen auf!

Geduldig sah der Tierarzt ihr zu, erst dann nahm er sie zu sich – während er fortwährend die Beruhigungsgeräusche machte und auch nicht aufhörte, Mimi kleine Futterbröckchen anzubieten.

Mit Bewunderung sah Hanna ihm zu, wie er Mimi abtastete, ihr ins Maul und in die Ohren schaute – die kleine Hündin blieb sogar stehen, nahm gierig die Belohnungen auf und machte keine Anstalten abzuhauen. Als er mit seiner Begutachtung fertig war, ließ sie sich sogar von ihm kraulen!

»Vier Monate, schätze ich«, gab er seine Expertise ab. »Sie ist also noch ein Welpe und hat vermutlich ihre Familie verloren, sonst wäre sie nicht an die Autobahn gegangen. Oder jemand hat sie dort ausgesetzt, vielleicht auch noch ihre Geschwister.«

Hannas Herz krampfte sich zusammen.

»Sie ist zu mager für ihr Alter, klar, vermutlich hat sie noch nie etwas Ordentliches gefressen.« Er öffnete seine Tasche und holte ein paar weiße Plastikdosen heraus.

»Das sind Aufbaumittel, die Sie ihr ins Fressen mischen. Ich schreibe Ihnen auf, wie viel. Haben Sie eine Waage?«

Hanna schüttelte den Kopf.

»Aber Salvatore«, gab Michele zurück. »Sie sollten ihr Gewicht kontrollieren. Für das Alter und die Größe, die sie hat, müsste sie drei bis fünf Kilo mehr wiegen.«

Er ließ sich von Hanna noch zeigen, welches Fressen sie für Mimi gekauft hatte, und gab ihr dazu Ratschläge. Hanna brummte der Kopf, sie kam gar nicht mehr nach mit Notizen.

»In zwei Wochen komme ich wieder und sehe sie mir an, dann berechnen wir auch die Fressportionen neu. Bis dahin hat sie ein bisschen was auf den Rippen.« Michele lachte. »Sie werden sich wundern, was sie verputzen kann, irgendwann frisst sie Ihnen die Haare vom Kopf – die Madame wird nämlich groß.«

»Groß?« Ihre Befürchtungen wurden also wahr.

»Ihren Pfoten nach zu urteilen, ja. Sie sieht aus, als könnte ein Königspudel oder ein Briard in der Mischung sein. Groß, schmal und zottelig. Irgendetwas mit Hütehund könnte drin sein. Fünfzig, sechzig Zentimeter Schulterhöhe wird sie schon erreichen.«

Hanna sah ihn an. Dann sah sie auf Mimi herab, die die Fleischbrühe mit Kartoffeln schlabberte, die sie ihr als Belohnung für so viel Tapferkeit aufgehoben hatte.

Michele spürte ihr Unbehagen, er nahm Hanna sanft am Arm. »Kommen Sie, wir sprechen darüber lieber beim Essen. Und einem Glas Wein.«

»Okay. Kann ich Mimi denn alleine lassen? Sie haben doch geschrieben …«

Michele nickte. »Es ist ja nicht für lang. Außerdem war die Aktion Stress pur für die Kleine, sie wird jetzt sehr erschöpft sein und schlafen. Ich meinte mit meinem Ratschlag eher: Gehen Sie jetzt nicht stundenlang auf einen Ausflug oder an den Strand. Die Kleine muss Vertrauen haben und das Gefühl, dass Sie sie beschützen. Und das ist gar nicht so einfach.«

Die Einladung von Salvatore anzunehmen war die beste Entscheidung des Urlaubs, freute sich Hanna wenig später. Das Essen war einfach fantastisch und die Gesellschaft der beiden Männer trotz Clivias Abwesenheit vollkommen entspannt. Salvatore stellte Platte um Platte, Schüssel um Schüssel auf den Tisch und alles, wirklich alles schmeckte grandios. Es gab gegrillten Tardivo – ein bitterer Salat – mit Granatapfelkernen, Burrata mit Tomaten, Grapefruit, Honig und Rucola, ein Carpaccio vom Thunfisch und zur gebratenen Kalbsleber einfach Kartoffeln, kross im Ofen gebacken, mit Kräutern. Dazu Ciabatta, noch warm, und viele kleine Schüsselchen mit Oliven, Artischocken, Pilzen und anderem eingelegten Gemüse. Zur Nachspeise servierte Salvatore Panna cotta mit Feigen – für die er sich entschuldigte, weil ihm die Zeit gefehlt hatte, etwas Raffinierteres auf den Tisch zu stellen.

Hanna war fassungslos: Dieses Menü war ein Festmahl! Wenn sie so etwas zaubern müsste, würde sie den ganzen Tag nervös in der Küche stehen und es nicht mal eben, so wie Salvatore, aus dem Ärmel schütteln.

Das größte Wunder war für sie die Kalbsleber, die zart und fein schmeckte, kein Vergleich mit der Schuhsohle, die sie in ihrer Kindheit vorgesetzt bekommen hatte.

»Habe ich zu viel versprochen?« Michele zwinkerte Hanna zu und säuberte mit einem Stück Ciabatta seinen Teller. »Salvi muss mich nicht bezahlen – wenn ich das im Restaurant esse, werde ich ein Vermögen los!«

Salvatore winkte ab. »Komm, du spinnst. Das ist doch nichts Besonderes.«

»Nichts Besonderes?« Hanna schüttelte den Kopf. »Es ist der helle Wahnsinn! Hast du Koch gelernt?«

»Nein, niemals«, gab Salvatore bescheiden zurück. »Aber ich musste es lernen, als ich mit Clivia zusammen war. Die konnte nichts außer eine Dose öffnen. Und daran hat sich bis heute nichts geändert. Wir wären mitsamt unseren Kindern verhungert, wenn ich das nicht übernommen hätte.«

»Deine Clivia!« Michele schüttelte belustigt den Kopf. »Das ist wirklich eine besondere Frau. So eine gibt es auf ganz Capri nicht noch einmal.«

Das glaubte Hanna nur zu gern. In der kurzen Spanne ihres Aufenthaltes hatte sie so oft gedacht, dass Clivia sich jedem Klischee verweigerte. Ihre kurzen Haare, die selbst gedrehten Zigaretten, das alte Motorrad, die Art, sich zu kleiden, der Mut, ihren Beruf hinzuschmeißen und stattdessen auf hoher See erkrankte Flüchtlinge zu versorgen – das entsprach nicht gerade dem landläufigen Bild von Weiblichkeit. Und dennoch war Clivia eine liebende Ehefrau und fürsorgliche Mutter für ihre mittlerweile erwachsenen Kinder – jedenfalls entnahm Hanna das der Art, wie Clivia über sie redete.

»Nein«, Salvatore schmiss sich stolz in die Brust. »Meine Clivia ist einzigartig. Ich gebe sie nie wieder her!«

»Und du, Hanna«, Michele und sie hatten das förmliche Sie abgelegt, »bist du auch für deinen Mann einzigartig?«

Hanna stutzte. Sie fand die Frage etwas indiskret. Michele schien ihr Zögern zu bemerken und ruderte zurück.

»Entschuldige – das geht mich natürlich nichts an.«

»Schon okay.«

»Ich wollte auf die Art eigentlich nur herausfinden, ob du verheiratet bist oder nicht.«

Hanna schüttelte den Kopf und nahm rasch einen Schluck Wein, um ihre Verlegenheit zu überspielen. Zum Teufel, fing Michele jetzt etwa an, mit ihr zu flirten? Ihr entging nicht, dass Salvatore dem Tierarzt einen warnenden Blick zuwarf. Aha, interpretierte Hanna für sich. Wahrscheinlich war der schicke Dottore ein notorischer Casanova. Na, wenn das so ist, dachte sie, beflügelt von der wunderschönen Abendstimmung, dem Essen und natürlich dem Weißwein, der ihr zu Kopf gestiegen war, wenn du spielen willst, dann spiel ich mit!

»Nein, ich bin geschieden«, gab sie zur Antwort und schaute Michele direkt in die Augen. Schöne, sehr südländische dunkle Augen mit dichtem Wimpernkranz, wie sie feststellte. In ihrem Bauch begann es, ein bisschen zu kribbeln. »Ich lebe allein mit meinem großen Sohn – und genieße das sehr. Einzigartig bin ich trotzdem. Und zwar einfach so, für mich. Dazu brauche ich keinen Mann.«

Michele hielt ihren Blick und lächelte, und Hanna sah in seinem Blick, dass es ihm gefiel, dass sie den Ball gefangen hatte und nun an ihn zurückspielte.

Salvatore sah zwischen ihnen hin und her und ging schließlich mit einem Themenwechsel dazwischen. »Was sagst du denn zur kleinen Mimi, Michele?«

»Wie ich Hanna schon gesagt habe. Sie ist noch ein Welpe, viel zu dünn, aber ansonsten gesund. Zumindest, was ich auf den ersten Blick sagen kann. Wir müssten irgendwann Blut abnehmen und auch impfen. Aber ich will sie nicht überfordern, sie braucht jetzt Ruhe und Vertrauen. Keinen großen Mann, der ihr weh tut.«

Er lächelte Hanna wieder an. Sie hielt seinem Blick stand und spürte, dass sich das Kribbeln in eine heiße Welle verwandelte, die ihren Körper von den Fußspitzen bis zum Haaransatz durchflutete. Der Tierarzt sah aber auch einfach zu gut aus, um nicht mit ihm zu flirten. Und sie hatte Lust darauf. Was hatte Hanna sich heute Mittag im Meer versprochen? Den Moment zu genießen! Nicht zurückzublicken auf Dinge, die nicht mehr zu ändern waren. Also warum nicht mit einem schönen Mann flirten, wenn sich die Gelegenheit dazu bot?

»Ruhe und Vertrauen«, fragte Hanna nach, »das ist leicht gesagt, aber wie mache ich das?«

Michele spielte mit seinem Weinglas, während er ihr antwortete, und die Art, wie er seine Finger darüber gleiten ließ, verursacht Hanna Gänsehaut. Es war ihr vorhin schon aufgefallen, als er Mimi untersucht hatte. Zupackend und zärtlich zugleich. Nichts an seiner Art war grob, aber dennoch direkt, niemals zögerlich. Das war so ziemlich genau das, wonach ihr Körper nach Jahren der Entbehrung hungerte … Stopp!, rief Hanna sich zur Ordnung. Hier geht's um Mimi und nicht um dich!

»Mimi muss ankommen. Sie muss lernen, dass ihr bei dir nichts passiert. Du bist ihre Mami, ihre Rudelführerin. Du musst stark und liebevoll zugleich sein.«

»Ich habe meinen Sohn so gut wie alleine erzogen, ich glaube, das kann ich.«

»Das kannst du ganz bestimmt.«

Wieder dieses Lächeln. Wieder Gänsehaut.

»Du musst ein paar klare Regeln befolgen, Hundekommunikation. Aber das ist komplex, und ich glaube, du hast für heute genug Informationen, die du verarbeiten musst.«

Das war wohl richtig, dachte Hanna. Außerdem bin ich gerade bis unter die Hutschnur voll mit Glückshormonen, die jegliche Informationsaufnahme blockieren. Stattdessen lassen sie mich an ganz andere Dinge denken … »

»Ich gebe dir gerne einen Sprachkurs Hund – Mensch.«

Mann – Frau buche ich auch, dachte Hanna bei sich. Laut sagte sie: »Jederzeit! Sehr gerne.«

»Sagen wir am Wochenende, da ist das Dorffest in Anacapri.«

»Einverstanden«, freute sich Hanna und hob ihr Weinglas. Michele stieß mit ihr an. »*Bene!*«

Salvatore schüttelte ganz leicht den Kopf.

»Dann musst du Mimi auch nicht länger alleine lassen, eine kurze Zeit am Abend – so wie heute –, das geht schon mal«, fuhr der Tierarzt unbeeindruckt fort.

»Okay«, willigte Hanna ein. »Dann am Samstag.« Sie erhob sich und wollte Salvatore helfen, den Tisch abzuräumen.

»Kommt nicht infrage«, protestierte dieser. »Das ist Männerarbeit.« Dabei sah er Michele auffordernd an. Hanna ahnte, dass Salvatore verhindern wollte, dass Michele sie zu ihrem Apartment brachte und mit ihr alleine war. Aber dieser schien den Wink mit dem Zaunpfahl entweder nicht zu verstehen, oder er setzte sich bewusst darüber hinweg.

»Ich helfe dir gleich, Salvi«, sagte er. »Aber ich will noch einen Blick auf meine kleine Patientin werfen.«

Damit begleitete er Hanna die wenigen Schritte zu ihrer Ferienwohnung – damit waren sie noch immer in Sicht- und Hörweite zu Salvatore.

Hanna öffnete die Tür; mit Freude sah sie, dass Mimi nicht unter dem Bett, sondern daneben lag. Bei Hannas Anblick schlug sogar das Schwänzchen. Hanna ging sofort in die Hocke und wollte Mimi zu sich rufen, aber Michele, der sich wohlweislich dem Hund nicht zeigte, raunte ihr zu: »Setz dich seitlich hin. Niemals frontal. Davon fühlt sie sich bedroht.«

Hanna folgte seinem Rat – und tatsächlich! Mimi kam zu ihr, das Schwänzchen wedelte, und sie drückte sich an Hannas Oberschenkel.

»Ob sie sich freut, mich zu sehen?«

Michele lachte leise. »Aber natürlich, kannst du das nicht sehen?«

Hanna nickte stumm, sie brachte kein Wort heraus. Der Moment überwältigte sie. Was war das heute für ein aufregender und wunderbarer Tag gewesen! Die Stunde am Meer, sie hatte gearbeitet, das Essen bei Salvatore, der Flirt mit Michele – und jetzt belohnte sogar Mimi sie, indem sie Streicheleinheiten von ihr einforderte! In ihrem Rücken spürte Hanna, dass auch Michele sich hinkniete.

»Öffne ihr den Weg hinaus«, flüsterte er. »Ich bin ziemlich sicher, dass sie sich traut, wenn du bei ihr bist. Und bestimmt möchte sie nicht mehr in die Wohnung machen, sondern lieber draußen. Hunde sind von Natur aus reinlich, die möchten ihr Zuhause nicht beschmutzen.«

Als hätte Mimi ihn verstanden, tapste die Hündin neugierig in die Dunkelheit des Gartens. Nur wenige Schritte, aber die bedeuteten eine Vielzahl an Eindrücken, wie man Mimis kleinem Körper ansehen konnte. Zentimeter um Zentimeter tastete sie sich in die Dunkelheit, dann hob sie witternd ihre Nase in die Höhe. Das Fellknäuel zitterte vor Anspannung, aber das Schwänzchen hob sich in die Höhe. Ein paar Schritte wagte Mimi sich vorwärts, an Michele vorbei zu ihrem Platz unter dem Geißblattstrauch. Hier schnupperte sie intensiv – offensichtlich befriedigt davon, dass sich außer ihrem keine weiteren Fremdgerüche dazugesellt hatten. Dann marschierte sie etwas mutiger daran vorbei und hockte sich zu Hannas großer Freude ins Gras und erledigte ihr kleines Geschäft.

»Lob sie«, forderte Michele Hanna auf, »sofort und ganz überschwänglich!«

Hanna reagierte schnell. »Toll, meine Süße, das hast du gut gemacht, super! Bravissimo, feine Mimi!«

Während Mimi rasch wieder in die Wohnung witschte, fragte Hanna den Tierarzt: »Sie versteht mich aber doch gar nicht, wie begreift sie, dass ich sie lobe?«

»An deiner Stimme, ganz einfach. Natürlich versteht sie kein Wort. Aber je öfter du sie lobst und dabei immer die gleichen Wörter verwendest, desto besser versteht sie dich. Am besten gibst du ihr jedes Mal ein Leckerchen.«

Er stand auf und hielt Hanna die Hand hin, um ihr hoch zu helfen. Seine Hand war warm und trocken, er hielt ihre länger als nötig. Hanna genoss das Gefühl, Haut auf Haut, auch wenn es nur wenige Quadratzentimeter waren.

»Ich muss mich verabschieden«, sagte Michele. »Aber wir sehen uns am Wochenende.«

»Gerne.« Hanna strahlte.

»*Ciao bella.*« Michele hauchte ihr einen Kuss auf jede Wange. Hanna atmete seinen Geruch ein, eine entfernte Ahnung von Aftershave, Seife, Wein und Schweiß. »*Buonanotte.*«

Der Boden wollte unter Hanna nachgeben, während sie dem Tierarzt hinterhersah. Vielleicht war Michele ein Casanova. Vielleicht spielte er nur mit ihr – ziemlich sicher sogar. Aber warum sollte sie sich darauf nicht einlassen? Sie war nur vier Wochen hier, in der Sonne, im Süden, an niemanden gebunden, niemandem verpflichtet. Sie hatte nichts zu verlieren! Außer ihr Herz natürlich.

Wenig später lag Hanna im Bett – Mimi auf dem kleinen Teppich daneben – und schrieb ihrer Schwester Julia eine Textnachricht. »Was hältst du davon, wenn ein sexy Tierarzt auftaucht, der mit Aly flirtet? Josh wird eifersüchtig, aber weil der Arzt dem Hund das Leben rettet, muss er ihm noch dankbar sein?«

Sie hatte die Nachricht kaum abgesendet, da zeigten die Pünktchen an, dass ihre Schwester schon eine Antwort schrieb.

»Seit wann hat Aly einen Hund?«, lautete die Antwort. »Zwinkersmiley.«

Ups, dachte Hanna ertappt, da habe ich wohl schon wieder mein und Alys Leben verwechselt …

Der kleine Benedetto streckte Lucia auffordernd seine Arme entgegen, aber sie schüttelte bedauernd den Kopf. »Es tut mir so leid, *caro*, aber ich kann dich erst wieder hochheben, wenn das Baby da ist.«

Sie legte die Hand auf ihren Bauch. Benedetto, der Sohn ihrer Ziehschwester und Lucias Patensohn, zog einen Flunsch. »Das blöde Baby. Wenn das da ist, bin ich so groß, dass *ich* dich hochheben kann!«

Lucia lachte. »Das kannst du bestimmt jetzt schon!«

Der Fünfjährige ließ sich nicht lange bitten und umschlang mit seinen Armen ihre Beine, dann versuchte er, sie emporzustemmen.

»Nicht, Benedetto!« Marcella zog ihn weg. »Am Ende brichst du dir noch was. Lass es lieber.«

Benedetto sah seine Mama finster an, lief dann weg und sammelte unterwegs einen Stein auf, den er mit voller Wucht ins Hafenbecken schleuderte. Die Fähre am Pier verpasste er knapp.

»Oha!«, kommentierte Lucia. »Er ist zurzeit mal wieder mehr *diavolo* als *angelo?*«

»Das kannst du laut sagen.« Marcella stöhnte und setzte die kleine Zoe besser auf ihrer Hüfte zurecht. »Er ist immer noch so furchtbar eifersüchtig. Ich hoffe, das gibt sich, wenn Zoe laufen und ein bisschen sprechen kann.«

»Ganz bestimmt.« Lucia nahm Marcella in den Arm. »Ich werde dich vermissen, *cara*.«

»Ach was! In ein paar Tagen bist du wieder hier.«

»Ich hoffe es.« Lucia drehte sich zur Fähre um, der Maat gab ihr ein Zeichen. Die anderen Passagiere waren bereits an Bord. »Am meisten mache ich mir Sorgen, dass Annunziata nicht mehr auf die Beine kommt.«

Statt einer Antwort nahm Marcella sie noch ein letztes

Mal in den Arm, und die Schwestern drückten einander fest.

Die Schiffssirene ertönte – letzte Aufforderung, sich an Deck des Schiffes zu begeben. Lucia nahm ihre Tasche und ging rasch an Bord. Benedetto drehte ihr trotzig den Rücken zu. Lange hielt er es jedoch nicht aus, immer wieder drehte er den Kopf nach hinten, um zu sehen, wo seine Lieblingstante war, und als Lucia ihm zuwinkte, überwand er sich und erwiderte den Abschiedsgruß.

Das Schiff legte ab; Lucia stand so lange an der Reling und winkte, bis sie ihre Ziehschwester und deren Kinder nicht mehr erkennen konnte. Dann suchte sie sich einen Platz im Inneren der Fähre und kramte ihren Roman heraus. Aber es wollte ihr einfach nicht gelingen, sich auf die Story zu konzentrieren. Immer wieder blickte sie aus dem Fenster aufs Meer und mit banger Sorge auf das Festland, das stetig näher kam.

Laut der Diagnose des Krankenhauses auf Capri hatte die Contessa sich einen Beckenbruch zugezogen. Der Arzt hatte Lucia den Namen eines Chirurgen in Neapel aufgeschrieben und Annunziata dorthin überwiesen. In der Klinik wurde diese Art Brüche minimal invasiv behandelt, die Heilungschancen standen sehr gut. Dennoch verbrachte Lucia am Abend Stunden vor dem Computer, las Patientenberichte und Ratgeberforen und alles, was sie über Beckenbrüche bei alten Menschen erfahren konnte. Die Berichte machten ihr Angst. Bitte nicht, Annunziata, betete sie für sich. Bitte lass dich davon nicht unterkriegen. Ich will alles tun, damit du vollständig genesen kannst!

Als die Fähre in den Hafen von Neapel einlief, hatte Lucia keine einzige Seite in ihrem Buch gelesen. Sie hatte die gesamte Überfahrt düstere Gedanken gewälzt und auf das

Wasser gestarrt. Wann immer sie Capri den Rücken kehrte, geriet sie in eine deprimierte Stimmung. Es war, als ginge vom Festland – insbesondere von Neapel – eine Art dunkle Magie aus. Lucia wollte nicht hier sein, ihre Beine waren bleischwer, als sie das Schiff verließ und die Busse am Hafen ansteuerte.

Insbesondere der Gedanke an Alessandro, ihren ersten Ehemann, verursachte ihr Übelkeit. Sie wollte nicht mehr an ihn und an den Betrug, den er ihr angehängt hatte, denken. Durch seine Schuld wurde sie damals angeklagt und kam in Untersuchungshaft – ein Albtraum.

Ihre Einsamkeit in der Stadt, ihre Scham darüber, dass sie ihr geglaubt hatte, Leben verpfuscht zu haben, und dass sie ihre Liebsten deswegen angelogen hatte – all das wollte Lucia vergessen.

Erst als sie nach Capri zurückgekehrt war, hatte sich das Blatt für sie gewendet. Sie war im Palazzo untergekommen, hatte Annunziata als Freundin gewonnen, war in der unmittelbaren Nähe ihrer Familie und hatte Martin kennen- und lieben gelernt. Und vor allem: Sie hatte mit dem Falschen in ihrem Leben aufgeräumt. Hatte allen offenbart, was in Neapel geschehen war, und gemeinsam hatten sie Alessandro zum Teufel gejagt. Dieser hatte danach sehr schnell in die Scheidung eingewilligt und war gottlob seitdem von der Bildfläche verschwunden.

Nichts wünschte Lucia sich seitdem sehnlicher, als in der Geborgenheit zu bleiben, die sie erleben durfte. Zumal sie momentan in ihrer Schwangerschaft besonders verletzlich und stimmungsabhängig war.

Ihr erster Weg führte Lucia ins Hospital zu Annunziata. Sie hatte bereits am Vortag nach Neapel kommen und die

Signora begleiten wollen, aber es hatte so viel zu regeln und zu organisieren gegeben, dass sie es nicht geschafft hatte.

Martin, der noch in Bologna war und danach dringend nach Heidelberg zurückfahren musste, um seiner Lehrtätigkeit an der Universität nachzugehen, wusste Bescheid. Er hatte Lucia angeboten, dass seine Eltern nach Capri kommen und sie unterstützen würden, aber das hatte sie abgelehnt. Obwohl sie ihre deutschen Schwiegereltern mochte, wäre ihr noch mehr Besuch über den Kopf gewachsen.

Für den Stipendiaten hingegen würde sich eine Lösung finden. Umberto wollte sich mit Salvatore, Renata und Tomasio diesbezüglich besprechen. Gabriel selbst wiederum versprach Lucia, dass er sich um die beiden Hunde, Camillo und Beppone, kümmern würde.

Innerhalb weniger Stunden schließlich hatten Marcella und ihr Mann Xavier Lucia ein Bett im Gästezimmer einer befreundeten Familie in Neapel organisiert, so musste sie wenigstens nicht in ein Hotel und hatte Familienanschluss.

Es war alles geregelt, und trotzdem verließ Lucia den Palazzo nicht gerne, ja, sie sehnte sich jetzt schon wieder danach zurück, kaum hatte sie neapolitanischen Boden betreten.

Unterwegs kaufte sie einen wunderschönen bunten Blumenstrauß mit Löwenmäulchen und Margeriten, Ranunkeln und Bauernrosen. Farbenfroh und urwüchsig – Annunziata liebte alles Natürliche. Bücher und Kleinigkeiten zum Naschen hatte Lucia bereits im Palazzo eingepackt.

Annunziata begrüßte sie fröhlich und aufrecht sitzend im Bett, und Lucia fiel bei diesem Anblick sofort ein Stein vom Herzen.

»Schau nicht so besorgt«, begrüßte die Signora sie. »Es ist alles halb so wild. Morgen werde ich schon operiert!«

Es schien, als freute sie sich darüber, wunderte sich Lucia.

»Was sagt der Arzt?«, erkundigte sie sich.

»Es ist ein Schambeinastbruch. Er muss nur kleine Schnitte machen und schraubt das.«

»Unter Vollnarkose?« Auch darüber machte sich Lucia Sorgen, während sie die zarte kleine Frau betrachtete, die so verletzlich wirkte in dem großen Krankenhausbett.

»Nein! Stell dir vor«, Annunziata schien sich fast zu freuen, »was die Medizin heute alles kann!« Sie nahm Lucias Hand und tätschelte sie. »Der Arzt hat mich gelobt und gesagt, dass ich in einem hervorragenden Allgemeinzustand bin. Das habe ich nicht zuletzt dir zu verdanken.«

»Du bist in einem ein bisschen zu guten Allgemeinzustand«, scherzte Lucia, »sonst wärst du nicht wie ein Äffchen die Wendeltreppe rauf und runter gesprungen.«

Annunziatas Blick wurde ganz weich. »Ich weiß, es ist nicht einfach für dich, in Neapel zu sein.« Damit spielte sie auf die Vergangenheit der Jüngeren an. »Aber ich finde es ganz spannend. Der Arzt sagt, wenn alles gut läuft, muss ich nur eine Woche zur Beobachtung hierbleiben. Ich soll mich sogar bewegen.« Und als sie Lucias skeptischen Blick sah: »Nur vorsichtig natürlich und unter physiotherapeutischer Aufsicht. Aber immerhin.«

»Ich bin froh, dass du es so gut aufnimmst«, gestand Lucia. »Ich habe mir große Sorgen gemacht.«

Aber Annunziata schüttelte den Kopf. »Das ist nicht nötig. Weißt du was? Ich habe gestern hier gelegen und aus dem Fenster geschaut. Über die Dächer dieser wundervollen, kapriziösen Stadt. Ich habe ihre Kuppeln und Türme gesehen, wie sie in der Abendsonne glühten. Ich habe mir vorgestellt, wie die Stadt klingt, die vielfältigen Geräusche von Motorrollern, Tauben, wie die Menschen dort unten lachen und sich streiten – und ich bin richtiggehend dankbar gewesen, dass ich das vor meinem Tod noch erleben darf. Ich habe mein Leben hinter den Mauern des Palazzo verbracht – und es genossen! Aber jetzt, so kurz vor dem Tod, möchte ich noch etwas sehen.«

Lucia wollte protestieren, aber Annunziata fasste ihre Hand und drückte sie fest. »Lucia, bevor es zurück nach Capri geht, möchte ich Neapel erleben. Im Rollstuhl, ein oder zwei Tage. Geh mit mir durch die Königin der Städte, lass uns die Parks und Plätze besuchen. Ich möchte den Dom und die Galleria Umberto sehen. Ins Nationalmuseum gehen und durch die Krippengasse laufen. Und ich möchte in die Oper! Einmal noch, bevor es in die Stille unseres Paradieses zurückgeht.«

Lucia schluckte. Für sie würde es eine große Überwindung bedeuten, der Contessa diesen Wunsch zu erfüllen. Aber sie würde alles, alles tun, um diese wunderbare alte Dame glücklich zu machen, also nickte sie. »*Si.* Wenn du es so willst.«

Annunziata streichelte ihr über die Wange. »Weißt du, dass Gott immer einen Plan hat? Er tut nichts ohne Grund. Und ich bin sicher: Der Unfall sollte mich noch einmal hierherführen.« Sie machte eine Pause. »Und dich auch. Damit du deinen Frieden machen kannst. Deinen Frieden mit Neapel.«

»Und was mache ich mit den Ziegen?«

»Tomasio!« Renata haute ihrem Mann mit dem Küchentuch über den glatten Schädel. »Du Bauer! Hast du keine Gefühle? Denkst du nur an deine Ziegen? Denk mal an die arme Annunziata!«

Kopfschüttelnd machte sie sich wieder über ihre Pastasauce her.

»Annunziata rappelt sich wieder auf, das hast du doch gehört«, grummelte Tomasio. Lucia hatte ihre Eltern gleich benachrichtigt, als sie aus dem Krankenhaus herausgekommen war. »Eine Woche, dann sind sie beide wieder da.«

»Na also«, fuhr Renata ihn an. »Warum stellst du dich dann so an? Die Ziegen sind gerade erst geboren, und du hast jetzt schon Angst, dass du sie nicht loswirst.«

»So meine ich es doch nicht.« Tomasio nahm von seiner Frau die Teller entgegen und deckte den Tisch. »Ich habe daran gedacht, dass ich Lucia nicht noch mehr Arbeit aufhalsen kann. Die Schwangerschaft, der Student, die Hunde – das wäre ja alles gerade noch so gegangen. Aber wenn sie sich jetzt noch um eine kranke Contessa kümmern muss, dann ist das zu viel. Ich möchte nicht, dass mein Mädchen zusammenbricht.«

»Da hast du wohl recht.« Renata musterte mit kritischem Blick den großen Esstisch. Hatte sie an alles gedacht? Weinkaraffen, Wasser, Gläser, Besteck? In dem Moment klingelte es auch schon, und die ersten Gäste trafen ein – Umberto, der Gärtner aus dem Palazzo, und seine Frau Joanna. Sie brachten eine große Form mit Lasagne mit, die Tomasio ihnen sogleich abnahm und in die Küche brachte.

Küsschen links und rechts und links, *das wäre doch nicht nötig gewesen, come stai?, ciao, bitte setzt euch doch* – die übliche Begrüßungszeremonie unter lieben Freunden schnurrte zuverlässig wie ein Uhrwerk ab, und kaum waren alle Höflichkeiten ausgetauscht und der erste Wein in die Gläser geflossen, als auch schon der nächste Gast vor der Tür stand: Salvatore, in der einen Hand seine selbst gemachten luftgetrockneten Salamis, in der anderen einen Lalorello,

Lorbeerlikör, ebenfalls selbst angesetzt. Die Begrüßungszeremonie – Küsschen links und rechts und links, das wäre doch nicht nötig gewesen, *come stai?, ciao, bitte setz dich doch* – lief noch einmal vorne ab. Wein und Wasser wurden herumgereicht, Antipasti standen auf dem Tisch, Salvatore schnitt hauchdünne Scheibchen seiner Salami ab, und alle Anwesenden brachten sich auf den neuesten Stand des Inselklatsches.

Nach den *primi piatti* – Linguine mit Muscheln – kam man auf das eigentliche Thema zu sprechen: die Situation im Palazzo und wie man helfen konnte.

Umberto bemühte sich, die Lage nicht zu dramatisieren.

»Das Gute ist ja«, begann er, »dass es nicht so viel zu tun gibt, wenn Annunziata nicht da ist. Den Garten versorge ich wie immer. Ich kümmere mich um die Bienen und Hühner – da ist nicht viel nötig. Die Hunde sind natürlich ein Problem, aber der *studente* stellt sich gar nicht so dumm an, er sagt, seine Eltern haben auch Hunde, er sei mit ihnen aufgewachsen.«

»Außerdem sind Camillo und Beppone lieb und gehorsam«, fügte seine Frau Joanna hinzu. »Und Gassi müssen sie auch nicht gehen, sie haben im Garten genug Auslauf.«

»Füttert er sie?«, erkundigte sich Salvatore.

Umberto nickte. »*Certo.* Das ist also alles geregelt. Betten machen, putzen, abspülen – alles nicht nötig. Das bisschen Geschirr, das Gabriel braucht, kann er selbst spülen.«

»Aber er muss essen, der arme Kerl«, kommentierte Renata, und Salvatore fragte sich, ob das Bedauern in ihrer Stimme echt war.

Umberto hob beide Hände und zog die Schultern hoch. »Es ist Teil der Vereinbarung zwischen Annunziata und der Stiftung. Die Studenten kommen zum Arbeiten und wohnen mehr oder weniger im Palazzo wie im Hotel. Also, das ist das Einzige, um das wir uns kümmern müssen, solange Lucia in Neapel ist.«

Renata klatschte in die Hände. »*Nessun problema.* Das übernehmen Salvi, Joanna und ich. Wir kochen doch sowieso – dann kochen wir eben eine Portion mehr, oder nicht?«

Alle nickten beifällig.

Tomasio stand auf. »Alles Weitere besprechen wir nach den *Secondi.* Ihr teilt die Tage ein, Umberto holt das Essen ab – und alles ist gut.«

Er ging in die Küche, um das *Arrosto misto* aus dem Ofen zu holen.

»Wo ist deine Clivia schon wieder, Salvatore?«, erkundigte sich Joanna, und Salvatore erzählte von dem Einsatz auf einem Seenotrettungsschiff vor der Küste von Sizilien.

»Wie sie das aushält. Das ist keine leichte Arbeit.« Renata wiegte bedauernd den Kopf. »Sie ist eine starke Frau, Salvi. Ich bewundere sie, wenngleich ich so eine Arbeit nicht machen möchte.«

»Ich bewundere sie auch«, gab Salvatore stolz zurück.

»Und dann bekommt sie es noch nicht einmal bezahlt!« Umberto pfiff durch die Zähne.

»Was?« Renata machte große Augen. »Dafür bekommt sie kein Geld?«

Salvatore schüttelte den Kopf. »Nein, das ist ehrenamtlich.«

Und leider ist das auch der wunde Punkt, dachte er bei sich. Dass wir uns das nicht leisten können – erst recht nicht nach dem Brief, den ich heute Morgen bekommen habe. Er dachte an das Schreiben, das jetzt gut versteckt in seiner Büroschublade lag. Die Stadt Capri hatte die Standgebühren für den Markt an der Marina Grande erhöht. Und zwar ziemlich drastisch. Dadurch sank die Gewinnspanne bei den Händlern erneut – viel Spielraum war da ohnehin nicht mehr gewesen.

Sobald sie zurückkommt, rede ich mit ihr, nahm sich Salvatore vor. Es muss sein.

»Salvi, gib mir deinen Teller«, holte Tomasio ihn aus seinen Gedanken. »Und mach nicht so ein Gesicht. Wir sind heute zum Essen und Trinken zusammen – und heben gleich unser Glas auf die unverwüstliche Contessa.«

Salvatore schüttelte sich kurz wie ein Hund, nahm das köstliche Fleisch von Tomasio entgegen und goss sich noch ein Gläschen Rotwein ein. Heute Abend wird gefeiert, dachte er sich, morgen mache ich mir wieder Gedanken, wie wir aus der Misere mit dem Geld kommen.

Hanna war mit ihrem Spiegelbild zufrieden. Das schwarze Kleid stand ihr perfekt, es war unheimlich sexy, ohne zu viel preiszugeben; elegant, aber bequem – genau das Richtige für sie, den Stylingmuffel. Obwohl Hanna Wert darauf legte, gut auszusehen, war sie dennoch zu faul, um viel dafür zu tun. So hasste sie Frisuren, bei denen sie ihre Haare aufwendig stylen musste – Lockenstab und Rundbürste fristeten bei ihr ein langweiliges Dasein. Gottlob war sie mit dichten Locken gesegnet, sie konnte ihre Haare waschen, ein wenig Festiger hineinkneten und an der Luft trocknen lassen.

Das Gleiche mit Make-up. Am Morgen musste es schnell gehen: getönte Tagescreme, ein paar Tupfer Rouge, Wimperntusche, Gloss, für mehr hatte sie weder Zeit noch Nerven. High Heels? Fehlanzeige! Enge Röcke oder Hosen? Was zwickte, flog aus dem Kleiderschrank. Blusen, die gebügelt werden mussten? Kam gar nicht in die Tüte. Bügelwäsche wurde zwei Wochen gesammelt und bestand hauptsächlich aus Geschirrhandtüchern. Deshalb war so etwas wie das knitterfreie kleine Schwarze perfekt für sie.

Etwas mehr Make-up durfte es heute allerdings schon sein, schließlich war es ein Fest, zu dem sie ging, dazu legte sie sogar Schmuck an. Dezent, aber wirkungsvoll. Große Kreolen und die Kette mit dem Medaillon, das genau zwischen ihren Brüsten lag, ein paar Hippie-Armbänder, dazu die flachen Ledersandalen mit Glitzersteinchen – Hanna fühlte sich so gut und begehrenswert wie schon lange nicht mehr!

In Lüneburg ging sie mit Freundinnen ins Kino, auf ein Gläschen Wein oder zum Essen, selten bot sich die Gelegenheit, sich richtig hübsch zu machen; Hanna war erstaunt darüber, wie wenig nötig war, um sich selbst noch attraktiver zu fühlen. Ihrem Selbstbewusstsein tat die Aufbrezelei ganz gut – Michele hin oder her –, sie fühlte sich einfach wohl in ihrer Haut, und darauf kam es an.

Dass sie den attraktiven Tierarzt bei dem Fest treffen würde, war natürlich der Anlass für das Styling gewesen, aber vor allem ging es Hanna darum, einen schönen und ganz besonderen Abend zu erleben. Man musste die Feste bekanntlich feiern, wie sie fielen, und je älter sie wurde, desto weniger fiel bei Hanna.

Clivia war am Morgen aus Lampedusa zurückgekommen, sie und Salvatore würden Hanna zum Dorffest begleiten; Hanna freute sich wahnsinnig darauf, mit dem sympathischen Ehepaar den Abend zu verbringen – zumal Salvatore angekündigt hatte, sie mit ganz Anacapri bekannt zu machen.

Die kleine Mimi würde leider allein zu Hause bleiben müssen, aber da Hanna es geschafft hatte, sie in das neue

Kuschelkörbchen zu locken, und Mimi darin meistens in den Tiefschlaf fiel, redete sie sich ein, dass es in Ordnung war, die kleine Hündin zwei, maximal drei Stunden sich selbst zu überlassen. Andernfalls hätte Michele schon etwas gesagt, oder nicht?

Die letzten drei Tage waren im Flug an Hanna vorübergezogen. Es war, als hätte Micheles Besuch bei ihr einen Schalter umgelegt. Sein Tipp, für Mimi einfach nur da zu sein, nichts von ihr zu erwarten, sie nicht zu erziehen und ihr alle Zeit der Welt zu geben, hatten sowohl bei Hanna als auch bei der kleinen Hündin für Entspannung gesorgt.

Hanna hatte es sich zur Gewohnheit gemacht, morgens als Allererstes die Tür des Apartments zu öffnen. Dann blieb sie draußen stehen oder hockte sich hin, würdigte Mimi keines Blickes, um sie nicht zu verunsichern oder einzuschüchtern – und freute sich, wenn das kleine Hundemädchen vorsichtig ein paar Schritte vor die Tür wagte. Am dritten Tag lief Mimi schon um einiges selbstbewusster nach draußen als am ersten. Sie schnüffelte interessiert alles ab, und wenn die Luft rein war, hockte sie sich auf den immer gleichen Fleck und pinkelte. Das große Geschäft war komplizierter. Hanna hatte ein bisschen gebraucht, bis sie verstanden hatte, was Mimi am angenehmsten war: hohes Gras, sodass niemand sie sehen konnte. Nicht zu nahe am Haus, aber Hanna durfte sich auch nicht wegbewegen. Mimi wollte währenddessen beschützt werden – aber bitte nicht in unmittelbarer Nähe! War Mimi fertig, scharrte sie intensiv mit den Hinterbeinen, roch noch einmal an ihrem Haufen und rannte schließlich ausgelassen zum Apartment zurück. Hanna musste jedes Mal schmunzeln, wie sehr sich der Hund darüber freute, dass er nun erleichtert war! Da schmeckte das Fressen gleich noch mal so gut. An einen Spaziergang war nach wie vor nicht zu denken, aber Hanna stellte sich darauf ein, dass Mimi das Tempo bestimmen würde. Michele hatte gesagt, dass ein neugieriger junger Hund gar nicht widerstehen konnte, seine Umgebung kennenzulernen, es würde also nicht mehr allzu lange dauern, bis Hanna und Mimi Seite an Seite ihren Radius erweiterten.

Mit der Leine machte Hanna Mimi ganz vorsichtig bekannt – sie spielte einfach in der Nähe der Hündin damit herum oder ließ sie wie zufällig neben Mimis Plätzchen liegen. Der kleine Hund sollte die Leine nicht mit etwas Negativem verbinden. Später, so hatte Michele sie angeleitet, sollte Hanna mit Hund und Leine kuscheln, den Begriff sagen, sodass Mimi wusste, was mit »Leine« gemeint war, und in einem dritten Schritt würde Mimi auch mal angeleint werden, immer nur kurz und ohne dass etwas passierte.

Die Tatsache, dass Hanna Mimi tagsüber nicht ihre Aufmerksamkeit schenken sollte, führte dazu, dass auch Hanna entspannter war. Sobald Mimi ihre morgendlichen Geschäfte gemacht und gefressen hatte, beschäftigte sie sich mit einem Spielzeug, Hanna frühstückte draußen und beobachtete den Welpen dabei. Die kleine Fellmaus bevorzugte Schuhe; nachdem sie einen Flipflop von Hanna genüsslich in seine Einzelteile zerrupft hatte, bekam sie den nutzlosen zweiten geschenkt und machte auch ihm den Garaus. Ihre Sandalen brachte Hanna daraufhin wohlweislich in Sicherheit. Mimi forderte Hanna ohnehin nicht auf, mit ihr zu spielen, vermutlich hätte sie gar nicht gewusst, wie das ging.

Während Mimi knabberte und zerbiss, begann Hanna zu schreiben, und zu ihrer eigenen Verwunderung fand sie ganz gut in den Text. Auf den ersten Seiten des Romans beschrieb sie das pure Liebesglück ihrer Protagonistin Aly, was ihr sehr viel leichter fiel als gedacht. Ob ihre eigene Verliebtheit sie beflügelte?, fragte sich Hanna ein ums andere Mal. Obwohl Verliebtheit viel zu hoch gegriffen war für das, was sie für Michele empfand. Es war mehr eine Schwärmerei, Schmetterlinge im Bauch. Wenn Hanna Josh, den frischgebackenen Ehemann Alys, beschrieb, geschah es, dass dieser plötzlich Michele Fazio ähnelte …

Hanna, die von sich immer behauptet hatte, überhaupt gar nicht, unter keinen Umständen, niemals romantisch zu sein, erging sich seitenweise in der Beschreibung junger Liebe. So war es schon in *You got me* gewesen. Im Nachhinein waren Hanna viele Passagen im Buch ein wenig peinlich, sie empfand sie als zu naiv, zu kitschig, ja, fast ein wenig schlüpfrig. Und nun saß sie an Band zwei, und was fiel ihr am leichtesten? Ganz genau: das Naive, Kitschige, ein wenig Schlüpfrige.

Die Frage, ob sie vielleicht insgeheim doch eine Sehnsucht nach roten Rosen auf dem Kissen, feuchten Küssen bei Vollmond und Liebe unter der Dusche hatte, wollte Hanna sich nicht stellen – denn die Antwort hätte ihr ganz und gar nicht gefallen.

Zum Glück muss ich keine Lesungen machen, dachte Hanna, während sie schrieb, ich würde glatt rot werden.

Aber nicht nur Michele verursachte ihr Schmetterlinge im Bauch – bis jetzt war kein Tag vergangen, an dem sie und Knut aus Husum sich nicht geschrieben hatten! Natürlich hatte Hanna nicht widerstehen können und am Tag, nachdem Knut das Longboard gekauft hatte, nach der Hundebox gefragt. Sie hatte erfahren, dass die Box einst Knuts Hündin Tilla gehört hatte – die nun aber so alt war, dass sie nicht mehr in den Kofferraum verbannt wurde, sondern auf dem Rücksitz fahren durfte. So entspann sich ein Dialog über Hunde. Hanna erzählte von Mimi, und kurzerhand wechselten Knut und sie zu Kurznachrichten unter ihren richtigen Telefonnummern, anstatt sich weiterhin über die Ebay-Plattform auszutauschen.

Knut Meißen erwies sich als ungemein witziger, kluger und charmanter Gesprächspartner, und Hanna ertappte sich dabei, dass in ihrer Fantasie Knut und Michele zu einer Person verschmolzen.

Ob der Anwalt aus Husum in einer festen Beziehung lebte, traute Hanna sich nicht zu fragen, ebenso wenig wusste sie es von dem Tierarzt aus Capri. Sie hoffte in beiden Fällen, dass dem nicht so war, denn sie verabscheute Männer, die unverhohlen mit anderen Frauen flirteten, obwohl sie vergeben waren. Schließlich hatte ihr eigener Mann Olaf sie hintergangen, Hanna war also ein gebranntes Kind.

Was ihr aber besonders gefiel: Beide Männer liebten Hunde, Michele natürlich aus professionellen Gründen, Knut dagegen sagte von sich, dass er immer Hunde gehabt habe und sich ein Leben ohne sie nicht vorstellen könne. Zu gerne hätte Hanna ihn und Tilla einmal getroffen, wenn sie wieder zurück war. Vielleicht verstanden sich ja die beiden Tiere ...?!

So waren die drei Tage dahingeflossen, zweimal war Hanna noch am Meer gewesen, ansonsten hatte sie das Grundstück der Trettanis nicht verlassen.

Jetzt vernahm sie ein Hupsignal von der Garage her. Das Zeichen zum Aufbruch! Hanna musterte sich im Spiegel, nickte sich selbst wohlwollend zu und verabschiedete sich von Mimi. Die lag in ihrem Körbchen eingerollt und sah skeptisch zu Hanna empor.

»Ich komme gleich wieder, meine Süße«, sagte Hanna, legte ein kleines Stückchen Käse vor Mimis Nase, drehte sich um und verließ die Ferienwohnung. Das hatte Knut ihr geraten: bloß keine große Abschiedsszene! Der Hund muss denken, dass es gar keine große Sache ist, dass du das Haus verlässt. Hanna wusste aber auch, dass sie sich nicht umdrehen durfte, denn dann wäre sie niemals aus der Tür gegangen. Ein Blick aus den bittenden schwarzen Augen Mimis – und sie hätte sich auf dem Absatz umgedreht, Michele hin oder her. Licht hatte Hanna für Mimi angelassen, und sie sperrte auch die Tür nicht ab. Wer sollte hier schon einbrechen? Zu holen war bei ihr ohnehin nichts. Beim Anblick ihres uralten Billig-Laptops würde jeder Dieb weinend zusammenbrechen.

Salvatore setzte an, durch die Zähne zu pfeifen, aber Clivia knuffte ihn unsanft. »Untersteh dich! Du darfst Hanna ein Kompliment machen, aber pfeifen, das geht gar nicht.«

Salvatore sah bedröppelt drein, und Hanna lachte. »Deine Frau hat leider recht, Salvi, aber dir hätte ich es nicht übelgenommen.«

»Du siehst großartig aus«, kam Clivia ihrem Mann zuvor. »Wunderschön. Du bist eine sehr attraktive Frau, Hanna.«

»Danke.« Hanna spürte, wie sie rot wurde. Wann hatte ihr das zuletzt jemand gesagt? Wilhelm, ihr alter Chef, der hatte ihr charmante Komplimente gemacht, vollkommen ohne Hintergedanken und ganz alte Schule.

»Ich glaube, wir müssen dich aber leider zu Hause lassen«, ergänzte Salvatore. »Jetzt muss ich ja die ganze Zeit auf dich aufpassen!«

Aber das war nicht nötig. Die Atmosphäre war vollkommen entspannt. In Anacapris *centro storico* waren entlang der kleinen Gassen sowie auf den Plätzen vor der Kirche Santa

Sofia, der Chiesa San Michele oder der Piazza San Nicola Tische, Bänke und kleine Marktstände aufgebaut, wo man alles Mögliche zu essen und zu trinken erstehen konnte. Hanna, Salvatore und Clivia ergatterten einen schönen Tisch mit Blick auf die Villa Casa Rossa, die inmitten der vielen weiß getünchten Häuser mit ihrer ochsenblutroten Fassade eine Ausnahme darstellte. Das Zentrum von Anacapri war ebenso entzückend wie das von Capri-Stadt, auch hier war alles hübsch gepflastert, sehr sauber und malerisch gestaltet. Üppige Blumenkübel, vereinzelte Palmen und Pinien, die auf kleinen Plätzen und in den Gässchen emporragten, erfreuten das Auge.

Quer über die Gassen waren für das Fest von den Balkonen der zweistöckigen Häuschen Kabel mit unzähligen bunten Lämpchen gespannt, mal waren es bunte Glühlampen, mal Lampions, dazwischen weiße und bunte Wimpelschnüre. Kinder spielten zwischen den Erwachsenen Fangen, Hunde liefen überall umher. Hanna fiel sofort Mimi ein, und sie wünschte sich, dass sie sie bei der nächsten Gelegenheit würde mitnehmen können. Musik erklang zwischen dem Reden und Lachen der vielen Menschen rundum.

Es waren nicht nur Einheimische, die hier feierten, auch Touristen und vor allem jene, die eine Ferienwohnung auf Capri besaßen. Salvatore erklärte Hanna, dass dieses kleine Fest keinerlei religiösen oder kulturellen Hintergrund hatte. Die Gewerbetreibenden Anacapris hatten es vor wenigen Jahren zum Saisonauftakt ins Leben gerufen, damit die Touristen ein Highlight erleben konnten, auch wenn noch keine Badesaison war. Eigentlich also hatte das Fest einen handfesten merkantilen Hintergrund, was es jedoch nicht weniger reizvoll machte.

Die Stimmung war ausgelassen, einige Paare drehten sich auf der Piazza im Tanz, und Hanna gefielen ganz besonders die Stände, an denen lokale Erzeuger ihre Produkte anboten. Ganz gleich, ob es Ziegenkäseprodukte, Honig, Wein oder alles rund um die auf der Insel wachsenden Zitrusfrüchte war – sie konnte nicht widerstehen und kaufte an beinahe jedem Stand etwas: Mitbringsel für ihre Familie, aber auch für sich selbst, hübsche Verpackungen und leckere Inhalte, die sie unter Alys Namen auf ihren Kanälen teilen konnte.

Clivia, die mit ihr durch die Gassen schlenderte, während Salvatore die Plätze besetzt und gleichzeitig Hof hielt – ständig kam irgendjemand, um ihn zu begrüßen und ihm Neuigkeiten zu erzählen –, versuchte vergeblich, Hanna von ihrem Kaufrausch abzubringen – meistens mit dem Argument, Hanna solle sich das Geld für die teilweise überteuerten Produkte sparen, Salvi würde den Erzeuger kennen und könne ihr die Sachen zum Selbstkostenpreis bringen, aber Hanna war davon nicht abzuhalten.

»Ich zahle das gerne – schließlich landet das Geld da, wo es hingehört, nämlich bei den Menschen, die es hergestellt haben«, so war ihre Auffassung.

Als die beiden Frauen schließlich nach ihrem Rundgang zurückkehrten, hatte Salvatore an ihrem Platz Gesellschaft bekommen. Hanna wurde allen vorgestellt – es waren die Familie Zenetti, Renata und Tomasio, ihre Tochter Marcella mit ihrem Mann Xavier, einem kleinen Jungen, der mit anderen Kindern umhertobte, und Baby Zoe, sowie Umberto, der als Gärtner im Palazzo Farnese arbeitete, und seine Frau Joanna. Hanna hatte Mühe, sich gleich alle Namen zu merken; auch war es nicht einfach, den Gesprächen zu folgen, weil ihr Italienisch dafür zu schlecht war, aber sie fand die

Runde ausgesprochen freundlich und lustig. Alle gaben sich Mühe, sie zu integrieren, interessierten sich höflich dafür, was sie auf Capri mache, und als Marcella hörte, dass Hanna Schriftstellerin und ehemalige Buchhändlerin war, entspann sich unter den Frauen ein schönes Gespräch über Literatur.

Dennoch musste Hanna sich eingestehen, dass sie ein gewisses Gefühl der Enttäuschung darüber verspürte, dass sie Michele Fazio noch nicht entdeckt hatte. War er am Ende nicht gekommen? Oder hatte er schon vergessen, dass sie eine halbe Verabredung hatten?

Langsam wurde es dunkel, ein heftiger Wind kam auf, und Salvatore musterte stirnrunzelnd den Himmel.

»Ganz schön dunkel über dem Meer, was sagst du, Tomasio?«

Dieser warf einen Blick auf die dunkelgraue Wand, die sich vom Horizont aus näherte.

»Hm, hm. Das könnte ein ziemliches Gewitter geben. Es war für später in der Nacht vorausgesagt, aber es sieht aus, als würde es schnell näher kommen. Sollten wir im Auge behalten. Dazu der starke Wind …«

Hanna sah nun auch zum Meer hinaus und konnte beobachten, wie einige der Segelschiffe und Yachten, die draußen waren, langsam den Hafen ansteuerten. Sie selber wollte auf alle Fälle wieder im Apartment bei Mimi sein, bevor es anfinge zu gewittern, die kleine Hundedame sollte dann nicht alleine sein.

»Das dauert noch«, meinte Renata mit wegwerfender Handbewegung. »Tomasio, hol mir doch bitte noch etwas von der Minestrone, die Lucio gemacht hat. Die schmeckt wirklich großartig.«

»Ich mach das!«, bot sich Hanna an und stand auf. »Ich wollte mir sowieso etwas davon holen.«

Es kostete sie viel Mühe, Tomasio davon zu überzeugen, dass sie statt seiner gehen würde. Er wollte die Damen um jeden Preis bedienen, er sei schließlich ein Gentleman, aber Hanna setzte sich durch. Tatsächlich wollte sie die Gelegenheit nutzen, um sich noch ein wenig umzusehen, vielleicht war der attraktive Tierarzt hier irgendwo und sie hatte ihn nur noch nicht entdeckt. Oder er sie.

Sie schlenderte ein wenig durch die Menge, und tatsächlich sah sie Michele Fazio in einiger Entfernung. Er stand seitlich zu ihr, hielt ein Getränk in der einen Hand, gestikulierte lebhaft mit der anderen und war in ein Gespräch mit ein paar Leuten vertieft. Hanna duckte sich instinktiv – sie wollte nicht so wirken, als hätte sie ihn gesucht; also drehte sie sich um, holte für sich und Renata zwei Portionen von der Minestrone und kehrte mit leiser Enttäuschung zurück zum Tisch. Sie saß so, dass sie Michele nicht weiter beobachten konnte, und war ganz dankbar dafür. Er hatte sie vergessen, natürlich, was hatte sie sich denn gedacht?

Der Wind nahm jetzt zu, und einige begannen bereits wohlweislich, ihre Stände leer zu räumen. Heftig riss es an Frisuren und Sonnenschirmen, der Himmel verdunkelte sich zunehmend, und die warme Luft wurde frischer. Gerade als Hanna die Trettanis fragen wollte, wann sie vorhatten aufzubrechen, legte sich eine Hand auf ihre Schulter. Eine warme und trockene Hand.

»*Ciao bella*«, sagte eine Stimme in ihrem Rücken, und Hanna erschauerte.

Was für eine schmierige Begrüßung, wollte sie eigentlich denken, empfand aber genau das Gegenteil; ihre Haut kribbelte wie elektrisiert von der Kopfhaut bis in die Zehenspitzen.

Hanna drehte sich um. Michele lächelte sie an – offen, freundlich und ganz und gar nicht schmierig. Einfach nur: nett. Sie rückte ein Stückchen, und Michele nahm neben ihr Platz, nachdem er die anderen Anwesenden am Tisch überschwänglich begrüßt hatte. Man kannte sich, was ja nicht anders zu erwarten war. Ein Inseltierarzt war vermutlich so bekannt wie der Pfarrer oder Bürgermeister. An die anwesenden Frauen verteilte Dottore Fazio großzügig Komplimente, und Hanna schimpfte sich insgeheim engstirnig, weil sie geglaubt hatte, er wolle nur sie um den Finger wickeln. Michele war einfach offen und gut gelaunt, charmant und das, was man früher einen Sonnyboy genannt hatte.

Die Gespräche wurden nun noch lebhafter, Salvatore zauberte schon wieder Wein auf den Tisch, und Hanna spürte, wie ihr nicht nur der Alkohol, sondern auch die körperliche Nähe zu dem Mann neben ihr zu Kopf stieg. Sie saß eingekeilt zwischen Michele und Clivia und hatte das Gefühl, dass der Mann noch einen Millimeter und dann noch einen an sie heranrückte. Was ihr weniger unangenehm war, als es vielleicht sein sollte.

»Ich glaube, wir müssen die Gelegenheit nutzen, miteinander zu tanzen«, schlug Michele vor und drehte sich zu Hanna. Sein Gesicht war ihrem so nah, dass sie seinen Atem riechen konnte. »Es zieht etwas auf, bestimmt regnet es bald.«

Tatsächlich packten schon einige wenige Gäste ihre Sachen zusammen und schickten sich an, das Fest zu verlassen, aber noch herrschte ausgelassene Stimmung. Die Musik war etwas lauter geworden, mehr Paare als zuvor tanzten, und Hanna gab sich einen Ruck, lächelte und willigte ein.

Sie erinnerte sich an ein Erlebnis mit Olaf, damals waren sie noch zusammen und sogar verliebt gewesen. Sie waren bei einer Party, Olaf hatte sie zum Tanzen aufgefordert, und sie hatte sich – wie immer, wenn das geschah – geziert und darauf verwiesen, dass sie so eine schlechte Tänzerin sei. Offenbar war es einmal zu viel gewesen, denn Olaf hatte ihre Hand losgelassen und ihr gesagt, dass sie aufhören solle, so ein Theater zu machen. Das raube ihm die Lust, mit ihr zu tanzen. Anstatt sich freudig ins Getümmel zu stürzen – es sei doch egal, wie gut man tanzte, Hauptsache, man hatte Spaß. Und dann hatte er eine andere, fremde Frau aufgefordert. Eine, die auch keine begnadete Tänzerin war, hatte Hanna säuerlich festgestellt, aber die das nicht kümmerte. Sie hatte Freude an der Musik, an der Bewegung, und man konnte ihr und Olaf ansehen, wie sehr es ihnen Spaß bereitete, miteinander zu tanzen. Hanna hatte kaum hinsehen können, so sehr hatte sie sich über ihre eigene Weigerung geärgert.

Danach hatte Olaf Hanna nie wieder aufgefordert und Hanna nie wieder die Gelegenheit gehabt, mit einem Partner zu tanzen.

Diese einmalige Chance jetzt wollte sie nun um keinen Preis vermasseln, deshalb lächelte sie Michele an und sagte: »Aber sehr gerne!«

Schon nach den ersten Schritten war Hanna beruhigt: Michele war ein hingebungsvoller, aber gar nicht besonders guter Tänzer. Sie musste sich also nicht plump oder ungeschickt vorkommen, sondern eigentlich passten sie in der Hinsicht recht gut zusammen. Jeder von ihnen verfehlte mal den Takt oder trat dem anderen auf den Fuß, mal hatte Hanna die Führung – aus Versehen –, bis Michele wieder übernahm. Er konnte selbst darüber lachen und entschuldigte sich dafür, was ihn in Hannas Augen noch sympathischer machte. Ein Mann mit Humor und Selbstironie, das gefiel ihr.

Auch gefiel es ihr, ihm körperlich nahe zu sein. Sie tanzten eng, aber Michele vermied es, sich an sie zu pressen, er ließ ihr Luft und Spielraum, nichts an seiner Art, sie zu halten, war zudringlich. Hanna spürte, wie sich sein Körper bewegte, und fühlte die Wärme seiner Haut, roch das Waschmittel an den Fasern seines Hemdes und den Wein, den er getrunken hatte, einen Hauch Rasierwasser und den Duft von Shampoo in seinem Haar, das ihm beim Tanzen verwegen in die Stirn fiel. Ihre Bewegungen passten sich immer besser aneinander an, und Hanna ertappte sich bei dem Gedanken, wie es wäre, wenn sie miteinander schlafen würden. Scham überfiel sie, kaum hatte sie das Bild ihrer nackten Körper vor dem geistigen Auge. Sie hatte sich seit ihrer Trennung von Olaf keinem Mann mehr nackt gezeigt, der Gedanke daran, sich vor einem Fremden auszuziehen oder jemanden, der ihr nicht so vertraut war wie ihr Ex-Mann, zu küssen, erfüllte sie mit Panik. Nein, beschloss sie, so weit würde sie es mit dem Tierarzt auf keinen Fall kommen lassen. Eine kleine Schwärmerei, mehr würde nicht daraus werden.

Schon nach dem ersten Tanz allerdings war nicht nur ihr Herz in Aufruhr, sondern auch alles um sie herum. Der Wind wehte mit einer Heftigkeit, dass kaum noch jemand an seinem Platz sitzen blieb, der DJ, der mit seiner Musik die Piazza beschallt hatte, stoppte und verabschiedete sich, er fürchtete wohl um sein Equipment.

Plötzlich brachen alle hektisch ihre Zelte ab, erste dicke Tropfen fielen, und der Himmel wurde tiefgrau. Michele nahm Hannas Hand, und gemeinsam liefen sie zu der Bank, wo ihre Freunde bereits damit beschäftigt waren, alles einzupacken und aufzubrechen.

»Ich muss schnell zu Mimi«, sagte Hanna gerade, und Salvatore wollte etwas entgegnen, da verwandelte sich der immer stärker werdende Regen in Hagel. Rasch suchten sie gemeinsam Zuflucht unter den Balkonen der kleinen Häuser, aber das reichte nicht, der Hagel wurde zu einem Hagelsturm, wie ihn Hanna noch nie erlebt hatte. Sie stand mit dem Rücken an Michele gepresst, mittlerweile schon vollkommen durchnässt, und starrte auf eine graue Wand, eine Wand aus Eis. Tennisballgroße Hagelkörner stürzten herab, durchschlugen Schirme und Markisen. Die Menschen, die vor, hinter und neben Hanna dicht an dicht standen, waren ebenso fassungslos wie sie.

Dumpf trafen die Eisgeschosse auf Autodächer und Kühlerhauben und hinterließen Dellen, als hätte man mit Schrotgewehren darauf geschossen. Glas klirrte, vermutlich fielen ein oder mehrere Dächer dem Unwetter zum Opfer.

Die Bewohner der Häuser, vor denen sie standen, öffneten die Tore zu den Innenhöfen, damit sich alle in Sicherheit bringen konnten, es war wie eine furchtbare Urgewalt, die sich über der Insel austobte. Palmen bogen sich so tief, dass ihre Kronen fast den Asphalt berührten, die Blätter und Blüten der Pflanzen wurden abgeschlagen – so etwas hatte kaum einer der Anwesenden je erlebt, das ließ sich unschwer auf ihren Gesichtern ablesen.

Hanna sah fassungslos auf das Naturschauspiel. Ähnliches hatte sie erst vor zwei Jahren erlebt: Die Autobahn nördlich von Hamburg war nicht mehr befahrbar gewesen, binnen weniger Minuten stand alles unter Wasser. Auch damals waren die Schäden in der Region zahlreich gewesen, Bahnausfälle, umgeknickte Strommasten, Blitzeinschläge und demolierte Autos waren die Folgen des Unwetters. Aber das war Schleswig-Holstein gewesen! Nicht Capri!

Es donnerte und blitzte, und mit bangem Herzen dachte Hanna an ihre kleine Hündin. Wie sehr mochte sich Mimi jetzt fürchten! Sie machte sich schwere Vorwürfe, weil sie das Hundemädchen alleine gelassen hatte, und hätte sich jetzt am liebsten sofort in die Ferienwohnung gebeamt, um die Kleine in ihre Arme zu schließen. Aber es wäre Wahnsinn gewesen, jetzt zum Auto zu laufen, auch Clivia und Salvatore war anzusehen, dass sie lieber früher als später zu Hause wären, um nach dem Rechten zu sehen. Die Schweine hatten zum Glück einen Verschlag, in den sie sich zurückziehen konnten – aber was würde mit den Obstbäumen sein? Hanna sah in Salvatores Gesicht blankes Entsetzen. Die zarten Knospen all seiner Bäume, die gerade erst erblüht waren, würden vernichtet sein.

Jetzt drehte sich Hanna zu Michele um, aber auch dieser war blass um die Nase geworden.

»Mein Auto«, hauchte er. »Ich habe das Verdeck offen gelassen.«

»Das tut mir leid«, rang Hanna sich ab, konnte aber im Moment wenig Mitleid aufbringen, weil sie in Gedanken ausschließlich bei ihrer kleinen geliebten Mimi war.

Das Gewitter und der Hagel verschwanden so schnell, wie sie aufgezogen waren. Zuerst ließ der Hagel nach, wurde zu Regen, und die Trettanis rannten mit Hanna im Schlepptau zu ihrem Auto. Kaum saßen sie darin, ließ auch der Regen nach, die Wolken brachen auf, und die Sonne schien. Der Asphalt verwandelte sich augenblicklich in ein glitzerndes Band, das sich den Berg emporschlängelte, oder vielmehr umgekehrt, es wirkte, als ergoss sich ein Lavastrom winziger Diamanten in Serpentinen hinunter ins Dorf. Aber für die Schönheit des Augenblicks hatte keiner von ihnen jetzt Augen – die Katastrophe, die zuvor niedergefahren war, saß ihnen allen in den Gliedern.

Salvatore jagte den Berg hoch und bog dann in einem Affenzahn in die schmale Schotterpiste ab, die zwischen der Macchia zu ihrem etwas außerhalb liegenden Grundstück führte. Es war noch nicht ganz finster, dämmerte gerade erst, auch wenn es während des Unwetters dunkel wie die Nacht gewesen war; die Sonne schickte sich langsam an unterzugehen. Deshalb konnte man schon von Weitem die Verwüstungen sehen, die der Hagelsturm bei Clivia und Salvatore angerichtet hatte.

Es war eine Katastrophe.

Hanna machte sich ganz klein und tat keinen Mucks, obwohl sie am liebsten sofort aus dem Auto gesprungen wäre und nach Mimi geschaut hätte. Aber sie traute sich nicht, sich zu bewegen, am liebsten hätte sie aufgehört zu atmen.

Salvatore saß leichenblass auf dem Fahrersitz und umklammerte das Lenkrad. Er und Clivia starrten durch die Windschutzscheibe ihres vom Hagel verbeulten Autos auf das Desaster auf dem Grundstück.

Das Gewitter hatte ganze Arbeit geleistet. Die Planen, die Salvatore über Spargel und Erdbeeren gespannt hatte: zerfetzt. Die Gerüste für die Stangenbohnen: niedergerissen. Die Obstbäume: fast kahl. Am schlimmsten aber sah es bei den Gewächshäusern aus. Die Dächer der beiden lang gestreckten Gebäude sahen aus, als hätten Bomben sie zerstört. Alles hatte der Hagel zerschlagen, nur die metallenen Träger ragten wie riesige Walgerippe in den Himmel. Hanna mochte sich kaum vorstellen, wie es um alles, was darin wuchs, bestellt war.

Ein fürchterlicher Anblick.

Salvatores Existenzgrundlage war zerstört, der gesamte Anbau von Obst und Gemüse zunichtegemacht.

Clivia atmete schließlich tief ein, öffnete die Beifahrertür und stieg aus. Raschen Schrittes ging sie nach hinten zum Schweinestall, und Hanna beeilte sich, in die Ferienwohnung zu kommen.

Als sie um die Ecke bog, blieb ihr fast das Herz stehen: Der Sturm hatte die leichte Tür aufgedrückt, diese stand sperrangelweit auf.

»Mimi«, schrie Hanna, war mit einem Satz im Apartment und bückte sich, um unter das Bett zu gucken. Sie war fast sicher, dass die kleine Hündin sich vor Angst hierher zurückgezogen hatte, aber tatsächlich war da nichts. Keine Mimi.

Hannas Herz pochte bis zum Hals, ihre Hände waren schweißnass, während sie den gesamten Raum absuchte. Im Bad: Fehlanzeige. Ebenso in ihrem Koffer, in der Kochnische und im Kleiderschrank. Keine Mimi, nichts. Die ängstliche Hündin war wie vom Erdboden verschluckt. Eine eiskalte Hand griff nach Hannas Herz. Nicht genug, dass Mimi beim Gewitter alleine gewesen war, offensichtlich hatte der Sturm die Tür aufgedrückt. Dabei hatte es mit Sicherheit einen lauten Knall gegeben, und der kleine Hund war in heller Panik aus der Ferienwohnung geflüchtet. Aber wohin nur? Mimi war noch niemals weiter als zehn Schritte vom Apartment weg gewesen. Wenn sie jetzt kopflos weggerannt war, dann wusste sie vielleicht nicht, wo sie war.

Wo sollte Hanna anfangen zu suchen? Zumal es nun draußen dunkler und dunkler wurde, man konnte nicht viel mehr als Konturen erkennen, und bald würde es stockfinster sein.

Hanna schnappte sich ihr Handy und schaltete die Taschenlampe darin ein. Das Licht war intensiv und hatte einen weiten Radius. Sie würde systematisch vorgehen, das ganze Gelände Zentimeter für Zentimeter absuchen. Dazu steckte Hanna sich eine Handvoll Leckerchen ein und brach auf.

Hinten bei den Gewächshäusern sah sie Clivia und Salvatore, und es brach Hanna fasst das Herz, dass sie nicht hingehen und ihre Hilfe anbieten konnte. Aber sie war in übergroßer Sorge um Mimi, und erst wenn sie den kleinen Hund gefunden hatte, konnte sie die beiden unterstützen.

Hanna begann mit ihrer Suche. In ihrem Kopf teilte sie das Gelände in Planquadrate ein und fing an, systematisch vorzugehen. Hier bewies sich erneut ihre pragmatische Natur; sie versuchte, die Nerven zu behalten und nun nicht kopflos in der Gegend herumzurennen. Während sie mit der Taschenlampe beständig von links nach rechts und zurück schwenkte und dabei konzentriert unter jeden Strauch, jeden Kräuterbusch oder Holzstapel guckte, rief sie in regelmäßigen Abständen Mimis Namen. Dabei versuchte Hanna, nicht zu panisch oder hysterisch zu klingen, was schwer war, denn sie war definitiv beides. Aber wenn die Hündin ihre Panik spürte, hatte sie noch weniger Anlass zurückzukommen – denn welche Sicherheit bot ein in Angst aufgelöstes Frauchen? Zumal Hanna das Gefühl hatte, dass Mimi sie noch längst nicht als ihr Frauchen betrachtete. Sie war für den Hundewelpen einfach ein Irgendjemand, der ihr zu fressen gab. Und ihr nicht wehtat. Sie streichelte, aber eben auch in höchster Not alleine ließ.

Warum also sollte Mimi wiederkommen?

Während in Hannas Kopf diese und schlimmere Gedanken rotierten, bemerkte sie nicht, dass Clivia neben sie getreten war. Erst als diese Hanna sanft am Arm fasste, schaute Hanna, die den Blick suchend auf den Boden gerichtet hatte, auf.

»Ist Mimi weg?«

Hanna nickte. Sie wollte antworten, erzählen, was geschehen war, aber dann übermannten sie einfach die Gefühle, und sie begann zu weinen.

»Es tut mir leid!«, schniefte sie und wischte sich das Wasser aus den Augen. »Es tut mir leid, was euch passiert ist, ich würde so gerne helfen, aber …«

Clivia nahm sie wortlos in den Arm. »Das weiß ich doch. Such du deine Mimi, wir versuchen hier zu retten, was zu retten ist.«

»Es sieht furchtbar aus«, entgegnete Hanna. »Schrecklich. Ist die ganze Ernte zerstört?«

Clivia warf einen traurigen Blick in Richtung ihres Mannes, der durch die Ruinen seiner Gewächshäuser stolperte. »Nicht alles. Aber der Großteil. Die Obstbäume werden wohl in diesem Jahr nicht tragen.«

»Oje«, mehr fiel Hanna nicht ein. Sie fand keine Worte für die Tragödie, außer die immer gleichen: »Es tut mir so leid.«

Clivia nickte. »Mir auch. Alles. Salvatore … zum Glück sind wir versichert. Trotzdem – er ist völlig am Ende.« Sie sah Hanna an. »Ich muss ihm wieder helfen.«

Hanna schniefte, ihre Tränen waren wieder versiegt. »Klar. Es tut mir leid …«

Clivia unterbrach sie. »Hoffentlich findest du deine Mimi. Ich würde dir ja helfen, aber …«

Hanna antwortete nicht, stattdessen strich sie nur wortlos der anderen über den Arm.

Schließlich trennten sich die Frauen voneinander, Clivia ging zu Salvi hinüber, während Hanna mit der Suche fortfuhr.

Sie suchte drei Stunden lang. Zwischendurch machte ihre Handylampe schlapp, aber Clivia gab ihr eine Taschenlampe, eine, die noch heller war und einen größeren Radius hatte. Aber es half alles nichts. Hanna hatte das ganze Grundstück abgesucht, jeden Stein umgedreht, aber Mimi war einfach nicht aufgetaucht. Ihre Kehle war heiser vom Rufen, die Käsestückchen in ihrer Tasche waren ein einziger Klumpen, weil sie sie nervös zwischen ihren Fingern geknetet hatte.

Kurz vor Mitternacht kehrte Hanna schließlich mit der traurigen Gewissheit, dass Mimi sich nirgends auf dem Gelände befand, zurück in ihre Ferienwohnung. Bestimmt war Mimi in ihrer Furcht auf die Straße hinausgelaufen. Weil sie die Hündin in der geschlossenen Ferienwohnung zurückgelassen hatte, hatte Hanna beim Aufbruch auch nicht darauf geachtet, das Gartentor hinter sich zu schließen – Mimi hatte also durchaus eine Möglichkeit zur Flucht gehabt. Und diese Möglichkeit auch genutzt.

Jetzt war sie weg. Es würde wenig Sinn haben, sie weiter dort draußen in der absoluten Finsternis zu suchen. Das Haus der Trettanis war von Macchia umgeben, es war zwecklos, dort hineinzulaufen. Hanna wusste das, obgleich ihr ebenso klar war, dass sie sich nicht einfach würde hinlegen und schlafen können. Ihr Körper fühlte sich vollkommen zerschlagen an, ihr schwarzes Kleid war ruiniert, die Brombeerranken und diverses Gestrüpp an den Rändern des Grundstücks hatten Löcher hineingerissen, Hanna fror erbärmlich, und ihre Augen waren geschwollen, weil sie nicht mehr aufhören konnte zu weinen. Die Vorstellung des kleinen Hundebabys, das dort voller Angst draußen umherlief, ließ sich nicht aus ihrem Kopf verbannen. Morgen früh, gleich wenn die Sonne aufging, würde sie mit der Suche fortfahren, nahm sich Hanna vor. Außerdem gab es bestimmt auch eine Capri-Gruppe bei Facebook, sie würde Michele um Hilfe bitten und Zettel aufhängen.

Allerdings half sie Mimi nicht, wenn sie vollkommen übermüdet und verzweifelt war. Hanna musste versuchen, irgendwie zur Ruhe zu kommen. Sie schälte sich aus ihrem Abendoutfit und nahm eine lange, heiße Dusche. So lange, bis ihre Haut krebsrot war und brannte. Dennoch fühlte sie sich, als sei sie in tausend einzelne Teile zerrissen. Schlafshirt, Leggings, dicke Socken und ein großes Glas heißer Tee mit Milch und Honig sollten ihr helfen, und so setzte sich Hanna schließlich in ihr Bett. Wann immer sie an Mimi dachte, musste sie weinen, also versuchte sie, sich abzulenken. Instagram und Facebook mied sie – sie war jetzt absolut nicht in der Lage, sich in Aly zu versetzen, stattdessen hatte sie das dringende Bedürfnis, mit irgendjemandem über die kleine Mimi zu reden, sie brauchte Rat und Trost.

Sie versuchte es bei Suse, aber die war offline und am Telefon nicht zu erreichen.

Michele anzurufen, traute sich Hanna nicht, der musste den Schaden seines Autos verkraften – und wie war er überhaupt ohne Wagen zurück nach Capri gekommen? Hanna hatte kurz einen Anflug von schlechtem Gewissen, denn sie war ohne Verabschiedung in das Auto der Trettanis gesprungen und hatte gar nicht mehr an Michele gedacht. Aber der kannte die halbe Insel, tröstete sie sich, irgendjemand würde ihn schon mitgenommen haben.

Bei Ben wollte Hanna jetzt auch nicht anrufen, obwohl ihr Sohn zweifellos die Person war, die um Mitternacht noch am ehesten wach sein würde. Aber wenn sie ihm beichtete, was geschehen war, sorgte sie nur dafür, dass zwei Menschen beunruhigt und traurig waren. Sie musste ihren Sohn nicht auch noch mit in ihre Sorgen reißen.

Ihre Schwester Julia schlief auf alle Fälle schon, andere Freunde kamen auch nicht infrage, denn sie hatte niemand anderem von Mimi berichtet und wollte nun nicht die ganze Geschichte von vorne erzählen müssen.

Außer Knut, dem Unbekannten aus Husum. Neugierig checkte Hanna seine Nummer, und tatsächlich – er war noch online.

Sie wusste nicht, ob er verheiratet war oder in einer Beziehung lebte. Vielleicht lag er im Bett und neben ihm seine Frau oder Freundin oder ein Mann – sie wusste nichts von ihm. Es war übergriffig, jemandem, den sie nicht kannte, um Mitternacht die Ohren über ihr Unglück und einen Hund, den er nicht kannte, vollzuheulen. Obwohl ihr all das nur allzu deutlich bewusst war, schrieb Hanna ihm. Sie konnte nicht sagen, warum das so war, aber sie hatte einfach das Gefühl, er würde sie verstehen.

Nur Sekunden später klingelte ihr Handy!

Fassungslos starrte Hanna auf den kleinen Apparat. Knut rief sie an!

»Hallo?«, fragte sie zögerlich.

»Sag jetzt nicht, das war ein Versehen!«, hörte sie eine unbekannte männliche Stimme. Eine angenehme Stimme. Beschwingt, warm. Eine gute Telefonstimme. »Sollte die Nachricht etwa an jemand anderen rausgehen? Das wäre schade – ich habe mich gefreut, dass du mir geschrieben hast. Obwohl es ein trauriger Anlass ist.«

»Nein«, beeilte sich Hanna zu versichern. »Nein, ich wollte schon dir schreiben, also Ihnen, also …« Sie war komplett verwirrt.

»Lieber du. Knut, Hanna, freut mich.« Leises Lachen am anderen Ende der Leitung. »Also, was ist passiert? Du Arme! Arme Mimi!«

Und Hanna erzählte. Es tat ihr so gut, mit jemandem zu reden, von Mimi zu erzählen, über die Katastrophe zu sprechen, die die Trettanis ereilt hatte, und ihre Sorgen darüber zu teilen, sie könnte an Mimis Verschwinden die Schuld tragen.

Knut hörte sich Hannas lange Erzählung an, als hätte er alle Zeit der Welt. Nur ab und an stellte er eine Zwischenfrage.

»Also zunächst einmal«, begann er, als Hanna geendet hatte, »trägst du gar keine Schuld. Du hast die Tür vom Apartment geschlossen – niemand konnte damit rechnen, dass der Sturm sie aufdrücken würde.«

Hanna wollte ihm ins Wort fallen, ihm sagen, dass sie Mimi niemals hätte allein lassen dürfen, aber Knut kam ihr zuvor.

»Und niemand kann von dir verlangen, dass du vierundzwanzig Stunden nonstop bei Mimi bist.«

»Aber sie ist ein Welpe!«

»Stimmt schon. Aber kein normaler Welpe. Sie hat ihre Familie verloren, sie war mutterseelenallein an der Autobahn. Sie hat sich schon allein durchgeschlagen, und so traurig das ist: Sie kennt es nicht anders. Wie dein Tierarzt schon gesagt hat: Du bist noch nicht richtig ihre Bezugsperson.«

»Aber nach heute wird sie mir noch weniger vertrauen«, wandte Hanna mit verzweifelter Stimme ein.

»So denkt ein Tier nicht«, versuchte Knut, sie zu beruhigen. »Wenn du anwesend bist und etwas passiert – ein lauter Krach, etwas fällt runter, dann kann es durchaus sein, dass ein Angsthund das mit dir in Verbindung bringt. Aber du warst gar nicht da, als der Sturm die Tür aufgedrückt hat.«

»Aber ich war auch nicht da, um sie zu beschützen.«

Knut seufzte. »Weißt du, wovon Mimi jetzt am allerwenigsten hat? Dass du dich in Selbstzweifeln zerfleischst.«

»Ich muss sie wiederfinden, Knut«, flüsterte Hanna. Das Gespräch mit ihm tat ihr so gut, sie konnte sich alles von der Seele reden, aber sobald sie an das Hundebaby da draußen in der Nacht dachte, wurde ihr ganz elend.

»Und das wirst du!«, gab er mit dem Brustton der Überzeugung zurück. »Und ich sage dir auch, warum. Hunde sind Fährtenfinder. Sobald sie sich beruhigt hat, wird sie sich den Weg zurück erschnüffeln. Außerdem ist Mimi eine Überlebenskünstlerin, das hat sie schon bewiesen. Und drittens: Wenn sie morgen immer noch nicht auftaucht, dann sprichst du mit dem Tierarzt. Bestimmt gibt es auch auf Capri Suchhunde. Ganz sicher kennt er jemanden, der dir helfen kann.«

Hanna nickte, brachte aber kein Wort heraus. Ihre Kehle war vor Dankbarkeit einerseits und Angst andererseits wie zugeschnürt.

»Hanna?«

»Ja.«

»Und jetzt versuch zu schlafen.«

»Ja.« Tränen stiegen ihr in die Augen. Sie fürchtete sich davor aufzulegen, fürchtete sich, in der Dunkelheit allein zu sein, fürchtete sich, nicht schlafen zu können.

»Du kannst mich jederzeit anrufen, okay?«

»Ich danke dir. Das hat mir so gutgetan«, bekannte Hanna. »Obwohl wir uns gar nicht kennen … Es war, wie mit einem Freund zu sprechen.«

Knut schwieg. Schließlich sagte er: »Was nicht ist, kann ja noch werden.«

Dann legten sie auf.

Hanna löschte das Licht und lag mit geöffneten Augen in der Dunkelheit. Sie lauschte ihren eigenen Atemzügen, aber dann meinte sie, etwas zu hören. Sehr entfernt und leise. Weinen? War es das Geheul eines Hundes?

Hanna schaltete augenblicklich das Licht an und setzte sich auf. Es hatte begonnen zu regnen, das Klappern der Tropfen auf dem Fensterbrett war zu laut, als dass andere Geräusche wirklich durchdringen konnten.

Bildete sie es sich ein, Mimi zu hören, weil sie es sich so sehr wünschte, oder war das Wirklichkeit?

Hanna sprang aus dem Bett, öffnete die Tür des Apartments und lauschte in die Nacht.

Nein! Jetzt hörte sie es ganz eindeutig. Ein Hund winselte und kläffte abwechselnd. Ohne nachzudenken, lief Hanna los, barfuß, im Schlafanzug, ohne Licht, immer dem Geräusch nach, das sie zum Haus der Trettanis führte und daran vorbei zum Gartentor auf die Straße. Der Hilferuf des Hundes wurde immer lauter und eindeutiger, keine Frage, das war ihr Baby! Im fahlen Mondlicht sah Hanna sie schließlich vor der Garage sitzen.

»Mimi!«, rief Hanna, und ohne nachzudenken, ging sie in die Knie und schlang ihre Arme um das patschnasse Fellbündel. Auch Mimi schien nicht nachzudenken, denn anstatt sich zu wehren, winselte sie nun in den höchsten Tönen, leckte Hanna mit ihrer kleinen Zunge das ganze Gesicht ab und versuchte förmlich, in sie hineinzukriechen.

»Mimi, meine kleine Mimi!« Hanna drückte den Hund an sich, streichelte ihn und vergrub ihre Nase im nassen Fell.

Sie begann schon wieder zu weinen, dieses Mal Tränen der Erleichterung. Rasch lief sie mit dem Hund im Arm zurück in die Ferienwohnung, stieß mit dem Fuß die Tür hinter sich zu, holte ein Handtuch aus dem Bad und rubbelte Mimi und sich selbst trocken.

Anschließend ließ sie die Hündin zu Boden, die außer sich vor Freude ein paar Runden durch das Zimmer drehte. Hanna öffnete eine Dose Welpenfutter und stellte Mimi ein Schüsselchen hin, die sich gierig darüber hermachte. In der Zwischenzeit zog Hanna sich zum wiederholten Mal um, wusch sich das Gesicht und die Füße. Dann legte sie sich ins Bett, hob die satte Mimi zu sich, legte ein frisches Handtuch neben sich, die Hündin darauf, streichelte sie und deckte sich selbst zu. Zu ihrer großen Verwunderung ließ Mimi alles mit sich geschehen – zu Tode erschöpft schloss sie die Augen und schlief ein. Hanna machte die Nachtlampe aus, und es dauerte nicht lang, da schlief auch sie, beruhigt von den kleinen Atemgeräuschen des Welpen neben sich.

»Was soll das heißen, wir sind nicht versichert?«

Clivia umklammerte ihren Kaffeebecher mit beiden Händen. Sie war vollkommen übermüdet, ihre Glieder fühlten sich zerschlagen an. Die ganze Nacht, die ohnehin nur kurz währte, hatte sie sich im Bett herumgewälzt, ebenso wie Salvatore. Und nun, beim Frühstück, war ihr lieber Mann mit dieser furchtbaren Wahrheit herausgerückt. Am liebsten hätte sie gebrüllt und auf ihn eingeschlagen, aber nun saß er da vor ihr, ein Häufchen Elend, grau und zusammengesunken.

»Ich habe den Hagel herausgenommen«, gestand er ihr mit tonloser Stimme. »Vor drei Jahren schon. Weil ich dachte: Hagel, das hatten wir noch nie auf Capri.«

Was blieb Clivia anderes übrig, als zu nicken? Salvatore ging es so schlecht, er war am Ende, da musste sie nicht auch noch auf ihn einprügeln. Aber es fiel ihr schwer, ihre Wut im Zaum zu halten.

»Aber *perchè*, Salvatore, *perchè?*«

»Weil es so teuer ist.« Salvatore hob den Kopf und sah ihr in die Augen. Zwei dunkle schwarze Seen. »Als du die Praxis gekündigt hast, habe ich mal alles durchgerechnet. Und die Versicherung für das alles – die verschlingt so viel Geld. Also habe ich Überschwemmungen und Hagel rausgenommen. Unwetter und Erdbeben sind dringeblieben.« Er seufzte. »Ich wollte seit Tagen schon mit dir reden. Nicht wegen der Versicherungen, aber ...«

Er stockte.

»Aber?«, echote Clivia ahnungsvoll.

»Setz dich bitte.«

Gehorsam nahm Clivia einen Stuhl und setzte sich an den Tisch. Salvatore drehte sich zu ihr und legte seine Hände flach auf den Tisch. Als müsse er Halt finden.

»Es ist alles zu teuer. Das Geld reicht hinten und vorne nicht. Ich wollte es dir nie sagen, weil ich es so großartig finde, was du machst, aber ...«

»Ich muss Geld verdienen? Willst du mir das sagen?«

Salvatore nickte.

Clivia schwieg. Wenn sie ehrlich war, dann wusste sie es. Wusste es schon die ganze Zeit. Aber sie hatte die Augen davor verschlossen, hatte immer gedacht: Wir sind vermögend, uns gehört ein großes Grundstück auf Capri, wer, wenn nicht wir, soll den armen Menschen da draußen helfen? Sie hatte so unbedingt ihre ehrenamtliche Arbeit fortsetzen wollen, dass sie den Gedanken daran, dass das Geldverdienen allein auf den Schultern ihres Mannes lastete, weit von sich geschoben hatte. Sie nahm seine Hand.

»Es tut mir leid, *Amore*. Es tut mir leid, dass du dich damit alleine herumgeschlagen hast.« Ihre Wut, die sie zu Beginn des Gespräches gehabt hatte, war verpufft. Hatte sich in Luft aufgelöst. Sie und Salvatore, sie waren so viele Jahre verheiratet, sie hatten drei Kinder miteinander großgezogen, drei wunderbare Kinder, und es war nicht immer einfach gewesen. Sie hatte ihre Hausarztpraxis gestemmt, mit Hausbesuchen und Wochenendarbeit, manchmal war sie so übermüdet gewesen, dass sie im Stehen hätte schlafen können. Und dieser Mann, der immer an ihrer Seite war, hatte mindestens ebenso viel geleistet. Er war wunderbar, er war ihre Stütze, ihre Schulter, hatte ihr den Rücken freigehalten und immer zu ihr gestanden.

Wer war sie, ihm Vorhaltungen zu machen?

Jetzt brauchte Salvatore ihre volle Unterstützung, und er sollte sie bekommen.

»Ich bin achtundfünfzig, Salvi. Und in all diesen achtundfünfzig Jahren hat es auf Capri niemals so einen Hagelsturm gegeben wie gestern.« Sie lächelte.

Salvatore drückte dankbar ihre Hand und erwiderte ihr Lächeln, Liebe und Dankbarkeit, weil sie ihm verzieh, im Blick.

»Es war richtig, den Scheißhagel aus der Versicherung zu nehmen. Ich hätte es genauso gemacht. Wer konnte das schon ahnen?«

Ihr Mann schüttelte den Kopf, seinen riesigen Kopf mit den dichten grauen Locken, fasste sich an die Haare und zog daran. »Ich bin ein Esel!«, rief er.

Clivia legte ihre Hände auf seine, zog so seinen Kopf an sich heran und legte ihre Stirn an seine. »Ach was. Das bringt jetzt nichts. Es ist passiert. Lass uns überlegen, wie wir da rauskommen.«

Salvi lächelte sie an, und sie küssten sich. Es war kein leidenschaftlicher Kuss, nicht so, wie sie sich früher geküsst hatten, voller Feuer und Begehren, aber es war ein Kuss, der tief und innig war, der ihre ewige Verbundenheit ausdrückte. Sie waren *partners in crime* – für immer.

»*Grazie, Amore*«, sagte Salvatore. »*Ti amo.*«

»*Anch'io ti amo.*«

Salvatore sprang auf, holte die schwere gusseiserne Pfanne heraus und zündete die Gasflamme an.

»Ich mache uns ein ordentliches Frühstück. Ein paar Eier, Tomaten, *lardo.* Ohne Schlaf und mit leerem Magen kann man keine Pläne schmieden.«

Clivia lächelte. Das war ihr Mann. Einen besseren gab es nicht, das wusste sie, und sie war für immer dankbar, dass sie ihn gefunden hatte – oder er sie.

»Ich habe schon ein paar Ideen«, erzählte Salvatore, während er einen guten Schuss Olivenöl in die heiße Pfanne goss. »Wer sagt denn, dass ich jeden Tag auf dem Markt stehen muss? Ich könnte doch einfach dieses Jahr aussetzen. Das, was wir hier anbauen, reicht, um uns beide zu ernähren, gar kein Problem. Die Schweine verkaufen wir, oder was meinst du? Sind sie zu teuer? Vielleicht auch nicht, ich muss das durchrechnen. Ich kündige den Marktstand! Nächstes Jahr mache ich wieder auf. Bis dahin habe ich die Gewächshäuser wieder so weit …«

Er redete und redete. Clivia hörte und sah ihm zu, und in ihrem Kopf formte sich ebenfalls ein Plan. Sie würden es schaffen, aus der Krise zu kommen. Sie hatten schon

Schlimmeres bewältigt. Alles würde gut werden, sie waren zusammen, und sie waren auf dieser wunderbaren Insel – was konnte ihnen passieren? Ein Hagelsturm würde sie nicht in die Knie zwingen, nicht die Trettanis!

Lucia stand zum ersten Mal in dem kleinen Antiquariat, in dem Annunziata ihre Bücher bestellte. Diese Ecke von Neapel war ihr vollkommen unbekannt, aber sie gefiel ihr ungemein. Ein unaufgeregtes, ruhiges Viertel, hier wohnten viele ältere Menschen, es war gesetzt, gutbürgerlich und eher Wohn- als Geschäftsviertel. Touristen verirrten sich nicht hierher, auf der Straße sah man ältere Damen mit ihren Hunden und Männer, die in Grüppchen zusammenstanden und sich unterhielten. Ab und zu knatterte ein Motorroller vorbei, aber dann herrschte wieder Ruhe. Man hätte denken können, nicht in Neapel zu sein, einer Stadt, die immer laut auf sich aufmerksam machte.

Das Antiquariat lag im Souterrain. Marmorne Stufen, bereits ausgetreten, führten abwärts, die Tür des Geschäftes stand weit offen. Trotz seiner Lage war das Antiquariat hell, es lag an der Ecke des großzügigen Art-déco-Gebäudes und hatte an zwei Wänden große Fenster. Darunter lockten Büchertische, die jedoch nicht vollgestapelt waren, sondern auf denen wie in einem Museum nur einzelne Exemplare großformatiger Kunst- und Fotobände zur Ansicht ausgelegt waren. An den beiden anderen Wänden, die im Inneren des Geschäftes lagen, zogen sich überquellende Bücherregale bis zur Decke. Hier war jeder Zentimeter genutzt, und so wirkte der Laden großzügig hell und gemütlich verschroben zugleich.

Eine elegante Frau saß auf einem roten Samtsofa und blätterte in einem Buch, neben sich einen großen Stapel weiterer Bücher. Sie nickte Lucia nur freundlich zu, als diese hereinkam, und vertiefte sich dann sogleich wieder in ihre Lektüre.

Neugierig sah Lucia sich erst einmal um, strich hier über einen Umschlag und blätterte dort in einem Folianten.

Die Dame auf dem Sofa schien zu spüren, dass Lucia nicht recht wusste, was sie wollte, also klappte sie das Buch, mit dem sie gerade beschäftigt war, zu, stand auf, strich ihren Rock glatt und sagte freundlich: »Wenn ich Ihnen helfen kann, lassen Sie es mich gerne wissen. Ansonsten – sehen Sie sich um.«

»Danke«, erwiderte Lucia. »Ich suche eigentlich kein Buch für mich, sondern für die Contessa Annunziata Farnese.«

Ein Lächeln erstrahlte auf dem Gesicht der Dame, die vermutlich die Besitzerin des Geschäftes war. Lucia gestand sich ein, dass sie überrascht war. Antiquare waren in ihrer Vorstellung stets verschrobene ältere Herren mit Kordsakko, Brille und leichtem Buckel gewesen. Davon war die Dame ihr gegenüber weit entfernt.

»Die Contessa!«, rief sie erfreut. »Ist sie in Neapel?«

»Ja, aber leider im Krankenhaus«, gab Lucia zurück; darüber entspann sich ein Gespräch über Annunziata, und es stellte sich heraus, dass die Antiquarin als junge Frau einmal ein Manuskript von Annunziatas Vater, dem Dottore, transkribiert hatte und seitdem mit der Familie in Kontakt stand – wenngleich man sich nicht persönlich kannte. Lucia erzählte vom Sturz und der Operation der Signora und dass sie dieser jeden Tag im Krankenhaus etwas vorlas, ihr nun aber die Lektüre ausging.

»Ich verstehe«, sagte die Dame. »Keine Sorge, mir fällt etwas ein. Glücklicherweise bin ich mit den Lesegewohnheiten der Contessa vertraut, wir finden bestimmt das ein oder andere schöne Buch für sie.«

Noch während sie sprach, streifte sie an den Regalen entlang, zog hier etwas heraus, dann dort, stellte ein Buch stirnrunzelnd wieder zurück, um ein weiteres mit strahlendem Lächeln unter einem Stapel hervorzuziehen.

Schließlich hatte sie drei schmale Bändchen für Lucia zusammengestellt, mit denen diese den Laden in Richtung Hospital verließ – berechnen wollte die Antiquarin keines der Bücher, stattdessen kaufte Lucia nach langen Verhandlungen ein wunderschön fotografiertes Buch über Vorratshaltung in der Küche. Sie hätte das Antiquariat niemals verlassen wollen, ohne für irgendetwas bezahlt zu haben.

Im Krankenhaus erwartete sie eine Überraschung – auf dem Gang kam ihr Annunziata entgegen, auf einen Rollator gestützt und in Begleitung der Physiotherapeutin.

Die Signora strahlte, wenngleich sie nach der Operation zerbrechlicher denn je wirkte. Der Sturz und seine Folgen hatten deutliche Spuren hinterlassen. »Sieh mich an!«, rief sie Lucia schon von Weitem zu.

»Das ist ja wunderbar.« Lucia freute sich aufrichtig.

»Sie macht gute Fortschritte«, stimmte die Physiotherapeutin zu. »Allerdings muss sie sehr vorsichtig sein und darf sich keinesfalls übernehmen. Aber jeden Tag ein paar Meter und jeden Tag ein Meter mehr, das geht schon.«

Gemeinsam begleiteten sie die Contessa in ihr Zimmer zurück, und Lucia entging nicht, dass die alte Dame nach den wenigen Metern an den Rand der Erschöpfung geraten war. Sie half mit, sie ins Bett zu bugsieren, und sah, dass

Annunziatas Beine vor Anstrengung zitterten. Aber Lucia schwieg, stattdessen lobte sie ihre Willenskraft.

Als Lucia Annunziata die mitgebrachten Bücher zeigte, schienen die Wangen der alten Dame gleich ein wenig rosiger zu schimmern, und sie strahlte freudig. Besonders über die Gedichte von Emily Dickinson freute sie sich, presste den Band an ihr Herz und rezitierte aus dem Stand eines der Gedichte der Lyrikerin.

»Das ist meine Medizin, meine liebe Lucia, weißt du das?«

Lucia lächelte. »Ich hoffe, das hier akzeptierst du auch.« Damit holte sie aus ihrer Tasche noch eine kleine Box und öffnete sie. Sofort stieg aus der Dose köstlicher Duft nach Butter und Orangen, nach Puderzucker und Ricotta empor.

*»Sfogliatelle!«* Annunziata sog den Duft in die Nase und griff erst dann nach der neapolitanischen Spezialität, die Lucia noch an der Galleria Umberto besorgt hatte. Die Sfogliatelle von Mary waren die besten der Stadt, Lucia hatte schon vergessen, wie herrlich die buttrigen Blätterteigtaschen schmeckten. Sie nahm sich selbst auch eine, und so saßen sie stumm nebeneinander, Puderzucker auf der Oberlippe, und genossen die süßen Teilchen.

»Der Arzt sagt, ich darf nicht in die Oper«, erzählte die Signora. »Langes Sitzen sei nicht gut für mich. Aber ich soll in die Reha. Ich könnte schon übermorgen entlassen und dorthin gebracht werden.«

Lucia unternahm einen Versuch, ihre Freundin aufzumuntern. »Das ist eine wunderbare Nachricht! Das heißt, dein Heilungsprozess kommt gut voran.«

Annunziata seufzte. »Ja, das schon. Aber ich möchte nicht in die Reha. Das dauert bestimmt einige Wochen.«

»Aber danach bist du wieder die Alte, ganz bestimmt«, gab Lucia sich Mühe, Annunziata aufzumuntern. »Und ich verspreche dir: Wenn du wiederhergestellt bist, dann fahren wir eines Tages in die Oper und übernachten im besten Hotel der Stadt.«

Tatsächlich konnte sie sich die Contessa nicht in einer fremden Umgebung mit anderen Patienten zusammen vorstellen. Ausgerechnet die alte Dame, die nie den Palazzo verlassen hatte, die die Einsamkeit liebte und großen Wert darauf legte, nur ihre engsten Freunde und Angestellte um sich zu haben. Ohne ihre Hunde, den Garten, ihre Bibliothek und die Arbeit am Nachlass ihres Vaters – Lucia bezweifelte insgeheim, dass dies tatsächlich zur Genesung beitragen würde. Körperlich bestimmt, aber was war mit der Seele? Aber sie sagte nichts, um die Bedenken Annunziatas nicht noch zu verstärken. Zum Glück lagen der alten Dame jedes Klagen und Jammern fern, stattdessen verabschiedete sie Lucia mit dem Hinweis, dass sie müde sei und jetzt ihre Ruhe brauche.

Lucia ging nachdenklich den Gang zum Aufzug hinunter. Sie wollte sich überlegen, wie man es möglich machen konnte, dass Annunziata wieder nach Hause anstatt in die Reha konnte – allerdings trotzdem medizinisch betreut wurde. Aus eigener Tasche konnten weder sie noch Annunziata das bezahlen, wie so oft würde jedwede Alternative an den finanziellen Mitteln scheitern.

Der Aufzug kam, Lucia stieg ein und überlegte, was sie mit dem angebrochenen Tag anfangen sollte. Es war erst Mittag, die Sonne strahlte vom wolkenlosen Himmel, und ganz Neapel pulsierte vor Lebendigkeit. Lucia hätte tausend Möglichkeiten gehabt – sie könnte durch die Gassen schlendern, einkaufen, in einem der vielen urwüchsigen und gemütlichen kleinen Restaurants einkehren, die nur die Einheimischen kannten, sich auf eine Piazza setzen und ein Eis essen, sie könnte ein wenig Sightseeing machen oder mit der Standseilbahn auf den Vomero fahren und dort vom Parco Virgiliano aus die Aussicht über die Stadt genießen.

Aber Lucia wusste: Sie würde nichts von alldem unternehmen. Seit mehr als einem Jahr war sie nicht mehr hier gewesen, sie hatte ihre Zelte damals in Angst und Unfrieden abgebrochen. Zwar musste sie sich nicht fürchten, ihrem Ex-Mann Alessandro zu begegnen; sie hatte gelesen, dass er untergetaucht war, weil ihm in Italien so viele Gläubiger auf den Fersen waren. Aber die Erinnerung an die Zeit mit ihm war noch immer mit Neapel verbunden und sorgte dafür, dass Lucia sich nicht frei und sorglos in der Metropole bewegen konnte – an jeder Ecke holte sie die Erinnerung ein. Sie würde sich also in ihr Zimmerchen bei der Gastfamilie zurückziehen und versuchen, ein wenig mit Martin in Heidelberg zu skypen oder, falls dieser noch arbeitete, mit Marcella.

Noch während sie die Eingangshalle des Hospitals in Richtung Ausgang durchquerte, hatte Lucia das Gefühl, dass jemand sie beobachtete. Sie spürte förmlich die Blicke auf sich ruhen und beschleunigte ihre Schritte. Bloß weg hier, dachte sie, ich fange an, in Neapel schon wieder Gespenster zu sehen. Oder besser: zu fühlen.

Eine Trambahn, die in die Nähe ihrer Unterkunft führte, bog gerade um die Ecke, und Lucia rannte, so schnell sie konnte, um diese noch zu erwischen. Sie warf keinen Blick zurück, hörte aber, dass hinter ihr ebenfalls jemand rannte und, wenn sie sich nicht täuschte, sogar ihren Namen rief. Aber das Blut rauschte so laut in ihren Ohren, dass sie es nicht hören konnte. Hoffentlich ist es nicht doch Alessandro, dachte sie und spürte, wie Panik in ihr ausbrach. Die Tür der Trambahn sollte sich gerade schließen, doch ein

Mann, der sah, wie Lucia winkte, verhinderte es, sodass sie völlig außer Atem hineinsprang. Leider auch ihr Verfolger – er rumpelte von hinten gegen sie und hielt sich an ihr fest! Wütend drehte Lucia sich um – und blickte in das geliebte Gesicht von Martin! Er strahlte sie an, schüttelte leicht den Kopf und fragte: »Seit wann rennst du vor mir weg?«

»Martin!« Lucia umschlang ihn sofort, er erwiderte ihre Umarmung und hielt sie fest, so fest, dass sie sich augenblicklich geborgen fühlte und sich nie wieder aus seinen Armen lösen wollte.

»Warum verfolgst du mich, ohne etwas zu sagen?«

»Warum bist du vor mir weggerannt? Ich habe dir doch zugewunken und dich gerufen?«

Lucia lachte erleichtert. »Was? Ich habe nichts gesehen.«

»Ich war im Krankenhaus an der Anmeldung und habe gefragt, wo Annunziata liegt, da bist du durch die Halle gerauscht. Und ich hinter dir her.«

»Wieso bist du hier? Ich dachte, du bist in Heidelberg.« Sanft strich sie über sein Gesicht. Ihr Mann, ihr wunderbarer Mann war bei ihr, das war das schönste Geschenk, das man ihr machen konnte.

»Als du mir erzählt hast, was passiert ist, habe ich den Flug von Bologna sofort umgebucht«, erklärte Martin und küsste Lucia sanft. »Professor Wehner war nicht begeistert, aber er hat natürlich Verständnis. Ich halte meine Seminare in dieser Woche einfach online, dann muss kein Ersatz her, und ich kann es von hier aus machen. Kein Problem. Ich kann eine ganze Woche bleiben.«

Die Straßenbahn hielt an der Haltestelle, an der Lucia aussteigen musste, und sie zog Martin mit sich.

»Und?«, erkundigte er sich. »Was stellen wir mit dem wunderbaren Tag an?«

Lucia zuckte mit den Achseln. »Ich weiß nicht. Ich habe nichts vor – ich wollte mit dir skypen.«

»Also dann«, Martin nahm Lucias Hand, »zeig mir dein Neapel!«

Hanna schwitzte in den dicken Arbeitshandschuhen, aber sie konnte sie nicht ausziehen, das war zu gefährlich bei dem, was sie tat. Gemeinsam mit Clivia ging sie durch das Gewächshaus und sammelte Glas ein. Salvatore saß auf dem Dach des anderen und schlug seit dem frühen Morgen die Reste der Überdachung herunter, die die Frauen jetzt einsammelten. Zuvor hatten sie gemeinsam alle Beete – oder das, was davon noch vorhanden war – mit dicken Plastikplanen geschützt. Und nun pickten sie jede kleine Scherbe auf, sammelten diese in Eimern, die sie schließlich in einem Container entleerten.

Mimi saß vor dem Gewächshaus im Schatten, geschützt von einem Lorbeerbusch. Hanna hatte sie an ihr provisorisches Geschirr angeleint, damit sie nicht weglaufen konnte. Ein gemütliches Kissen – von Mimi geflissentlich ignoriert –, ein Trinknapf mit Wasser und Spielzeug lagen ebenfalls da. Hanna hatte nach dem furchtbaren Erlebnis beschlossen, dass sie die kleine Hundedame in der nächsten Zeit tatsächlich niemals allein lassen und auch nicht mehr ins Apartment einsperren würde. Wenn sie sich wegbewegte, würde sie Mimi mitnehmen, so wie jetzt, da sie den Trettanis half, die schlimmsten Schäden zu beseitigen. Sie war davon wach geworden, dass Clivia und Salvatore schon am frühen Morgen damit angefangen hatten, und das hatte Hanna aus dem Bett getrieben. Mimi hatte zu dem Zeitpunkt noch immer bei ihr im Bett gelegen, am Fußende eingerollt. Als Hanna sich aufsetzte, hatte auch sie den Kopf gehoben und vorsichtig mit dem Schwänzchen gewackelt.

Aber jetzt arbeiteten sie schon seit Stunden in der Sonne. Zwischendurch hatte Salvatore, fürsorglich wie immer, für Snacks und kalte Getränke gesorgt, aber Hanna hatte ihm angesehen, dass er völlig von der Rolle war. Als Salvi in der Küche verschwand, weihte Clivia sie ein. Keine Versicherung! Hanna taten die beiden unendlich leid. Für sie als Touristin lebten Menschen wie die Trettanis im Paradies – sie hatten ein großes Grundstück auf einer der teuersten, weil schönsten Inseln der Welt, automatisch hielt man sie für reich oder zumindest begütert. Aber natürlich war nicht jeder Einheimische, der in einer touristischen Region lebte, automatisch ein gemachter Mann beziehungsweise eine gemachte Frau. Und von dem Geld, das die beiden mit der kleinen Ferienwohnung einnahmen, konnten sie gerade einmal die Versorgung und Pflege der Schweine bezahlen.

Clivia allerdings ließ sich ihren Optimismus nicht nehmen. Sie erzählte Hanna, was sie bei ihren Einsätzen auf dem Mittelmeer erlebt hatte, mit welchen Schicksalen sie konfrontiert war.

»Im Vergleich zu diesen Menschen«, sagte sie, »die kaum etwas haben und das bisschen fast immer auf der Flucht verlieren, die Krieg und Gewalt erlebt haben, bin ich gesegnet! Gesund und privilegiert – was soll mir passieren? Davon«, Clivia zeigte auf das verwüstete Grundstück ringsum, »lasse ich mich nicht unterkriegen.«

Das war eine Lebenseinstellung, die Hanna zu hundert Prozent teilte. Wie oft, wenn sie mit ihren Nerven am Ende, weil überarbeitet und in Geldnot war – Olaf hatte seinen Unterhalt nicht bezahlt, eine Klassenfahrt stand an, die sie sich nicht leisten konnte, und dergleichen mehr –, hatte sie sich gesagt: Es ist doch nur Geld. Ich bin gesund, mein Kind ist gesund, ich habe meine Liebsten um mich herum.

Und war es jetzt nicht genauso?

Wie klein waren ihre Sorgen mit der Schreibblockade und der Autoren-Identitätskrise im Vergleich zu dem, was die Trettanis gerade erlebten? Es tat doch immer wieder gut, die Perspektive zu wechseln und sein Schicksal von außen zu betrachten.

Heute hatte Hanna noch keinen einzigen Gedanken daran verschwendet, dass sie nicht zum Schreiben gekommen war oder ihre Follower auf den Social-Media-Kanälen nicht bedient hatte. Das hier war viel wichtiger!

»Mittagspause!«, rief Salvatore jetzt und wedelte den beiden Frauen vom Dach des zweiten Gewächshauses zu, bevor er auf der langen Leiter nach unten kletterte.

»Ich koche uns was zur Stärkung«, verkündete er, als er kurz darauf neben ihnen stand. »Und für Mimi fällt bestimmt auch etwas ab.«

Eine halbe Stunde darauf saßen sie vollkommen ausgehungert vor einer großen Portion Spaghettini alle vongole. Beim Essen sprachen sie nicht viel, Hanna musste die Geschichte von Mimis Rückkehr noch einmal erzählen, und Salvatore lachte herzlich darüber, dass Micheles Cabrio voll Wasser gelaufen war.

»Wer weiß?«, meinte er. »Vielleicht war das ein Segen. Das Verdeck hätte dem Hagel wahrscheinlich auch nicht standgehalten.«

Hanna wiederum fragte, ob die Trettanis schon wüssten, wie hoch der entstandene Schaden war, aber Salvatore schüttelte den Kopf. »Erst einmal muss ich aufräumen und mir einen Überblick verschaffen. Auf dem Markt verkaufen werde ich diesen Sommer nicht mehr. Und Clivia«, er warf einen Blick auf seine Frau, »sucht einen Job.«

»Ich glaube, ich habe schon eine Idee«, gab diese zurück, »aber ich muss erst noch ein paar Dinge klären.«

»Außerdem, liebe Hanna«, die Trettanis warfen sich einen Blick zu, »möchten wir dich ausquartieren.«

Hanna sah die beiden erschrocken an.

»Nicht, dass du denkst, wir wollen dich loswerden!«, beeilte Clivia sich zu versichern. »Aber es wird wohl so sein, dass du die Ferienwohnung nicht nutzen kannst.«

»Es wird laut«, erklärte Salvatore. »Bauarbeiten. Die Dachkonstruktion der Gewächshäuser hat sich zum Teil verbogen, manche Träger muss ich ganz wegflexen, andere kann ich geradedengeln – auf alle Fälle wird das hier in den nächsten Wochen eine Baustelle. Und zwar eine laute.«

»Es ist weder eine gute Atmosphäre, um zu schreiben, noch wird es schön für Mimi, gerade weil sie so ängstlich ist.«

Das musste Hanna erst einmal verdauen. Aber natürlich hatten Clivia und Salvatore recht. Wenn sie sich auf dem Grundstück umsah – hier war noch jede Menge zu tun, und natürlich war die friedliche Ruhe, die sie brauchte, um kreativ zu sein, vorbei. Aber wo sollte sie hin?

»Aber wo soll ich denn hin?«

Die Trettanis sahen sich an.

»Wir haben das mit Umberto geklärt, du kannst in den Palazzo ziehen. Zimmer gibt es dort mehr als genug! Und Ruhe und Abgeschiedenheit hast du auch.«

Hanna zuckte mit der Schulter. »Okay. Ich war noch nie dort, also kann ich auch nicht beurteilen …«

Es fiel ihr schwer, ihre Enttäuschung zu verbergen. Clivia und Salvatore waren die besten Gastgeber der Welt, und sie hatte sich gerade erst eingelebt. Was würde sie im Palazzo Farnese erwarten?

»Das Geld erstatten wir dir natürlich«, versicherte Salvatore, aber da kam er bei Hanna an die falsche Adresse.

»Das kommt überhaupt nicht infrage!«, widersprach sie. »Gerade jetzt, wo ihr jeden Euro brauchen könnt, nein, nicht mit mir. Darüber diskutieren wir auch nicht, basta!«

In dem Moment, als Salvatore über Geld gesprochen hatte, war ihr etwas eingefallen. Wozu hatte sie dreißigtausend Follower? Konnte sie die nicht aktivieren? Hanna war fest entschlossen, noch heute eine Spendenaktion für Salvatore zu starten. Auf all ihren Kanälen würde sie dazu aufrufen – wenn nur jeder Fünfte einen Euro, nicht mehr, beitragen würde, käme eine erkleckliche Summe zusammen, mit der Salvi seine Gewächshäuser repariert bekäme. Den Trettanis würde sie aber nichts sagen, denn sie wollte keine falschen Hoffnungen wecken.

»Möchtest du es dir erst einmal ansehen? Ich kann mit dir hinfahren?«, fragte Clivia besorgt.

Aber Hanna gab sich einen Ruck. »Nein. Schon gut. Ich vertraue euch. Ehrlich gesagt, habe ich keine Lust, euch zu verlassen, ich fühle mich wahnsinnig wohl hier.« Mit einem Blick auf die Trümmerlandschaft ringsherum verbesserte sie sich. »Na ja … habe mich wohlgefühlt.«

Salvatore legte einen seiner massigen Arme um Hannas Schultern und zog sie an sich. »Du kannst wiederkommen, wenn ich hier mit dem Gröbsten fertig bin. Dann ist es auch wieder ruhig – einverstanden?«

»Einverstanden.«

Am späten Nachmittag hatte Hanna sich nach den Aufräumarbeiten geduscht und ihre Sachen gepackt. Nun saß sie mit wehmütigem Blick mit Mimi an ihrem Platz unter dem Feigenbaum. Die Zeit bei den Trettanis war viel zu kurz gewesen, gerade einmal eine Woche. Geschrieben hatte sie keine fünfzehn Seiten, und durch den Umzug und die Aufregung um Mimi war sie gedanklich schon wieder komplett aus dem Stoff ausgestiegen. Es würde sie Tage kosten, sich wieder einzufühlen. Insgesamt hatte die Auszeit auf Capri einen ganz anderen Verlauf genommen als ursprünglich geplant. Allerdings war es wirklich keine Sekunde langweilig gewesen, und das hatte ja auch etwas für sich. Hanna blickte zu Mimi hinunter, die zu ihren Füßen angeleint saß. Das furchtbare Erlebnis gestern hatte sie beide tatsächlich enger zusammengeschweißt, Knut hatte recht gehabt. Mimi verband mit Hanna nicht, dass sie sie nicht vor dem Unwetter beschützt, sondern dass sie sie in der Nacht wieder aufgelesen und liebevoll umsorgt hatte. Jedenfalls war die kleine Hündin ihr seit dem Aufstehen nicht von der Ferse gewichen. Hanna streckte ihre Hand aus und streichelte Mimi – was diese mit dem Ablecken ihrer Hand quittierte.

»Wir ziehen um, meine kleine Vagabundin«, sagte Hanna liebevoll und beugte sich nach unten, um Mimi auf ihren Schoß zu setzen. Was mochte Mimi jetzt wiegen? Zehn Kilogramm? Wenn sie fünf Kilo zunehmen sollte, war das die Hälfte ihres derzeitigen Gewichts! Ganz schön viel, dachte Hanna und vermied es, sich auszurechnen, was sie selbst wiegen würde, wenn sie die Hälfte ihres Gewichts zunehmen müsste.

Sanft glitt ihre Hand über das schwarze Fell der Hündin. Es war nicht mehr ganz so schmuddelig wie zu Beginn, obwohl Mimi noch kein einziges Mal gebadet hatte, offenbar hatte das Welpenfell selbstreinigende Eigenschaften. Aber verfilzt war es noch immer, und Hanna nahm sich vor, die –

hoffentlich – ruhigen Tage im Palazzo dazu zu nutzen, Mimi behutsam an die Fellpflege heranzuführen. Die Trettanis hatten ihr gesagt, dass der Palazzo zurzeit lediglich von einem Stipendiaten bewohnt wurde, da sich Lucia zur Betreuung der Contessa Farnese in Neapel aufhielt. Umberto, der Gärtner, den Hanna bei dem Fest am Vortag auch kennengelernt hatte, würde aber jeden Tag dort sein und seiner Arbeit nachgehen, sie wären also nicht vollkommen sich selbst überlassen. Trotzdem blieb ein kleines Unbehagen bei Hanna zurück – fast allein in einem riesigen Palazzo statt in der kuscheligen Ferienwohnung, ob das das Richtige für sie war?

Clivia kam jetzt über den Gartenweg zu ihnen gelaufen und winkte.

»Auf geht's«, sagte Hanna, nahm Mimi und ihre Reisetasche, den Rollkoffer schnappte sich Clivia.

Eine Viertelstunde später stockte ihr der Atem. Wenn das keine inspirierende Umgebung war … Umberto hatte sie eingelassen und zeigte Hanna voller Stolz den Garten. Das, was die Familie Farnese hier im vergangenen Jahrhundert angelegt hatte, war ein traumhafter botanischer Garten, aber ohne die Systematik und Überschaubarkeit derer, die für die Öffentlichkeit zugänglich waren. Es herrschte ein auf den ersten Blick leicht chaotisches Nebeneinander verschiedenster Pflanzenhabitate. Ein Nadelwald im hintersten Winkel der Anlage, davor einige Biotope mit hohen Schilfgürteln, vor der breiten Terrasse des Palastes erstreckten sich gepflegte Rosenrondelle, aber ebenso Steingärten und anderswo verschiedenste Palmen. Wild wuchernde Kakteen, Blumenwiesen, die aussahen wie in Oberbayern. Wie schaffte man es, dass sich so viele Pflanzen mit den unterschiedlichsten Bedürfnissen hier wohlfühlten? Schmale Pfade führten durch die botanische Vielfalt, überall luden kleine Sitzgelegenheiten zum Verweilen ein. Mal war es eine Steinbank mit Skulpturen, mal eine verwitterte Holzbank zwischen Farn, Fuchsien und Hortensien, mal ein wunderhübscher Jugendstil-Pavillon. Außerdem beherbergte die Signora, beziehungsweise die Stiftung als neue Inhaberin, mehrere Bienenvölker und unterschiedliche Hühner.

Hanna wandelte staunend hinter dem Gärtner her, sie sah sich im Geiste überall sitzen und stilvoll ihren Roman schreiben. Clivia hatte recht gehabt – es war zwar nicht die familiär-gemütliche Atmosphäre wie bei den Trettanis, aber die Grandezza und Besonderheit dieses Anwesens war einzigartig, und Hanna war sich vollkommen bewusst, dass sie in so einer Umgebung nie wieder in ihrem Leben ihre Ferien verbringen würde. Genauso musste das Hotel aussehen, in dem Aly und Josh ihre Hochzeitsnacht verbringen sollten, fiel ihr ein, und als sie diesen Geistesblitz hatte, war sie voller Zuversicht, dass der Palazzo sie für den Roman inspirieren würde.

Ein junger Mann kam jetzt aus dem Palazzo, der ihr von Umberto als Gabriel vorgestellt wurde. Er war ebenfalls Deutscher und zeigte sich sehr erfreut, dass er nicht mehr alleine sein würde – er gab zu, dass er sich nachts ein wenig gruselte als Einziger in dem weitläufigen Gebäude –, weit und breit kein Mensch, die nächsten »Nachbarn« waren die Trettanis.

Während sie sich miteinander bekannt machten – der junge Mann war Hanna auf der Stelle sympathisch, so könnte Ben in ein paar Jahren sein, dachte sie gerührt und entwickelte sofort mütterliche Gefühle –, machte sich Mimi mit den beiden kleinen Hunden der Signora bekannt. Und nicht nur das: Sie schien vollkommen hingerissen – endlich Hundekumpels! Beppone und Camillo waren freundlich und extrem verspielt, sie nahmen Mimi sofort in ihre Mitte und wetzten ausgelassen mit ihr um die Beete. Hanna sah staunend zu: So hatte sie ihre kleine Hündin noch nie erlebt! Von Ängstlichkeit keine Spur, sie vertraute sich den älteren Spaniels sofort an. Es schien tatsächlich die vollkommen richtige Entscheidung gewesen zu sein, hierher umzuziehen. Mimi würde die Gesellschaft anderer Hunde nur guttun.

Umberto forderte Hanna auf, ihm in den Palazzo zu folgen, und zeigte ihr das Zimmer, das seine Frau Joanna für sie hergerichtet hatte. Die Hunde sprangen hinter ihnen her, ohne dass Hanna etwas sagen oder Mimi an die Leine nehmen musste. Sie begriff sofort, dass Mimi den beiden einfach alles nachmachte und keine Furcht zeigte, solange diese selbstsicher vorausliefen.

Das Zimmer war ein Traum, wie überhaupt der ganze Palazzo Farnese – ein Renaissancebau, der von außen auf romantische Art verwahrlost wirkte mit seinem abblätternden rostroten Putz und den verwitterten grünen Fensterläden. Efeu und Kletterrosen rankten sich an seiner Fassade empor und verdeckten gnädig die Schäden, die die Jahrhunderte hinterlassen hatten. Auch im Inneren waren die Jahre keineswegs spurlos an dem Gebäude vorübergegangen, aber es war trotz der imposanten Größe gemütlich. Offensichtlich hegten die Farneses eine Liebe zur Kunst, vereinzelte Exponate aus allen möglichen Epochen legten davon Zeugnis ab: ansprechende Gemälde aus der Romantik, vor allem Stillleben und Landschaftsansichten, zierten die Wände, aber auch Bauhaus-Möbel, elegante Skulpturen aus der Moderne zwischen den Weltkriegen oder zarte Mobiles wie die von Alexander Calder.

Tief beeindruckt war Hanna von der Küche, so etwas kannte sie allenfalls aus Serien wie *Downton Abbey*, aber doch nicht aus dem wirklichen Leben! Eine große Schlossküche mit schwarz-weiß gefliestem Boden, einem großen Küchenblock in der Mitte, über dem zahlreiche Pfannen und Töpfe schwebten, und altmodische Herde und Öfen, die zum Teil noch mit Holz beheizt wurden.

Umberto lachte. »Die werden nicht mehr benutzt.« Er zeigte auf einen unscheinbaren Gasherd, der zwischen den riesenhaften anderen nicht auffiel. »Wir nehmen nur den hier. Aber du musst eigentlich nicht kochen. Wir haben einen Lieferservice eingerichtet.« Er erklärte Hanna die Essensorganisation, die Joanna, Renata und Salvatore sich ausgedacht hatten, um Gabriel zu verpflegen.

»Das muss aber nicht sein«, wandte Hanna ein. »Ich koche gerne selber. Natürlich bin ich froh, wenn ihr mir den Einkauf hierher liefert, ich habe ja nicht einmal ein Fahrrad, aber ihr müsst nicht für mich kochen. Erst recht nicht Salvatore!«

Umberto versprach, das mit den beiden Frauen zu klären, und führte Hanna in ihr Zimmer.

Es war einfach eingerichtet, nicht zu groß – Bett, Schminktisch, Stuhl und ein Sessel mit Beistelltisch –, aber gemütlich und hell. Die Hunde sprangen gleich aufs Bett, Mimi hinterher, und Hanna scheuchte sie lachend herunter. In dem Zimmer war zwar kein Platz, um zu schreiben, weil es keinen richtigen Schreibtisch gab, aber Gabriel hatte ihr erzählt, dass sie, falls es einmal nicht möglich sein würde, sich mit ihrem Laptop in der Bibliothek einrichten konnte. Er selbst belegte das Arbeitszimmer des Dottore.

Clivia und Umberto verabschiedeten sich; Clivia, weil sie es eilig hatte, zu Salvatore zurückzukehren, und Umberto, weil sein Dienst beendet war. Hanna packte ihre Sachen aus, richtete sich häuslich ein und zog sich mit Mimi, Beppone und Camillo – die sich jetzt einfach ihr als neuem Frauchenersatz anschlossen – auf die Terrasse zurück. Sie hatte sich einen großen Salat zubereitet, der im Garten frisch geerntet war, eine Flasche Weißwein geöffnet und telefonierte ihre Familie ab. Damit verbrachte sie ihren Abend, bis es langsam dämmerte – ihre Mama, Ben, Schwester Julia, alle wurden auf den neuesten Stand gebracht. Auch Knut natürlich!

Schließlich hatte Hanna ihre Telefonate beendet, zog sich eine warme Stola über die Schultern – abends war es noch ziemlich kühl – und sah zu, wie auch der Himmel sich ein Tuch überstreifte – ein dunkler Rosaton zunächst, der über Lila zu Blau schließlich zur tintenfarbenen Nacht wurde.

Die Vögel sangen in der Dämmerung noch einmal besonders intensiv. Hanna meinte sogar, die Stimmen von Nachtigallen herauszuhören. Vom Nadelwald weiter hinten drangen das Gurren der Ringeltäubchen sowie der Ruf des Kuckucks an ihr Ohr. Die Hunde, erschöpft vom Spielen, kuschelten sich zu ihren Füßen, und Hanna versuchte, sich innerlich auf den morgigen Tag vorzubereiten. Sie musste sich anstrengen, wieder Anschluss an das Geschriebene zu finden. Im Moment war ihr reales Leben so voller Ereignisse, dass sie kaum Ruhe und Muße fand, sich auf ihre Fantasie zu konzentrieren. Was sollte sie hier aber ablenken? Gabriel hatte ihr versichert, dass er ebenfalls Ruhe zum Arbeiten brauchte, Umberto würde auf dem Gelände zu tun haben und auch nicht darauf aus sein, ständig Schwätzchen mit ihr zu halten. Und so wie es aussah, war sogar Mimi mehr als beschäftigt. Ihrem Schreiben stand also nichts mehr im Wege.

Zuversichtlich trank Hanna einen Schluck Wein und dachte an Michele. Er hatte sich nicht bei ihr gemeldet, und sie horchte in sich hinein, ob sie darüber traurig war oder enttäuscht. Tatsächlich empfand sie nichts dergleichen. Sie wusste noch nicht einmal, ob sie ihn unbedingt wiedersehen wollte. Eigentlich wollte sie im Moment nur eines: in Ruhe arbeiten.

Ihr Telefon klingelte. Korbinian! Hanna zögerte. Aber dann meldete sich ihr schlechtes Gewissen. Beim letzten Gespräch hatte sie grußlos aufgelegt und sich danach nicht mehr gemeldet. Aber immerhin war es ihr Agent gewesen, der ihr den Aufenthalt auf der herrlichen Insel beschert hatte.

»Hallo, Schätzchen«, begrüßte sie dieser aufgeräumt. »Wir sind gerade angekommen.«

In Hannas Kopf ratterte es. Angekommen? Jetzt fiel es ihr wieder ein! Korbinian und diese Produzentin hatten sich angekündigt! Den Gedanken daran hatte sie ganz weit von sich geschoben.

»Sehen wir uns gleich morgen?«

Hanna schloss für einen Moment die Augen. Was sollte sie sagen? Es half ja nichts. Besser, sie brachte es gleich hinter sich.

»Ja, prima. Wo soll ich hinkommen?«

»Wir kommen zu dir«, gab Korbinian zurück – wieder mit etwas schleppender Stimme, bestimmt hatte er auf der Reise ordentlich Prosecco getrunken.

Das geht nicht!, fiel Hanna noch rechtzeitig ein. Sie wusste, dass die Contessa Öffentlichkeit und die Besuche Fremder um jeden Preis vermeiden wollte. Der Palazzo und sein botanischer Garten sollten nicht Opfer der sozialen Medien werden und Touristenströme anziehen.

»Treffen wir uns in Capri«, schlug sie stattdessen vor. »Im Pulalli an der Piazza Umberto.«

»*Bene! A domani!*«

Hanna legte auf und atmete tief durch. Wann kehrte endlich Ruhe in ihrem Leben ein?!

Das kleine Pinienwäldchen am anderen Ende des Grundstücks war durch den Morgennebel kaum zu sehen. Die Luft war nicht klar, Feuchtigkeit hing wie ein Schleier über den Pflanzen des Farnese-Gartens, die Sonne kämpfte sich noch vergeblich durch die Schwaden und blinkte verhangen in der Ferne.

Hanna saß mit einer großen Schale Kaffee auf der Terrasse und sah den tobenden Hunden zu. Sie erkannte Mimi kaum wieder. Die Nacht hatte die Hündin entspannt in ihrem Kuschelbettchen verbracht – direkt neben den Kissen von Camillo und Beppone. Normalerweise schliefen die beiden bei der Signora im Zimmer und waren in deren Abwesenheit zu Gabriel gezogen, aber nun entschieden er und Hanna, dass es das Beste sei, wenn die beiden bei ihr blieben. Also hatte sie die Nacht mit den Schlafgeräuschen der drei Hunde verbracht, was überraschend beruhigend gewesen war. Kaum aber drang helles Licht durch die Fensterläden, war Mimi auf den Beinen und animierte die Freunde, mit ihr zu spielen. Also hatte Hanna sich ebenfalls aus dem Bett geschält, die Hunde in den Garten gelassen und sich Kaffee gekocht.

Und nun sah sie zu, wie ausgelassen ihre kleine Angsthündin durch den Garten jagte, fröhlich und frei wie ein ganz normaler Hundewelpe. Ab und zu rief Hanna die Hunde zu sich, und zumindest Camillo und Beppone hörten gut auf ihre Namen. Jedes Mal, wenn sie zu ihr gelaufen kamen, belohnte Hanna sie mit einem Leckerbissen, und beim dritten oder vierten Mal verstand auch Mimi, wie das Spielchen lief. Man wurde gerufen, man kam – man bekam ein Leckerchen! Gehorsam stellte sie sich neben ihre zwei neuen Freunde und sperrte ihr Maul auf, dann tobte sie weiter. Wenn Hanna jedoch nur Mimis Namen rief, wurde sie von dieser ignoriert. So weit ging das Verständnis doch noch nicht!

Hanna dachte darüber nach, wie oft es im Leben doch so war, dass ein Schicksalsschlag positive Nachwirkungen hatte. So war es auch dieses Mal: Für Mimi war der Umzug in den Palazzo auf alle Fälle ein Zugewinn!

Sie nahm sich vor, der Hündin einfach ihre Freiheit zu lassen. Was konnte schon passieren? Sie würde sich an den beiden Größeren orientieren, die hier zu Hause waren. Im besten Fall nutzte sie die verbliebenen drei Wochen hier auf Capri zu nichts anderem, als ausgelassen durch den Garten zu toben. Der Ernst des Lebens in Form von Hundeerziehung und eines Daseins in der Stadt kam noch früh genug.

Langsam ging es auf acht Uhr zu, und weder von Gabriel noch von Umberto war etwas zu sehen oder zu hören; Hanna genoss den Frieden des Morgens und des Alleinseins. Sie spürte, wie inspirierend das gesamte Anwesen auf sie wirkte, hier würde sie mühelos zu sich und zu ihrem Stoff finden – wenn sie das Treffen mit Korbinian und der Produzentin hinter sich gebracht hatte.

Und noch etwas würde sie heute in Angriff nehmen: die Spendenaktion für Salvatore.

Hanna zog ihr Handy hervor und scrollte sich durch die Aufnahmen, die sie von Salvatores Grundstück gemacht hatte – die zerschlagenen Gewächshausdächer, Berge von Glasscherben, die kahlen Obstbäume, zu ihren Füßen große Haufen abgeschlagener Blüten. Trostlos und deprimierend. Sie wählte drei Motive aus und begann, einen Text für den Post zu formulieren. Einerseits versuchte sie, Mitleid zu erwecken, andererseits sollte nicht der Eindruck entstehen, sie – beziehungsweise Aly – wollte das, was Salvatore zugestoßen war, mit weitaus schlimmerem Elend auf der Welt gleichsetzen. Menschen, die hungerten oder finanzielle Mittel für medizinische Behandlungen benötigten, waren selbstverständlich in einer größeren existenziellen Notlage als ein Gemüsebauer auf Capri. Immer wieder formulierte Hanna um, und als sie endlich zufrieden war, stand sie vor dem nächsten Problem. Was für ein Konto sollte sie angeben? Das von Salvatore? Konnte das möglicherweise rechtliche Probleme nach sich ziehen? Außerdem hätte sie ihn einweihen müssen, und Hanna wollte doch unbedingt, dass es eine Überraschung werden sollte.

Und Aly hatte kein Konto, weil es Aly gar nicht gab. Folglich hätte Hanna ihre eigene Kontonummer angeben müssen, kam sich dabei jedoch vor wie eine Betrügerin. Und war das überhaupt richtig, sich von ihren Followern Geld auf ihr Privatkonto überweisen zu lassen? Wie sollte sie denn nachweisen, dass sie jeden Cent an Salvatore weitergereicht hatte? Das kam also auch nicht infrage.

Überfordert von den praktischen Problemen, die sich ihr plötzlich in den Weg stellten, verschob Hanna ihren Plan, die Spendenaktion zu starten, erst einmal auf den Nachmittag und beschäftigte sich mit ihren Nachrichten. Zu ihrer großen Überraschung fand sie eine lange Mail von Wilhelm vor – ihrem ehemaligen Chef! Er schrieb ihr, dass er sich über die Postkarte aus Capri sehr gefreut habe, und berichtete stolz, dass er sich, seit er die Bücherjolle aufgegeben hatte, mit dem Internet beschäftigte. Er habe doch jetzt Zeit! Und sein vierzehnjähriger Enkel gebe ihm Nachhilfe. Er berichtete Hanna, dass er sich von dem Geschäft, das noch immer leer stand und über dem er seine Wohnung hatte, in absehbarer Zeit trennen müsse, da er vorhabe, zu seinem Sohn und dessen Familie umzuziehen. Er sei aber nicht wehmütig, sondern dankbar, dass das Alter ihm noch Veränderungen und Überraschungen zumute, die ihn jung hielten.

Hanna freute sich für Wilhelm und antwortete ihm umgehend. Sie nahm sich vor, in Zukunft engeren Kontakt zu ihm zu halten, der immer wie ein Ersatzpapa für sie gewesen war.

Des Weiteren fand sie eine Mail ihres Verlages im Postfach, dieses Mal von der Marketing-Abteilung. Man schlug ihr verschiedene Merchandising-Artikel mit dem Schriftzug vom Cover des neuen Buches vor, sie sollte eine Auswahl treffen. Kühlschrank-Magneten, Tassen, Stifte, Notizbücher – alles in Petrolfarben mit goldglitzernder Schrift. Außer den Artikeln für den Fan-Shop wurden noch Aufsteller in Buchhandlungen, große Plakatierungsaktionen, Anzeigenkampagnen und Verlosungen in Aussicht gestellt. Anstatt sich zu freuen, dass der Verlag aktiv wurde und sehr viel Geld für Marketing-Maßnahmen in die Hand nahm, spürte Hanna, wie sich der Druck auf sie wieder verstärkte. Fünfzehn Seiten hatte sie bis jetzt geschrieben – dreihundertfünfzig oder besser noch vierhundert sollten es werden. Abgabe am liebsten morgen, Deadline war in sechs Wochen. Drei Wochen davon verbrachte Hanna auf Capri – wenn sie von früh bis spät dran saß, könnte sie maximal hundertfünfzig Seiten schreiben. Rohfassung! Und selbst das war mehr als sportlich, für *You got me* hatte Hanna insgesamt ein Jahr gebraucht.

Zwar hatte Korbinian ihr unter der Hand anvertraut, dass er noch einen weiteren Monat Aufschub hatte aushandeln können. Aber selbst dann hieß es für Hanna: Stress ohne Ende. Sie musste ihrer Lektorin im Verlag irgendetwas vorlegen! Es würde sie viele Nachtschichten kosten und das Allerschlimmste: Es musste ihr ja auch immer etwas einfallen! Sie hatte bis jetzt nur eine grobe Rahmenhandlung. Schreibblockaden und Fantasielosigkeit durfte es nicht geben – leichter gesagt als getan, gerade wenn man unter Zeitdruck arbeitete.

Rasch schaltete Hanna wieder in den Flugmodus, damit sie sich jetzt nicht damit auseinandersetzen musste.

Stattdessen rief sie die Hunde zu sich, gab ihnen in der Küche ihr Fressen und nahm sie mit nach oben in den ersten Stock. Gabriel kam ihr verschlafen auf dem Gang entgegen, und von draußen hörte Hanna den Pick-up von Umberto auf den Hof rollen. Der Palast erwachte zum Leben!

Zwei Stunden später stand ein Taxi bereit, um Hanna und Mimi nach Capri zu bringen. Die kleine Hündin sollte eigentlich in einem Bastkorb sitzen, den Hanna sich aus dem Palazzo geborgt hatte, aber sie dachte gar nicht daran. Kletterte immer wieder flink über den Rand, flutschte Hanna durch die Hände und versuchte, zu ihren Freunden im Garten zu flitzen. Schließlich ließ Hanna den Korb zu Hause, zog Mimi das Behelfsgeschirr an und nahm sie auf den Schoß. Sie bat den Taxifahrer, mit ihr zu dem Supermarkt zu fahren, in dem sie mit Clivia am ersten Tag gewesen war.

Dort sollte er auf sie warten – mit Mimi im Auto, während Hanna schnell hineinlief, um ein passendes Hundegeschirr zu kaufen.

Als sie wieder herauskam und das Taxi ansteuerte, sah sie schon, dass Mimi sich auf den Sitz gestellt hatte und erwartungsvoll aus dem Fenster blickte.

»*Mamma mia!*«, sagte der Taxifahrer mit gespielt genervtem Gesicht. »Sie hat vielleicht ein Theater veranstaltet! Hat nicht aufgehört zu jaulen, Ihre Kleine.«

Hanna entschuldigte sich wortreich, insgeheim aber erfüllte sie die Nachricht, dass Mimi sie vermisst hatte, mit Glück und Erleichterung. Schließlich war die Tatsache, dass die Kleine ohne Hanna unglücklich war, ein gutes Zeichen für ihre Bindung.

Sie legte Mimi das neue, ausbruchsichere Geschirr an, bezahlte das Taxi und ging zu Fuß weiter. Bis zum Treffen mit Korbinian und der Fernsehproduzentin hatte sie noch eine Stunde Zeit, die sie nutzen wollte, um einen Abstecher zu Michele Fazio zu machen.

Der Weg dorthin gestaltete sich jedoch schwierig. Mimi hielt gar nichts von dem Konzept »An-der-Leine-Gassigehen«. Immer wieder lief sie in andere Richtungen, aber niemals geradeaus oder dorthin, wo Hanna hinwollte. Setzte sich hin und verweigerte jede Bewegung. Legte sich auf den Rücken und wollte gestreichelt werden. Schließlich gab Hanna auf und klemmte sich Mimi unter den Arm.

»Das nenne ich aber einen Fortschritt!« Michele bat Mimi und Hanna in sein Sprechzimmer und begrüßte beide gleichermaßen freundlich und gut gelaunt.

»Leider nicht mein Erfolg, sondern der Erziehung von Camillo und Beppone zu verdanken«, klärte Hanna ihn auf.

Sie erzählte dem Tierarzt, was in der Hagelnacht geschehen war und warum sie in den Palazzo Farnese umgesiedelt war. Von Salvatores Unglück hatte der Dottore bereits erfahren. Sein Cabrio wiederum stand zur Trocknung in der Werkstatt – es würde ihn eine Stange Geld kosten, denn auch in seinem Fall zahlte die Versicherung nicht, weil er schließlich selbst daran schuld gewesen war, dass der Wagen voll Wasser lief. Aber, wie er selbst bemerkte, das war zu verschmerzen, Salvatores Schicksal – das er mit anderen Landwirten auf der Insel teilte – war wesentlich härter.

Während sie sich unterhielten, untersuchte der Doktor Mimi, so beiläufig, dass nicht einmal Mimi dem große Beachtung schenkte. Als Micheles Assistentin jedoch die Spritze für die Impfung aufzog, wurde die Hündin unruhig. Michele bat Hanna, Mimi beruhigend zu streicheln – und schon war auch das Unangenehmste der Behandlung vorbei.

»Sie hat sich gut entwickelt«, meinte Michele zufrieden. »Mach einfach weiter so mit der Ernährung, du merkst ja, ob sie zunimmt oder nicht. Wenn du unsicher bist, kommst du einfach zum Wiegen vorbei.« Er überreichte Hanna für Mimi einen nagelneuen Impfpass. »Ansonsten: Überlass die Erziehung den Hunden von der Contessa, fürs Erste. Zu Hause würde ich mir eine gute Hundeschule suchen.«

Hanna bedankte sich, dann verabschiedeten sie sich voneinander. Michele küsste sie zart auf beide Wangen, sagte leise »*Ciao bella*« und sah ihr tief in die Augen.

Mit Herzklopfen verließ Hanna die Praxis, durchquerte ein letztes Mal den grünen Innenhof mit dem kleinen Springbrunnen und stand dann mit Mimi in der gleißenden Sonne vor dem Haus.

Sie holte einmal tief Luft – und spürte ihre Erleichterung. Der Flirt mit dem attraktiven Tierarzt war beendet.

Die Signale, die Michele ausgesendet hatte, waren eindeutig: Er hatte kein Interesse mehr. Das hatte er ihr gerade sehr charmant zu verstehen gegeben. Wie hatte Salvatore es einmal ausgedrückt? »Michele ist ein Schmetterling – er fliegt von einer schönen Blume zur nächsten.« Nun hätte sich Hanna keineswegs als ›schöne Blume bezeichnet, aber der Schmetterling hatte ihre Blüte nach einem kurzen Zwischenstopp definitiv verlassen. Anstatt enttäuscht zu sein, fiel ihr ein Stein vom Herzen. Sie hatte seit dem buchstäblich verhagelten Abend oft darüber nachgedacht, wie denn eigentlich ihre Gefühle für den Arzt waren, und es hatte nur eine einzige ehrliche Antwort gegeben: nicht groß. Er war eine Option auf eine Sommeraffäre gewesen, mehr nicht. Hanna kannte sich und wusste: Sie hätte sich darauf eingelassen. Im Prinzip war ja auch nichts dagegen zu sagen. Sie steckte in keiner Beziehung, hätte niemandem Rechenschaft ablegen müssen. Hätte es genießen können, begehrt zu werden und ohne Reue wieder nach Deutschland zurückzukehren. Aber so einfach wäre es nicht gelaufen.

Wahrscheinlicher war es, dass sie doch Gefühle investiert und sich so richtig verliebt hätte. Schließlich war sie schon lange mit keinem Mann mehr zusammen gewesen und schon gar nicht mit einem so gut aussehenden wie Michele. Sie hätte also mit großer Wahrscheinlichkeit heulend auf der Fähre gestanden und von Capri Abschied genommen – und auch noch in Deutschland lange mit Liebeskummer gekämpft. Die andere mögliche Variante war noch brutaler: Michele hätte mit ihr geschlafen und sie dann sitzen gelassen.

Nein, dachte Hanna und steuerte mit Mimi im Schlepptau das Café an, in dem sie mit Korbinian verabredet war. Eigentlich konnte sie froh sein, dass Michele sie davor bewahrt hatte, sich in etwas hineinzusteigern, das so oder so keine Zukunft gehabt hätte.

Mit diesem Gedanken setzte Hanna ihren Weg fort, mit jedem Schritt wurde sie leichter und beschwingter. Das Café-Restaurant Pilalli lag direkt an der Piazza Umberto, eine Menge Menschen war unterwegs, und Mimi, die Hanna irgendwann zu schwer geworden war und wieder alleine laufen sollte, drückte sich verängstigt an Hannas Wade. Irgendwann weigerte sie sich gänzlich weiterzugehen und setzte sich mitten auf die Piazza – die Ohren angelegt, den Schwanz eingezogen. Hanna sprach ihr Mut zu und versuchte, sie mit Leckerli zum Weitergehen zu motivieren, hatte jedoch keine Chance. Auch die Leckerbissen mochte die Hündin nicht annehmen, sie drehte den Kopf weg. Hanna begriff, dass Mimi zu verängstigt war, und wollte die kleine Maus gerade auf den Arm nehmen, als Mimi sich hinhockte und ein Häufchen machte. Auch das noch, schämte Hanna sich, zumal bereits einige Leute auf dem Platz ihr vorwurfsvolle Blicke zuwarfen. Demonstrativ zückte Hanna ein Kotbeutelchen, um das Malheur schnell zu entfernen, aber als sich der Welpe erhob, war klar: Die Konsistenz der Hinterlassenschaft ließ das nicht zu. Hier war eine Tüte sinnlos, sie hätte einen Gartenschlauch gebraucht. Was sollte sie jetzt tun?

Mimi schüttelte sich, Hanna starrte auf den stinkenden Fleck. Sie entschied sich weiterzugehen, wollte aber bei jedem Schritt tiefer in den Boden versinken. Was hatte sie nicht schon über Hundebesitzer geschimpft, die sich nicht um die Häufchen ihrer Tiere kümmerten! Und nun war sie selbst so eine … zwangsläufig – aber außer ihr erkannte das niemand. Sie schämte sich in Grund und Boden; als sie das Café erreichte, war ihre Laune ziemlich im Keller. Daran konnte auch ihr Agent nichts ändern, der sie freudig umarmte, ihr formvollendet den Stuhl zurechtrückte und sie der Produzentin vorstellte.

»Gitta von Haldersleben, alter Produzentenadel, Hanna Werner, Bestsellerautorin.«

Die Frauen gaben sich die Hand.

»Und das ist Mimi«, sagte Hanna und hoffte, dass die kleine Hündin der Produzentin im Lauf des Gespräches nicht ans Bein pinkeln würde. Man konnte nicht wissen, was ihr noch alles einfiel.

»Süß.« Die Produzentin streckte ihre Hand nach unten und kraulte Mimi, die sich das gefallen ließ – vielleicht lag es aber auch an dem Stückchen Weißbrot, das in der Hand ihrer Gönnerin steckte und das diese wie aus Versehen auf den Boden fallen ließ.

»Sie können gerne Gitta zu mir sagen – wir duzen uns beim Fernsehen sowieso alle.«

»Gerne. Hanna.«

Gitta musterte Hanna freundlich.

»Wir sind uns übrigens schon einig geworden, Korbinian und ich«, sagte sie und legte ihre schwer beringte Hand auf Hannas Arm. Gitta von Haldersleben sah so aus, wie sie hieß: eine schwerreiche Erbin aus altem Industrieadel in ihren Sechzigern. Die sorgfältig gelockte Kurzhaarfrisur, ein weites, sommerlich leichtes Flatter-Outfit, das sehr laut »Designerstück« schrie, eine Botox-geglättete Stirn und sehr viel Make-up zum teuren Goldschmuck ließen nicht gleich darauf schließen, dass es sich um eine Filmproduzentin handelte, die in Hannas ahnungsloser Klischeevorstellung eher im Existenzialistenlook unterwegs war.

Obwohl Gitta ihr nicht unbeträchtliches Vermögen demonstrativ zur Schau stellte, war sie Hanna nicht unsympathisch. Sie hatte etwas in den Augen … Schalk und Warmherzigkeit. Im Verlauf des Gesprächs, das sich um die mögliche Besetzung des Films drehte und das auf Hanna so wirkte, als lese jemand die prominenten Namen aus der *Bunten* vor, die sie alle Vierteljahre beim Friseur durchschaute, offenbarte die Produzentin außerdem Esprit und Humor.

Offensichtlich hatten sie und Korbinian alles Mögliche verhandelt, von dem Hanna ohnehin keine Ahnung hatte. Da war von Option und Senderzusage die Rede, von erster, zweiter und dritter Drehbuchfassung, von Buy-out versus Wiederholungshonorar – Hanna verstand einfach nur Bahnhof. Trotzdem war sie nicht bereit, ungeprüft irgendetwas zu unterschreiben, da konnte Korbinian sie noch so sehr drängeln und ihr den Deal, den er mit Gitta hatte, schönreden.

Hanna nickte einfach freundlich, beantwortete die interessierten Fragen der Produzentin und ließ sich ansonsten den wunderbaren Salat mit Tomate und Burrata schmecken, den sie sich bestellt hatte. Mimi hatte sich währenddessen erschöpft vom Tierarztbesuch und den vielen Eindrücken auf Hannas Füßen zusammengerollt und schlief.

Irgendwann schmiss Korbinian seine Serviette auf den Tisch und rief mit gespielter Dramatik aus: »Hannachen, unterschreib endlich, damit wir den Schampus bestellen können, ich habe heute noch vor, die Insel zu erkunden.« Dann erhob er sich, warf Hanna einen stechenden Blick zu, der sagen sollte: »Ich handele den Deal deines Lebens aus, jetzt hab dich nicht so und unterschreibe endlich«, und machte sich auf in Richtung Toilette.

Gitta sah ihm nach, lächelte Hanna zu und schüttelte leicht den Kopf.

»Lass dich von ihm nicht unter Druck setzen«, sagte sie. »Das macht er seit Jahren so. Wir haben uns 1985 kennengelernt – kann man sich das vorstellen? Auf der Filmhochschule. Ich kenne Korbinian in- und auswendig – und er mich. Er weiß genau, dass mein Angebot so lange steht, bis du darüber geschlafen und es geprüft hast.«

»Danke«, gab Hanna zurück. »Ich habe von so etwas einfach gar keine Ahnung.«

»Das musst du auch nicht. Es ist Korbinians Job, dir das zu erklären. Und das wird er auch, er ist nur zu faul dafür und möchte lieber die Abkürzung nehmen.«

Hanna lachte. »Und das Geld so schnell wie möglich auf dem Konto haben.«

»Wer möchte das nicht?« Gitta zwinkerte Hanna zu und winkte dem Kellner. Sie bestellte drei Gläser Champagner. »Wir trinken jetzt trotzdem ein Gläschen. Ich bin sicher, wir kommen ins Geschäft. Du hast im Moment nichts zu verlieren.«

»Was heißt das?«

»Dass wir erst einmal einen Optionsvertrag schließen«, erläuterte Gitta. »Meine Produktionsfirma erwirbt damit das Recht, ein Jahr lang zu prüfen, ob wir das Projekt gestemmt kriegen. Entweder im Fernsehen, dann müssen wir uns einen Sender suchen. Oder im Kino. Oder vielleicht sogar bei einem Streaming-Anbieter. Das Geld für diese Option bekommst du aber sofort – ganz gleich, ob wir den Film machen oder nicht.«

Der Kellner kam fast gleichzeitig mit Korbinian an den Tisch.

»Seid ihr euch einig geworden?«

»Korbi, ich will noch einmal darüber schlafen«, sagte Hanna.

»Darüber schlafen?« Korbinian verzog das Gesicht. »Was gibt es denn da zu überlegen? *Take the money and run* – du musst ja nicht einmal etwas dafür leisten.«

»Korbi! Hör auf, so zu drängeln. Lass uns einfach genießen, dass wir hier zusammensitzen, auf dieser wunderschönen Insel, und uns kennenlernen.« Gitta hob ihr Glas und prostete Hanna zu. »*Cheers!* Ich bin sicher, wir kommen ins Geschäft.«

Korbinian stieß mit seinem Glas an das der Frauen. »Von mir aus, schlaf drüber und lese dir alles genau durch. Ich kann dir nur sagen: Die Rechtsabteilung hat alles geprüft, Gitta zieht uns nicht über den Tisch …«

»Eher im Gegenteil«, unterbrach ihn die Produzentin.

»… es geht vielmehr um die Frage«, fuhr Korbinian fort, »möchtest du die fünfzehntausend jetzt gleich auf dem Konto haben oder nicht?«

Augenblicklich verschluckte Hanna sich. Sie bekam Champagner in die Luftröhre, ihre Kehle schnürte sich zu, und sie glaubte zu ersticken. Die Leute an den anderen Tischen sahen irritiert zu ihr herüber, Hanna konnte nicht aufhören zu husten und zu würgen. Mimi sprang auf und kläffte. Der Kellner kam alarmiert an den Tisch zurück und erkundigte sich, ob mit dem Champagner etwas nicht in Ordnung sei, aber Gitta versicherte, es sei alles bestens, und schickte ihn weg.

Nach einer halben Ewigkeit – jedenfalls fühlte es sich für Hanna so an – war sie wieder imstande, Luft zu holen. Sie blickte zwischen Gitta und Korbinian hin und her.

»Wie viel?«, ächzte sie.

»Fünfzehntausend Euro für die Option.« Korbinian grinste, ihm war der Stolz auf sein Verhandlungsgeschick anzusehen. »Die wird, im Falle der erfolgreichen Verfilmung, von den Hunderttausend fürs Buy-out abgezogen. Alles vor Steuer versteht sich.«

»Her mit dem Vertrag«, war alles, was Hanna einfiel.

Einige Stunden später kehrte sie mit Mimi im Taxi wieder nach Anacapri und in den Palazzo zurück. Sie hatten noch eine weitere Runde Schampus geordert, anschließend war Hanna beschwipst mit Gitta zum Einkaufsbummel aufgebrochen, bei dem sie Lebensmittel und die Produzentin eine neue Ledertasche von Hermès erstand.

Im Palazzo ließ Hanna sich auf ihr Bett fallen, um nach dem turbulenten Tag die Gedanken zu sortieren und ein wenig Luft zu holen. Sie wollte ein Nickerchen machen, aber bevor sie die Augen schloss, hatte sie das dringende Bedürfnis, jemandem zu erzählen, was ihr wiederfahren war. Seltsamerweise dachte sie dabei nicht an Suse oder eine andere Freundin, ihre Schwester oder Eltern – nein, sie wollte mit Knut sprechen.

»Das ist ja eine schöne Überraschung«, waren seine ersten Worte. Bereits nach zweimal Klingeln war er an den Apparat gegangen, die Stimme so warm und humorvoll wie bei ihrem ersten Telefonat. Hanna wusste sofort, dass es gut gewesen war, ihrem Impuls nachzugeben – er war der richtige Gesprächspartner.

»Sorry, dass ich dich störe«, begann sie, »du bist bestimmt bei der Arbeit?«

»Macht gar nichts. Für dich und Mimi lass ich alles stehen und liegen.« Er lachte leise, ein angenehmes, warmherziges Lachen. »Ist etwas mit der Kleinen? Geht's euch gut?«

»Ja! Alles super.« Hanna erzählte ihm, dass Mimi ihren ersten Stadt- und Café-Besuch bravourös gemeistert hatte – bis auf die Sache mit dem Häufchen.

»Es gibt Schlimmeres.« Hanna bildete sich ein, ihn schmunzeln zu hören, und stellte sich vor, dass sich Grübchen in seinen Mundwinkeln bildeten.

»Knut, hast du Grübchen?«, platzte es aus ihr heraus.

»Ach, sind wir schon in der Phase der intimen Details angelangt?«

Hanna wollte sich sofort für diese peinliche Frage entschuldigen, aber Knut fuhr fort: »Nein, Grübchen habe ich nicht. Aber schütteres Haar, das ist mindestens genauso attraktiv.«

Jetzt war es an Hanna zu lachen, und sie ertappte sich dabei, dass sie ihr Handy fest ans Ohr presste, ganz so, als wolle sie hineinkriechen. Und in der Tat, sie spürte, dass sich, sobald sie Kontakt mit Knut hatte, dieses Wohlgefühl im Bauch ausbreitete – in ihrer Familie hieß es stets das »Milchbreigefühl«. Wie gerne wäre sie jetzt mit diesem Mann zusammen, säße mit ihm auf einer Bank im Garten des Palazzo und könnte ihm live erzählen, was ihr heute widerfahren war.

Knut räuspert sich. »Hast du mich angerufen, um mit mir zu flirten oder um mir die Sache mit Mimis Häufchen zu erzählen?«

»Weder noch! Mein Agent ist nach Capri gekommen und stell dir vor: Ich habe eine Option bekommen!« Wie erwartet, konnte Knut diese Information ebenso wenig einordnen wie sie selbst noch vor wenigen Stunden, deshalb erläuterte Hanna ihm genau, was das für sie bedeutete.

»Und jetzt weißt du nicht, wohin mit dem Geld?«, fragte Knut scherzhaft.

»So ein bisschen«, gab Hanna zu. Seit dem Treffen mit Gitta und Korbinian hatte sie darüber nachgedacht, wie sie die fünfzehntausend Euro verwenden konnte. Natürlich könnte sie sie sparen oder ausgeben – aber Hanna wollte versuchen, dem Ganzen einen höheren Sinn zu geben. Für sie war das Geld etwas Symbolisches. Es war ein Zeichen, dass es gerade jetzt kam, in einer Phase des Umbruchs, in einer Zeit, in der nichts so war wie in ihrem bisherigen Leben. Knut war der Erste, mit dem sie darüber sprach, was sie gerade umtrieb. Er hörte ihr zu, war interessiert, fragte nach – und brachte sie auf eine Idee.

Nach fast vierzig Minuten entschuldigte sich Knut – ein Klient wartete auf ihn, und er musste das Gespräch mit Hanna beenden.

»Ich danke dir, dass du dir die Zeit genommen hast«, bedankte sich Hanna.

»Ich muss mich bedanken«, gab Knut zurück. »Dass ich deine Stimme hören durfte. Und dass du mir so viel von dir erzählt hast.«

»Das nächste Mal erzählst du mir was, okay?«

Es war kurz still in der Leitung. Dann sagte Knut ein wenig leiser: »Ich freue mich auf das nächste Mal.«

Sie legten auf, Hanna drehte sich auf den Bauch, vergrub ihr Gesicht im Kopfkissen und schrie vor Freude ein wenig hinein.

Am frühen Abend ließ sie sich durch den Garten treiben. Lotete jede Ecke des weitläufigen Gebietes aus, staunte über Stauden und Gräser, die sie nie zuvor gesehen hatte, bewunderte Granatapfelbäume, Rosen und Bonsais, aber auch den Wintergarten, in dem tropische Palmen und Farne sich bis unter die gläserne Decke streckten. Hier waren alle Scheiben heil geblieben, Umberto hatte ihr erklärt, dass die erste Arbeit, die man mit den Stiftungsgeldern vorgenommen hatte, eine Neuverglasung des Anbaus gewesen war. Sie hatten sich gleich für bruchsichere Scheiben entschieden, nicht etwa aus Angst vor Hagelschaden, sondern aus Gründen der Nachhaltigkeit – die Glasscheiben sollten einfach lange erhalten bleiben.

Vorher hatte Hanna noch für Gabriel und sich gekocht, ein kleines Festessen, aber weshalb, davon ahnte Gabriel nichts. Hanna feierte sich selbst ein bisschen, still und heimlich, ohne jemandem etwas darüber zu erzählen – außer Knut natürlich. Sie feierte nicht nur den Optionsvertrag und die damit verbundene Summe, sondern auch einen folgenreichen Entschluss, den sie nach dem Telefonat mit ihm getroffen hatte.

Die erste Entscheidung war, einen Teil der Summe an Salvatore zu spenden. Auf diese Weise konnte sie ihn unterstützen, musste aber nicht ihre Fans dafür einspannen. Für den Großteil des Geldes aber, der noch übrig blieb, fand sie eine andere Verwendung. Auf diese Idee musste sie anstoßen. Und es kostete sie sehr große Überwindung, nicht wie wild herumzutelefonieren und allen Freunden von ihrem Entschluss zu erzählen. Mimi hatte sie es ins Ohr geflüstert, aber die hatte sie lediglich schräg angesehen und ihr ein Hunde-Bussi gegeben.

»Also deinen Segen habe ich«, hatte Hanna lachend gesagt. »Vielen Dank, ich wusste, du verstehst mich.«

Und nun stromerte sie durch den Garten, auf der Suche nach einem Motiv für den Post, den sie gleich online stellen würde. Mimi lief neben ihr her, erleichtert, dass sie nicht mehr in der Stadt unterwegs waren, wo es viel zu viele verwirrende und beängstigende Eindrücke für die kleine Hündin gegeben hatte. Sie war davon so erschöpft gewesen, dass sie nicht einmal mit den beiden Spaniels spielen wollte, sich stattdessen unter dem Küchentisch zusammengerollt und tief geschlafen hatte, während Hanna kochte.

Nun aber war auch Mimi wieder fröhlich, und Hanna freute sich, dass die kleine Hündin sich im Garten des Palazzo so wohlfühlte, dass sie ihr auf Schritt und Tritt folgte.

Am Rand des Nadelwäldchens schließlich fand Hanna ein wunderbares Motiv, das sie mit ihrer Handykamera aufnahm: Auf der Blüte einer lilafarbenen Distel hatte sich ein wunderschöner Schmetterling – ein Tagpfauenauge, wie Hanna später herausfand – niedergelassen. Der Schmetterling und seine Entwicklung von der Raupe zur Larve, die Verpuppung und schließlich seine langsame Entfaltung waren das passende Bild, dachte Hanna.

Sie ließ sich auf einer Steinbank in der Nähe nieder – hier wärmte sie die niedrig stehende Sonne noch – und machte sich an die Arbeit. Dieses Bild und die damit verbundene Nachricht waren wichtig – alles musste stimmen. Hanna legte einen Filter über das Bild, versah ihn mit einem kurzen Text, gönnte sich noch eine Minute des Nachdenkens darüber und entschied sich dafür. Sie ging auf »veröffentlichen«, holte tief Luft und legte das Handy weg.

Aus ihrer Tasche nahm sie ein Stückchen Käse und lockte Mimi neben sich auf die Bank – die Hündin machte einen Satz und saß neben ihr. Hanna steckte ihre Nase in ihr Fell und schnupperte. Der strenge Geruch war schon fast weg, in den nächsten Tagen würde sie sich ganz vorsichtig an der Fellpflege versuchen und die schlimmsten Verfilzungen entfernen.

»Wir haben jetzt ganz viel Zeit für uns«, flüsterte sie Mimi ins Ohr. »Das werden die tollsten drei Wochen, die du dir vorstellen kannst.«

Und als hätte sie jedes Wort verstanden, rollte sich der Welpe zufrieden neben ihr auf die Bank und legte seinen Kopf auf ihren Oberschenkel.

Viel mehr brauche ich nicht zum Glücklichsein, dachte Hanna. Keine Karriere, kein Vermögen und auch kein

Dasein als Prominente. Das, was ich gerade hier erlebe, bringt mein Herz zum Überlaufen.

Der Boden unter seinen Füßen war alles andere als stabil, aber Salvatore hatte es immerhin geschafft, in der letzten halben Stunde nicht einmal ins Wasser zu fallen. Das Steuern mit dem Paddel war für ihn noch immer nicht einfach, das verdammte Brett da unten drehte sich entweder gar nicht oder gleich einmal um die ganze Achse. Aber nun paddelte Salvatore tapfer aufs Ufer zu, seine Frau immer im Visier – sein Fixstern, zu Wasser und zu Land.

Clivia winkte. »Bravissimo, Salvi!« Dann lief sie ins Wasser, machte einen Hechtsprung und kam ihm entgegengeschwommen. Salvatore, der ahnte, was nun kam, versuchte sie noch davon abzuhalten, sich an seinem Brett festzuhalten – aber da war es schon zu spät. Das SUP wackelte, als Clivia sich daran hochzog, und Salvatore landete schon wieder im Wasser. Das eigentlich noch viel zu kalt zum Baden war, bloß gut, dass ihn eine Fettschicht daran hinderte auszukühlen. Er tauchte unter, kam wieder hoch und hielt sich prustend an der anderen Seite des Brettes fest. Gemeinsam schwammen sie mit dem Board in der Mitte ans Ufer. Während Salvi das Brett aus dem Wasser zog, holte Clivia ihr großes Badehandtuch, schlang es um ihrer beider Körper und drückte sich fest an ihren Mann.

»Und?«, erkundigte sie sich. »Hat es Spaß gemacht?«

»Willst du eine ehrliche Antwort?«

»Lieber nicht.« Clivia legte ihren Kopf an Salvis Brust, und gemeinsam sahen sie zum Horizont, der sich von der bald untergehenden Sonne bereits orangerot färbte. »Wann warst du das letzte Mal im Meer schwimmen?«

Salvatore legte die Stirn in Falten und dachte nach. Er gab sich große Mühe, aber ihm wollte einfach keine Gelegenheit einfallen, die weniger lang zurücklag als die Nachmittage, die er mit den Kindern hier verbracht hatte. Die Kinder waren alle über dreißig, also musste es …

»Viel zu lange«, gab Clivia die ehrliche Antwort. »Wenn du so lange darüber nachdenken musst, dann weißt du es schon nicht mehr.«

Sie drückte ihn noch fester. »Merkst du was?«

»Dass du mich drückst?«

»Ach, du Idiot!« Clivia löste sich aus der Umarmung und gab ihrem Mann einen spielerischen Hieb. Dann breitete sie das Handtuch auf dem winzigen Strandabschnitt aus, zog sich ihren Hoodie über und reichte Salvi die Flasche Rotwein. Er öffnete sie und setzte sich neben seine Frau. Gemeinsam tranken sie direkt aus der Flasche, und Salvatore fühlte sich wie damals mit vierzehn, als er mit seinem Freund seinen ersten Rausch erlebte. Seine Eltern hatten eine Familienfeier gegeben, und er und sein Kumpel hatten spät in der Nacht, als die Eltern betrunken in den Federn lagen, die Reste aus Gläsern und Flaschen getrunken. Querbeet, alles, was flüssig war. Danach hatte er drei Tage im Bett verbracht. Jetzt aber war er 62 und gönnte sich mit seiner Frau einen guten Tropfen bei Sonnenuntergang. Nachdem er etwas zum allerersten Mal und gegen seinen Willen getan hatte: ein SUP besteigen. Er fand, es fühlte sich gut an. Alles.

»Du weißt genau, was ich meine.« Clivia ließ nicht locker. »Dass du nicht mehr schwimmen warst. Ich meine, wir haben einen eigenen Strand, Salvi!«

»Du hast ja recht.«

»Ja, klar. Ich habe immer recht. Also meistens.« Sie lachte. »Du hast immer gearbeitet. Du hast so viel geschafft, der ganze Anbau, daneben die Markttage, die Schweine, und dann kochst du auch noch. Immer!«

»Ich weiß, worauf du hinauswillst.« Salvatore war nicht blöd. Er hatte, als er in den Trümmern seiner Gewächshäuser stand, selbst darüber nachgedacht, dass vielleicht etwas nicht stimmte. Und dass der Hagel und seine schlimmen Folgen ein Zeichen waren. Nicht unbedingt eines, das er sich gewünscht hatte, und Salvatore fand überdies, sollte es einen Gott da oben geben, dass er ihm die Botschaft auch subtiler hätte vermitteln können, aber: Er hatte verstanden.

»Aber was soll ich machen?« Das war eine rhetorische Frage, und Salvatore versuchte sich selbst an einer Antwort. »Weniger arbeiten, gerade jetzt, wo wir das Geld brauchen – noch mehr Geld als vorher! –, kann ja nicht die Lösung sein.«

»Vielleicht doch.« Clivia streckte ihre Beine lang aus und wackelte mit den Zehen. »Ich meine, überleg doch mal, wofür wir das Geld brauchen. Für Strom und Wasser und Versicherung für die Gewächshäuser und die Bewässerung der Felder und all das. Damit du die Sachen auf dem Markt verkaufen kannst. Aber was wäre, wenn du weniger anbaust? Nicht mehr, um es auf dem Markt zu verkaufen, sondern für unseren eigenen Gebrauch? Zur Selbstversorgung? Dann bräuchten wir nur ein kleines Gewächshaus …«

Aber Salvatore unterbrach sie. »Nein, Clivia. Das kann ich mir nicht vorstellen. Ich bin nicht in erster Linie Bauer. Ich bin Händler! Ich brauche das Leben auf dem Markt! Die Gespräche mit den Kunden, die Frotzelei mit den Kollegen. Ohne den Markt kann ich nicht leben. Tut mir leid. Das ist nicht nur, um Geld zu verdienen. Das ist meine Erfüllung.«

Clivia legte ihm die Hand auf den Oberschenkel und strich sanft darüber. »Das weiß ich doch, *Amore*. So ist es für mich ja auch. Ich kann nicht mehr zurück in eine Hausarztpraxis oder ins Krankenhaus. Diese Arbeit, die ich mache … das bedeutet mir viel mehr.«

Salvatore drückte ihr einen Kuss auf die kurzen grauen Stoppelhaare. »Hör mal, ich habe mir auch etwas überlegt. Und zwar fast das Gleiche wie du. Wir brauchen das nicht, die Gewächshäuser, den Anbau im großen Stil. Aber das Verkaufen auf dem Markt, das brauche ich trotzdem. Was hältst du davon, wenn wir die Gewächshäuser abreißen? Nur noch ein kleines hinstellen. Damit wir beide im Herbst und Winter Tomaten und Zucchini und Salat haben. Ich setze mit dem Markt ein Jahr aus, es hilft ja nichts, die Ernte ist nun mal kaputt. Aber in der Zeit überlege ich, was ich herstellen kann ohne den ganzen Aufwand. Tomasio will zwei seiner Ziegen loswerden, wenn sie alt genug sind. Ich könnte zusätzlich zu der Wurst von unseren Schweinen noch Ziegenkäse machen. Marmeladen, Suppen, Aufstriche, keine Ahnung – alles, was gut schmeckt! Spezialitäten aus Capri, bio und direkt von der Insel.«

Clivia sah ihn skeptisch an. »Das gibt es doch aber schon wie Sand am Meer, oder?«

Salvatore lachte. »Ja. Aber ehrlich: Die Touristen kaufen immer mehr davon. Vor allem die wirklich guten Sachen, und sie sind bereit, dafür auch etwas zu zahlen. Nämlich das, was es wert ist. Ich kann mich mit anderen Händlern zu einem Onlineshop zusammentun. Eine Kooperative. Ich habe mich schon umgehört, ein paar würden mitmachen. Reich werden wir davon nicht. Vermutlich hole ich gerade so die Unkosten rein. Aber mir fällt auch nicht die Decke auf den Kopf.« Er legte seinen Arm um Clivia und zog sie an sich. »Und du machst weiter mit deiner Arbeit. Wir schaffen das schon.«

Aber Clivia, die noch einen Schluck Rotwein aus der Flasche genommen hatte und sie nun an Salvatore reichte, schüttelte den Kopf. »Ich weiß nicht. Vielleicht. Vielleicht aber auch nicht. Ich habe überlegt, ob ich zu ›Ärzte ohne Grenzen‹ gehe.«

Salvatore erschrak. »Aber da bist du ja monatelang weg!«

»Ja.« Clivia seufzte. »Aber auch monatelang da. Und in der Zeit, wo ich hier bin, bin ich ganz hier, *capisci?* Außerdem verdiene ich Geld. Wir könnten mehr zusammen unternehmen. Mal wirklich etwas machen, vielleicht sogar reisen. Meinst du nicht, das würde uns guttun?«

»Reisen?« Salvatore schüttelte den Kopf. »Aber warum denn?«

»Ich möchte gerne mal in den Norden«, gestand Clivia. »Nach Norwegen. Oder Island. Fjorde sehen und Rentiere. Oder die schottischen Highlands. Einen Anorak tragen!«

Sie gluckste vor Lachen, und Salvatore stellte sie sich beide vor, wie sie mit Strickmützen, Daunenparkas und gefütterten Winterstiefeln an einem zugefrorenen See herum staksten. Er fing auch an zu lachen.

»Vielleicht hast du recht«, meinte er. »Aber nur, damit wir uns wieder auf das Heimkommen freuen können.«

Hand in Hand liefen Lucia und Martin über die Piazza. Motorroller knattern um sie herum, der Platz war trotz der späten Stunde voller Leben. Lucia taten die Beine weh, sie spürte mehr und mehr, dass sie zusätzliches Gewicht mit sich herumtrug, und an einem Tag wie diesem, wo sie mit Martin kreuz und quer durch die Stadt gelaufen war, schien das Kind in ihr das Doppelte zu wiegen.

»Möchtest du ein Eis?«, fragte Martin und zeigte auf den hell erleuchteten Verkaufsstand. Mindestens dreißig Sorten wurden dort angeboten, von *bacio* über *pistacchio* bis zu *limone* und *basilico*.

Lucia legte eine Hand auf ihren Bauch und schüttelte den Kopf. »Der kleine Mann hier drin möchte bestimmt noch ein Eis, aber seine Mama hat Nein gesagt.«

Martin legte seine Hand nun ebenfalls auf ihren Bauch. »Du meinst, es ist ein Junge?«

»Ich habe keine Ahnung, aber Renata ist ganz sicher, dass es so ist.« Sie senkte die Stimme. »Weil meine rechte Brust größer ist als die linke. Wäre es ein Mädchen, wäre es umgekehrt.«

»Moment«, sagte Martin. »Das muss ich überprüfen.«

»Untersteh dich!« Lachend schlug Lucia seine Hand weg. »Vor allen Leuten, ich glaube, du spinnst.«

»Und nachher, wenn wir allein sind?« Martin bekam Lucias Hand zu fassen und zog sie an sich heran, um sie zu küssen.

»Unbedingt«, flüsterte Lucia. »Du solltest es ganz genau prüfen, damit wir sicher sind.«

Sie küssten sich leidenschaftlich trotz der vielen Leute auf der Piazza, inmitten der Lichter, dem Verkehr und den Sternen am klaren Himmel, und Lucia spürte das pulsierende Leben um sie herum, aber auch in ihr.

»Ich bin so glücklich mit dir, *Amore.*«

»*Ti amo anch'io*, Lucia. Ich kann es kaum erwarten, eine Familie mit dir zu haben. Mädchen oder Junge, ganz egal.«

Sie gingen weiter auf ihrem Weg, und Lucia fasste sich ein Herz, Martin darauf anzusprechen, wie er sich die Zukunft vorstellte. Sie wollte wissen, worauf sie sich einstellen musste.

»Du weißt, ich möchte Capri nicht verlassen«, schloss sie, »aber was ist mit dir? Wie hast du es dir vorgestellt? Wo wollen wir leben? Können wir überhaupt eine Familie zusammen haben?«

Martin holte tief Luft und zeigte zum Himmel. »Siehst du den Orion? Wie hell er leuchtet! Das ist unser Stern, Lucia.«

»Lenk nicht ab.«

»Entschuldige. Das wollte ich nicht. Du bekommst eine Antwort.«

Statt einer Antwort schwieg Martin jedoch und blickte konzentriert auf die Straße vor ihnen, die nun von der Piazza hinunter in ruhigere Gegenden führte. Lucia kannte das von ihrem Mann. Er formulierte im Geiste seine Antwort, weil er nichts Falsches sagen wollte. Martin war ein Typ, der jedes Wort abwog – so ganz anders sie. Ihr fielen die Worte aus dem Mund, ohne dass sie groß darüber nachdachte, und nicht immer war das so gut. Aber Martins Zögern machte sie rasend. Hoffentlich haben unsere Kinder von jedem von uns etwas, das wäre die perfekte Mischung, dachte Lucia. Endlich rang Martin sich zu einer Antwort durch.

»Ich bin nicht nur von Bologna hierhergekommen, um dich zu unterstützen«, gestand er.

Lucia war überrascht. Ein Geheimnis? Das passte so gar nicht zu ihrem aufrichtigen Ehemann.

»Ich wollte auch nicht nach Heidelberg, weil ich eine Enttäuschung verkraften muss.«

»Eine Enttäuschung? Martin, spuck's endlich aus! Was ist los?«

»Professor Wehner hat nicht mir die Leitung des Instituts übertragen«, sagte er betrübt. »Sondern Anja.«

Lucia musste sich sehr zusammennehmen, um nicht in lauten Jubel auszubrechen. Das Institut … Martin hatte so daran gehangen, er hatte seit Jahren darauf hingearbeitet, es zu übernehmen, und war von allen als der Kronprinz angesehen worden, der Professor Dr. Wehner beerben würde. Für Lucia allerdings war das Institut für Biologie in Heidelberg so etwas wie die Konkurrentin um die Liebe ihres Mannes. Es hätte bedeutet, dass er über viele Jahre hinweg in Heidelberg bleiben musste. Aber so? War der Weg nun frei?

»Was bedeutet das?«, fragte sie, darauf bedacht, Martin nicht die Freude über die für ihn so niederschmetternde Nachricht heraushören zu lassen. Natürlich bedauerte sie ihn auch, es war ein schwerer Schlag.

»Dass ich mir einen anderen Zukunftsplan zulegen muss.« Jetzt sah Martin ihr direkt in die Augen. »Ich weiß, dass du dich darüber freust, Lucia. Und dass es nicht Schadenfreude ist.« Er holte tief Luft. »Ich glaube, dass es die richtige Entscheidung war, und ich glaube, der Professor hat sich viel dabei gedacht. Einmal ist Anja die Richtige. Sie ist genauso qualifiziert wie ich – und ist es da nicht besser, die Aufgabe einer Frau zu übertragen als schon wieder einem Mann?«

Lucia nickte, sie fasste Martins Hand, und während sie durch die Gassen Neapels liefen, formulierte Martin nun endlich seine Gedanken laut.

»Ich kann mir auch vorstellen, dass er den Hintergedanken gehabt hat, mich dadurch nicht an Heidelberg zu binden. Im Prinzip bin ich jetzt frei – ich kann mir nach der Habilitation überall etwas suchen.« Er legte den Arm um Lucias Taille. »Ich kann jetzt länger in Capri bleiben. Vielleicht suche ich mir ja einen Job in Italien. Wahrscheinlich sogar. Und in der Lehre läuft ja mittlerweile vieles online.«

Er redete und redete. Formulierte Gedanken und verwarf sie wieder. Er sprach über die Vor- und Nachteile der neuen Freiheit, machte sich existenzielle Sorgen, freute sich aber gleichzeitig darauf, neue Wege zu gehen – Lucia hörte irgendwann nicht mehr zu. Denn sie wusste genauso wie er: Er würde in Italien bleiben. Bei ihr und ihrem Sohn, da, wo er hingehörte. Und wenn er einmal Fuß gefasst hätte, würde er nie mehr weggehen wollen. Wie auch bei drei, vier oder fünf Kindern?

Sie wusste, es war der richtige Entschluss. Auch heute Morgen, nachdem sie eine Nacht darüber geschlafen hatte, war Hanna sicher: Sie musste sich befreien. Aufräumen. Die Wahrheit sagen.

Ein letztes Mal prüfte sie ihr Aussehen im Spiegel, zupfte sich ihre Locken zurecht und zwickte sich ein paarmal in die Wangen. Sie wollte gut aussehen, strahlend, zufrieden, glücklich, aber eben auch so, wie sie war: Hanna Werner, ungeschminkt und authentisch. Denn darum würde es in den nächsten Minuten gehen.

»Du siehst super aus, Hanna«, sagte Gabriel und reckte den Daumen nach oben.

Hanna grinste. Der junge Mann war extra für sie früh aufgestanden – jedenfalls war es früh für ihn, neun Uhr. Hanna hatte ihn gebeten, sie mit dem Handy zu filmen, sie wollte sich nicht noch damit aufhalten müssen, über den richtigen Blickwinkel nachzudenken, aufgeregt, wie sie war.

Als Ort für die Aufnahme hatte sie sich die Terrasse ausgesucht, mit dem Garten im Hintergrund.

Hanna sah auf die Uhr: Punkt zehn. Für diese Uhrzeit hatte sie den Livestream angekündigt.

»Es kann losgehen.«

Gabriel lächelte ihr aufmunternd zu. »Alles klar. Du bist drei, zwei, eins – online!«

Er hielt das Handy so nah, dass Hanna sehen konnte, ob jemand teilnahm oder Kommentare abgab. Es war ihre erste Liveaufnahme, aber Gabriel war so nett gewesen und hatte ihr das Wichtigste erklärt. Im Prinzip musste sie gar nichts machen, sich nur auf ihren Text konzentrieren, doch Hanna war vollkommen abgelenkt. Sie verfolgte, wie ein Name nach dem anderen in schneller Folge auf dem Screen angezeigt wurde. Von null Teilnehmern war die Zahl binnen Sekunden auf fünfundsiebzig gesprungen.

»Hallo …« Hanna stockte – hundert, hundertzwanzig … es hörte einfach nicht auf, Schlag auf Schlag mehr Zuschauer. Die ersten Winkhände und Herzen flimmerten über den kleinen Handyscreen.

Gabriel machte ihr ein Zeichen: Sie sollte anfangen zu sprechen, sonst würden die Leute den Stream gleich wieder verlassen.

»Also, hi, ihr Lieben!« Hanna lächelte und winkte. Jetzt bloß nicht wirken wie Karl-Heinz Köpcke von der Tagesschau. »Ich weiß, ihr habt Aly erwartet.« Über zweihundert sahen bereits zu – und es wurden sekündlich mehr.

»Darüber wollte ich mit euch reden. Ich muss euch nämlich ein Geständnis machen. Die Sache ist die: Aly gibt es nicht.«

Gabriel machte ein Zeichen, hielt den Daumen hoch und nickte ihr aufmunternd zu. Hanna war dankbar für den Support. Jetzt Augen zu und durch!

»Ich bin Aly. Oder vielmehr, das ist mein Pseudonym.«

Erschrockene Smileys flatterten über den Screen, und auch die ersten Nachrichten wurden getippt. Hanna konnte sie nicht lesen, es ging ihr zu schnell, sie wollte sich lieber darauf konzentrieren, ihre Botschaft rüberzubringen.

»Ich heiße Hanna Werner, bin zweiundvierzig Jahre alt, gelernte Buchhändlerin und alleinerziehende Mama eines großen Sohnes.« Weit über dreihundert Zuschauer hatte der Stream! Hanna kam jetzt richtig in Fahrt. Ihre Fans und Leserinnen waren da draußen und wollten hören, was sie zu sagen hatte.

»Ihr seht mich hier nicht in meinem Garten zu Hause – ich habe gar keinen, sondern ich bin in Italien, genauer gesagt: auf Capri. Ihr habt ja verfolgt, dass ich Aly auf die Reise geschickt habe, aber in Wirklichkeit ist es meine Reise. Seit einer Woche bin ich jetzt hier, eigentlich, um den zweiten Teil von *You got me* zu schreiben. Aber ich komme nicht richtig rein in den Text. Und das liegt daran, dass ich so tun muss, als sei ich Aly. Das fällt mir zunehmend schwer.«

Hanna machte eine Pause und beugte sich vor, um einmal zu lesen, was ihre Zuschauer schrieben. Sie war vollkommen gerührt über die Kommentare. Die meisten zeigten sich überrascht, fragten nach, waren neugierig, schickten Winkehände und Herzchen, aber Hanna las keinen einzigen enttäuschten Kommentar.

»Ihr fragt euch sicher, was mich dazu bewogen hat, so zu tun, als sei ich Aly …« Jetzt hüpfte Mimi auf ihren Schoß, und Hanna stellte die Hündin vor – es hagelte Herzchen. Hanna lächelte und freute sich. Eine Welle der Sympathie rollte aus dem Netz durch das kleine Handy auf sie zu, sie fühlte sich getragen und motiviert fortzufahren.

»Von Mimi erzähle ich auch noch. Jetzt fange ich erst mal ganz von vorne an …«

Und Hanna erzählte. Von ihrer Suche nach einem Agenten, von Korbinians Kommentar, als sie bei ihm aufkreuzte, und wie sie in das Pseudonym mehr hineinschlitterte, als dass sie es sich aussuchte. Hanna redete und redete – befeuert von ihren Zuhörerinnen, die mehr und mehr wurden. Zwischendurch klingelte ihr Telefon – Korbinian, aber Hanna ignorierte den Anruf und machte weiter. Der Livestream dauerte eine Dreiviertelstunde, Hanna hatte nicht bemerkt, wie die Zeit verflog. Als sie ans Ende ihrer Geschichte gelangt war, bedankte sie sich bei all ihren Leserinnen und Lesern und entschuldigte sich gleichzeitig: Sie brauche jetzt eine Pause und würde offline gehen. In drei Wochen sei sie wieder zurück, fest versprochen.

Gabriel stoppte die Aufnahme und gab Hanna ihr Handy. »Wow, ich wusste gar nicht, dass du so ein Promi bist.«

»Ich auch nicht!« Hanna spürte, wie sie vor Anspannung und Aufregung zitterte. Das alles hatte sie emotional mehr angestrengt als gedacht. Sie wusste, dass dieser Stream Konsequenzen haben würde. Der Verlag würde aller Wahrscheinlichkeit nach von dem Vertrag mit ihr zurücktreten. Sie müsste die erste Vertragsrate für das neue Buch, die sie bereits bekommen hatte, zurückzahlen – dafür wollte sie das Geld aus der Filmoption nutzen. Korbinian würde ihr die Hölle heißmachen, gewiss hatte er deswegen auch angerufen. Aber darauf konnte sie jetzt keine Rücksicht nehmen. Sie war den Schritt gegangen, bereuen würde sie es nicht. Hanna wollte nach vorne schauen. Tatsache war, dass das Aly-Pseudonym, das sie bei *You got me* getragen hatte, sich beim zweiten Band als Hemmschuh erwies. Erfolg ließ sich weder erzwingen noch wiederholen. Und was beim ersten Buch richtig gewesen war, konnte sich beim zweiten verkehrt anfühlen.

Hanna begriff auch, dass es vielleicht keine gute Idee gewesen war, so zu tun, als sei die Aly-Story eine Biografie.

Natürlich liebten die Leserinnen das Buch besonders, weil es eine scheinbar autobiografische Geschichte war. Aber als solche war sie abgeschlossen, sie konnte so keinen zweiten Teil erzählen.

Das Leben war kein Fortsetzungsroman.

Hanna schaltete ihr Handy ganz aus und reichte es Gabriel. »Nimm das bitte mit in dein Zimmer.«

Er sah sie verständnislos an.

»Ich will nicht in Versuchung geraten, es anzumachen«, erklärte Hanna ihm. »Ich will offline bleiben. Untertauchen. Drei Wochen meine Ruhe haben. Wenn es bei dir im Zimmer ist, komme ich nicht in Versuchung.«

»Okay. Aber wie erreicht dich deine Familie? Oder sollen die auch nicht …?«

Hanna hielt ein einfaches Prepaidhandy in die Höhe. Sie hatte es sich in Capri-Stadt besorgt und die wichtigen Nummern eingespeichert: Ben, ihre Eltern, Suse, zwei weitere Freundinnen, die Trettanis. Und … Knut.

Gabriel zuckte mit den Schultern. »Alles klar.« Er steckte das Handy in seine Hosentasche und verabschiedete sich ins Arbeitszimmer des Dottore Farnese.

»Und wir zwei Hübschen?« Hanna kraulte Mimis Ohren. Dass Mimi diese Zuneigungsbezeugungen nicht nur zuließ, sondern auch selbst einforderte, war neu, und Hanna genoss es sehr, ihrer kleinen Hündin so nah zu sein.

»Ich sag dir was: Wir gehen schwimmen.«

Clivia hatte Hanna schon in aller Frühe eine SMS geschrieben, dass das SUP noch von gestern Abend am Strand lag und die Gelegenheit also günstig sei, heute ihren Privatunterricht einzulösen.

Und Hanna hatte zugesagt! Noch vor wenigen Tagen hätte sie niemals geglaubt, dass sie Lust hatte, sich auf so etwas einzulassen, aber jetzt, wo sie sich all ihrer Pflichten entledigt hatte, wo sie nicht wusste, was das Morgen bringen würde (außer vielen Fragen, wie zum Beispiel: Würde der Vermieter erlauben, dass sie Mimi behielt? Womit sollte Hanna künftig Geld verdienen, wenn nicht mit dem Schreiben? Wie konnte sie den Job in Hamburg zusagen, wenn sie Mimi behielt? Wie würde der Verlag auf ihr Outing reagieren? Und wie die Fans? Von welchem Geld sollte sie diesen Capri-Urlaub bezahlen?), fühlte Hanna sich freier denn je. Niemand kontrollierte oder bewertete sie, sie musste keine täglichen Posts aus Alys Leben mehr absetzen und niemandem gefallen, sie konnte drei Wochen die Augen vor der Realität verschließen. So etwas hatte Hanna noch niemals in ihrem Leben getan, und aller Voraussicht nach würde sie auch nie wieder die Gelegenheit dazu haben, aber was jetzt zählte, war der Moment.

Noch bevor sie ihre Badesachen zusammengepackt hatte, ging auf ihrem Ersatz-Handy eine SMS ein. Ihr Sohn schrieb: »Ich bin so stolz auf dich, Mom. Alles richtig gemacht.«

Hanna schrieb zurück: »Hast du etwa zugeschaut?«

Und Ben: »Klar, ich stalke dich.« Dazu ein Smiley mit Sonnenbrille.

Hanna schrieb zurück: »Danke. Das bedeutet mir viel. Hab dich so lieb. Morgen telefonieren?«

Als Antwort kam lediglich der Daumen-Emoji, und Hanna wusste genau: Für Bens Verhältnisse war das schon viel Kommunikation gewesen. Er hatte alles gesagt, was er sagen wollte, und hatte seine Mama stolz und glücklich gemacht. Allein dafür hatte sich ihr Outing schon gelohnt, dachte Hanna. Ich habe meinem Sohn gezeigt, dass man nur Mut haben muss. Die Konsequenzen muss man natürlich tragen, aber mit Offenheit lebt es sich doch besser.

Dann rief sie Clivia an: »Ich bin fertig. Und freu mich!«

»Ich fahre sofort los«, erwiderte Clivia lachend. »Aus dir mache ich heute ein Surfergirl.«

Dazu kam es nicht wirklich, aber Hanna war überrascht von sich selbst: Sie schaffte es, nur einmal während Clivias SUP-Kurses ins Wasser zu fallen; um ihren Gleichgewichtssinn stand es besser als gedacht. Wirklich schwierig fand sie es nicht, und als Clivia sie lobte und ihr sagte, dass sie sich um Längen besser anstellte als Salvatore, wuchs Hanna gleich um ein paar Zentimeter.

Mimi war in Clivias Obhut am Ufer geblieben, der Anblick ihres Frauchens auf diesem unheimlichen Brett, das auf Wasser schwamm, machte sie so nervös, dass sie ohne Unterlass an der Wasserkante bellend hin- und herrannte.

»Das nächste Mal nimmst du Mimi mit aufs Board«, schlug Clivia vor. »Es gibt Hunde, die lieben es! Allerdings braucht die Kleine eine Schwimmweste. Sie ist ja noch ein Baby.«

Bei dem Gedanken an Mimi mit Schwimmweste fiel Hanna fast vor Lachen vom Brett, konnte sich dann aber beherrschen und paddelte weiter. Es gefiel ihr! Es gefiel ihr sogar außerordentlich, und sie bedauerte sehr, dass es in Lüneburg keinen richtig großen See gab, auf dem sie das noch einmal ausprobieren konnte.

»Dann musst du leider wiederkommen«, meinte Clivia achselzuckend, als sie später nebeneinander am Strand der kleinen Bucht saßen. Mimi war zutiefst erleichtert, als Hanna wieder an Land kam, und versuchte jetzt, in das Brett zu beißen oder wenigstens ein Stück von dem bösen, bösen Ding abzunagen – was Hanna ihr natürlich untersagte.

»Ich komme auf jeden Fall wieder!« Hanna hatte ein Stöckchen gefunden, das Mimi trefflich von dem SUP ablenkte.

»Aber vier Wochen werde ich mir nie wieder leisten können. Und ich bringe auf alle Fälle Ben mit, es gefällt ihm bestimmt. Vielleicht schenke ich ihm eine Woche Capri zu seinem Abitur.« Wenn er es besteht, fügte sie in Gedanken hinzu.

»Salvi überlegt, ob er noch eine weitere Ferienwohnung baut. Wenn die Gewächshäuser nicht mehr dastehen und das Feld kleiner wird, wäre Platz. Ich möchte eigentlich nicht, dass das Grundstück verschandelt wird, aber wer weiß, vielleicht finden wir eine kleine feine Lösung.«

»Ein umgebauter Zirkuswagen«, fiel Hanna ein. »Davon träume ich ja schon immer. Alles auf kleinstem Platz: wohnen, arbeiten, schlafen, kochen.«

»Gute Idee. Ich schlage es Salvi vor.« Clivia nickte und sprang auf. »Komm, wir essen noch ein bisschen Eis, bevor ich dich in den Palazzo bringe.«

Salvatore gesellte sich für eine kurze Pause zu ihnen, er war schweißüberströmt, weil er unermüdlich daran arbeitete, seine Gewächshäuser abzutragen. Alles, was er selbst machen konnte, bewerkstelligte er ohne Hilfe, aber er meinte zu Hanna, das sei seine Form des Abschieds – etwas ging zu Ende, und er begreife das erst nach und nach, mit jedem Glas, mit jedem Stein, den er im Container entsorgte. Bevor er sich wieder an die Arbeit machte, gab er Hanna einen großen Korb Obst und Gemüse mit.

Hanna bedankte sich und erkundigte sich danach, was er dafür haben wolle, aber Salvi winkte ab.

»Ich habe keinen Marktstand mehr, und die Sachen werden schlecht, ich kann nicht alles zu Brotaufstrich und Marmelade verarbeiten.«

Hanna sah, dass im Korb mehrere Artischocken lagen, neben Tomaten, Zucchini, Auberginen, gelben und grünen Stangenbohnen, Salaten, einem dicken Bund frischer Kräuter, Zitronen, Pfirsichen, Spargel und ersten Gewächshauserdbeeren.

»Am besten, du machst eine Gemüselasagne«, riet ihr Salvatore.

»Salvi! Hanna kann doch selbst entscheiden, sie kann kochen, du musst nicht alle so bevormunden.« Clivia schüttelte belustigt den Kopf.

»Nein, nein«, beschwichtigte Hanna, »ich bin total dankbar für jeden Tipp. Ich bin total einfallslos – ich koche immer dasselbe.«

»Am besten, du grillst das Gemüse«, fuhr Salvatore fort, glücklich, dass Hanna seinen Rezeptvorschlag dankbar aufnahm. »In Scheiben schneiden, im Ofen mit Olivenöl, Kräutern und Knoblauch bei hoher Temperatur anrösten oder gleich in die Grillpfanne. Die Röstaromen verfeinern das Ganze. Dann schichtest du es mit Mozzarella und Lasagneplatten. Eine Sauce aus Creme fraîche und Parmesan dazwischen, schön flüssig, damit sich die Nudeln vollsaugen und weich werden. Oder Tomatensugo, schmeckt so oder so. Gut würzen! Ab in den Ofen. *Delizioso!*«

Und das war es tatsächlich. Hanna hatte Umberto eingeladen mitzuessen, der ihr die Geschichte von Lucias Kochkurs erzählte und dass diese seither jedes Mal, wenn sie bei Salvatore auf dem Markt einkaufte, ein Gratis-Rezept dazu geliefert bekam.

»Und was macht sie jetzt, wo er seinen Stand nicht mehr hat?«

»Mittlerweile kann sie selber hervorragend kochen«, gab der Gärtner zurück. »Du wirst sehen – sie kommen in zwei Tagen zurück. Die Signora muss nicht in die Reha, sie wird hier betreut.«

Hanna guckte ein bisschen ängstlich drein, zu oft hatte sie davon gehört, dass Annunziata nicht gerne Fremde im Palazzo beherbergte.

»Mach dir keine Sorgen!« Umberto schien Hannas Skepsis erkannt zu haben. »Ihr werdet euch verstehen. Und Annunizata lernt auf ihre alten Tage immer mehr dazu. Es tut ihr gut, ein paar Leute um sich zu haben, und wenn sie hört, dass du Schriftstellerin bist, wird sie vollkommen aus dem Häuschen sein, glaub mir!«

Als Hanna am Abend in Begleitung aller drei Hunde eine letzte Abendrunde durch den Garten unternahm, grübelte sie darüber nach, ob sie mit Fug und Recht sagen durfte, dass sie Schriftstellerin war. Sie hatte ein Buch geschrieben, schon richtig, aber war das nicht eher ein Zufall gewesen? Vielmehr fühlte Hanna sich noch immer als Buchhändlerin, auch wenn sie den Beruf im Moment nicht ausübte. Und gerade als Buchhändlerin hatte sie immer allergrößten Respekt vor dem Beruf der Schriftstellerei gehabt. Vor der Fantasie der Menschen, die ihn ausübten, vor ihrer Fähigkeit, mit Sprache umzugehen, vor der Fabulierlust. Und noch während sie durch die Zypressenalleen und das Buchsbaumlabyrinth des Farnese-Gartens streifte und darüber nachdachte, flogen ihr Ideen zu. Erst eine, dann noch eine, eine weitere, sie wurde geradezu bestürmt von Gedankenfetzen, kleinen Geschichten, Figuren … Kaum saß Hanna in ihrem Zimmer, holte sie sich Stift und Block ins Bett und begann zu schreiben. Der Bleistift fetzte über das Papier. Hanna versuchte, alles, was ihr in den Kopf gekommen war, festzuhalten. Ungeordnete und wirre Versatzstücke, aber schon an dem Abend ahnte sie: In ihr formulierte sich eine Geschichte. Diese Geschichte würde sie aufschreiben müssen, sie drängte förmlich aus ihr heraus. Noch mit dem Block auf dem Bauch und dem Stift in der Hand schlief Hanna in dieser Nacht ein.

Die nächsten zwei Tage verbrachte sie im Paradies. Lief durch den Garten, spielte mit den Hunden, kochte, saß auf der Terrasse und las – und schrieb. Den Block hatte sie gegen ein Notizbuch ausgetauscht, das Umberto ihr aus dem Ort mitbrachte. Sie führte es ständig bei sich, und jedes Mal, wenn sie eine Idee hatte – und wenn es nur ein schöner Satz oder eine Figur, die ihr einfiel, war, schrieb sie sie nieder. Der Kontakt mit ihren Mitmenschen beschränkte sich aufs Wesentliche – Absprachen mit Umberto, die gemeinsamen Essen mit Gabriel und ab und an eine SMS mit ihren Liebsten.

Knut hatte sie ein Foto geschickt, das sie auf dem SUP zeigte oder besser: den Moment, als sie gerade davon herunterfiel. Mit einem Bein stand sie noch auf dem Brett, eines hatte sie ausgestreckt beim Versuch, das Gleichgewicht zu halten, ebenso die Arme. Man sah sie nur von hinten und glücklicherweise auch nicht aus allzu großer Nähe, Clivia hatte das Bild von Land aus aufgenommen.

Knut kommentierte: »Waltraud U., die ungekrönte Königin in der Kunst, einen Mückenschwarm auf dem Wasser zu bekämpfen.«

Und allein dafür war Hanna ein bisschen in ihn verknallt. Sie hatte Juristen immer für staubtrocken gehalten – wer in aller Welt nahm ein Studium wie Jura auf sich und kämpfte sich jahrelang mit Paragrafen ab? –, aber Knut schien alles andere als vertrocknet zu sein.

»Gibt es noch mehr Fotos von Waltraud?«, kam erneut eine Nachricht. »Die Frau interessiert mich.«

»Nur im Austausch – du bist dran«, textete Hanna zurück.

Es dauerte nicht lange, da schickte Knut ein Foto von sich – er saß im Strandkorb, war offensichtlich eingeschlafen und merkte nicht, dass neben ihm eine Möwe saß und genüsslich seinen Proviant verspeiste.

Hanna konterte und sandte ihm ein Foto von sich in einer Ganzkörper-Moorpackung. Dann kam wieder ein Bild von Knut, und so ging es eine ganze Zeit lang hin und her. Dann wechselte Knut wieder auf Text: »Ich würde dich gerne einmal live sehen – was meinst du?«

Hannas Herz klopfte bis zum Hals, sie war aufgeregt wie ein Teenager. Natürlich wollte sie Knut live sehen, und das eigentlich vom ersten Kontakt an. Sie schrieb zurück. »Jederzeit. Irgendwo zwischen Husum und Lüneburg?«

»Ich dachte an irgendwo zwischen Neapel und Hamburg«, kam die überraschende Antwort.

Hanna überlegte, was Knut damit meinte, aber sie kam nicht drauf und schrieb deshalb einfach nur drei Fragezeichen zurück.

»Tilla und ich fahren in den Urlaub nach Südtirol«, erklärte Knut. »Zum Wandern. Vielleicht liegt das auf deinem Heimweg?«

Hanna antwortete nicht sofort. Sie musste das erst einmal verdauen. Ging ihr das zu schnell? Was erwartete sie? Was stellte sich Knut vor? Offensichtlich wollte er nicht warten, bis sie wieder zu Hause war, und wenn Hanna mit sich selbst ehrlich war, ging es ihr ebenso. Ja, sie hätte ihn sich am liebsten gleich nach Capri gebeamt. Sie platzte vor Neugierde auf diesen Mann, von dem sie das Gefühl hatte, ihn schon ziemlich gut zu kennen – und umgekehrt. Sie sah, dass Knut etwas an sie schrieb und beeilte sich, ihm zuvorzukommen. Er sollte nicht denken, dass sie seinen Vorschlag abwegig fand.

»Super Idee!«, schrieb sie. »Dann lernen sich Tilla und Mimi endlich mal kennen.« Dahinter setzte sie einen Emoji mit Sonnenbrille, damit Knut verstand, wie sie es meinte.

Er antwortete mit dem Emoji eines tanzenden Mannes – und schrieb Hanna danach detailliert, wo er Urlaub machte und wie sie ein Treffen bewerkstelligen konnten.

Als sie schließlich ihre Kommunikation beendeten, hatte Hanna einen Grund, sich auf die Abreise aus dem Paradies zu freuen. Einen ganz wundervollen Grund.

Von Mimi trennte sich Hanna seit dem Hagelsturm nur noch, wenn sie ins Bad ging, ansonsten durfte die kleine Hündin rund um die Uhr bei ihr sein. Sie hatte sich so verändert, war vertrauensvoll, wenn Hanna die Hand nach ihr ausstreckte, um sie zu streicheln, und traute sich, nicht zuletzt wegen der Rabauken Camillo und Beppone, immer mehr zu. Nach wie vor zeigten sich bei ihr Ängste, allzu oft legte sie die Ohren an, zog den Schwanz ein und blieb wie angewurzelt an Ort und Stelle sitzen. Mimi fürchtete sich vor der Dunkelheit, vor Wind in den Bäumen, vor der himmelblauen Vespa von Lucia, vor den Hühnern und ganz besonders vor den Bienenstöcken. Den Versuch, sie zu baden, hatte Hanna schnell aufgegeben, Mimi hatte sich gebärdet, als wollte sie ihr ans Leben.

Auch versuchte Hanna vergeblich, Mimi auch nur die Grundkenntnisse der Hundeerziehung beizubringen – sobald Mimi den Versuch von Erziehung roch, haute sie ab und versteckte sich oder drehte den Kopf beiseite und tat, als würde es Hanna gar nicht geben.

Eines allerdings liebte die kleine Welpendame über alles: schmusen. Sie drehte sich auf den Rücken und ließ Hanna genüsslich ihr kleines rosa Bäuchlein kraulen. Rollte sich auf ihrem Schoß zusammen oder drückte ihren Kopf fest in Hannas Hände. Und Hanna verschob auch das Thema Hundetraining auf das Ende ihres Urlaubs. Darum, wie um alles andere, würde sie sich kümmern, wenn sie in Lüneburg war. Verdrängung war im Moment alles, und es war nur allzu schön.

Als die Contessa Annunziata Farnese nach Hause kam, standen alle Spalier, um sie zu begrüßen: Umberto, Gabriel, Hanna und die drei Hunde. Die Signora wurde mit einem Sanitätswagen gebracht und sollte im Rollstuhl ins Haus gefahren werden, aber sie weigerte sich standhaft.

»Noch ist es nicht so weit!«, wehrte sie das Ansinnen ab. »Noch kann ich aufrecht in mein Zuhause gehen.«

Sie fasste mit der einen Hand nach einer Gehhilfe, am anderen Arm stützte sie ein großer sportlicher Mann, Martin, wie Hanna gleich darauf erfuhr. Die Signora sah aus wie die liebe Großmutter in einem Märchen. Sie war von zierlicher Statur, hatte schlohweißes Haar, das im Nacken zu einem Knoten gebunden war. Ihre Züge waren fein, die Lachfältchen um ihre schwarzen warmen Augen zeugten von Wärme und Weisheit – sie wirkte feinsinnig und humorvoll, und Hanna war vom ersten Blick an beeindruckt. Freundlich begrüßte die Signora sie alle und freute sich besonders über Mimi.

»Was für ein entzückendes Wesen!«, sagte sie. »Gehört sie zu Ihnen, liebe Hanna?«

Hanna bejahte.

»Sie sind Schriftstellerin und Buchhändlerin, nicht wahr? Das hat mir meine liebe Lucia erzählt.« Sie zeigte auf die junge Frau, die hinter ihr ging. »Wir müssen uns unbedingt unterhalten! Ich brenne darauf!«

»Jederzeit gerne«, gab Hanna zurück. »Ich danke Ihnen von Herzen, dass Sie mich aufgenommen haben.«

»Das ist doch selbstverständlich«, antwortete Lucia nun anstelle der Contessa. »Der arme Salvatore!«

»Entschuldigt mich bitte«, sagte Annunziata in die Runde. »Ich muss mich erst einmal ausruhen von der anstrengenden Fahrt. Und heute Nachmittag«, sie wandte sich an Hanna, »freue ich mich auf ein Gespräch mit Ihnen. Trinken Sie grünen Tee, liebe Hanna?«

Hanna bejahte. Die Signora bat Gabriel noch darum, sie auf den Stand darüber zu bringen, wie weit er mit seiner Arbeit in ihrer Abwesenheit gekommen war, dann führten Martin und Lucia die alte Dame in ihr Zimmer. Es war nicht das im ersten Stock, in dem sie ein Leben lang geschlafen hatte, sondern eines im Erdgeschoss – barrierefrei. Umbertos Frau Joanna hatte es für sie hergerichtet.

Hanna hatte für alle gekocht – ausnahmsweise nicht italienisch, sondern deutsch. Die Signora schlief, für sie wurde etwas aufgehoben, aber Martin, Lucia, Umberto und Gabriel aßen mit. Es gab Zwiebelkuchen, Hanna hatte zwei große Bleche vorbereitet, dazu stellte sie einfach nur grünen Salat auf den Tisch. Sogar die beiden Italiener Umberto und Lucia waren begeistert, und Lucia musste ihrem Mann versprechen, Hannas Rezept in ihr Repertoire aufzunehmen. Deren Befürchtung, im Palazzo nicht willkommen zu sein, löste sich bereits nach wenigen Minuten in Luft auf, Lucia war herzlich und gastfreundlich. Ihr Mann Martin versuchte Hanna von seiner Arbeit über den Schwarmbläuling, einem seltenen Schmetterling, zu erzählen, wurde aber ständig von seiner Frau unterbrochen, die meinte, das sei alles zu wissenschaftlich, kein Mensch wolle das hören.

Alles in allem war die Stimmung gelöst; Hanna zog sich nach dem gemeinsamen Abwasch an den Seerosenteich zurück, der im Schatten lag, und schrieb weiter in ihr Notizbuch. Die Atmosphäre dort war so friedlich und ruhig, dass nicht nur sie, sondern auch Mimi neben ihr auf der Picknickdecke eindöste. Geweckt wurden sie von leisem Gemurmel.

»Nein, nein, lass sie doch schlafen. Ich kann mich später mit ihr unterhalten.«

»Möchtest du den Tee dann auf der Terrasse?«

Das waren die Stimmen von Annunziata und Lucia. Hanna richtete sich rasch auf.

»Oh, entschuldigen Sie! Ich muss eingeschlafen sein …«

»Das macht doch gar nichts.« Die Signora stand auf einen Rollator gestützt auf dem Weg, neben ihr Lucia. Beide lächelten ihr zu.

»Was für ein schönes und friedliches Bild.« Schwanzwedelnd kam Mimi auf Annunziata zu und beschnupperte neugierig das komische Gestell aus Metall. Die Signora aber schien ihr auf Anhieb zu gefallen, sie setzte sich ihr zu Füßen und bettelte sie mit erhobener Pfote und treuherzigem Blick an.

»Das hast du also von den beiden Schlitzohren schon gelernt«, meinte die alte Dame hellsichtig, und Hanna nickte.

»Sie hat sich nur die guten Sachen abgeschaut.« Hanna raffte ihre Sachen zusammen. »Ich bin so dankbar, dass ich hier sein darf – für Mimi ist es das Beste, was ihr passieren konnte.«

Auf dem Weg zurück zur Terrasse erzählte Hanna Mimis Geschichte, die bei Annunziata auf große Anteilnahme stieß. Die alte Dame erzählte ihrerseits, dass sie mit Hunden aufgewachsen war, und so gerieten sie in ein anregendes Gespräch über diese Gefährten des Menschen, wechselten schließlich zum Thema Literatur, und sie hätten damit wohl nicht mehr aufgehört, wäre nicht der Physiotherapeut der Signora gekommen.

Die vier Wochen auf Capri waren wie im Flug vergangen. Die Zeit, die Hanna und Mimi im Palazzo Farnese verbrachten, war angefüllt mit Gesprächen, gutem Essen, Schlaf, Naturbeobachtung und Schreiben bei Hanna sowie Toben, Toben, Toben bei Mimi. Als der Urlaub, der eigentlich eine Schreibzeit hätte sein sollen, zu Ende ging, war Hanna so entspannt wie noch selten zuvor. Gleichzeitig hatte sie große Sehnsucht nach zu Hause. Sie vermisste Ben, ihre Freunde in Lüneburg – und Arbeit. Seit zwei Jahren war sie nicht mehr als Buchhändlerin tätig, davon hatte sie ein Jahr mit dem Schreiben des Romans verbracht. Aber seit einem halben Jahr fiel ihr die Decke auf den Kopf. Sie hätte weiterschreiben sollen, aber hatte es nicht geschafft. Ihr fehlte die Disziplin, sich selbst eine feste Struktur zu geben. Vielleicht hätte sie dieses Defizit kompensieren können, wenn sie mit Feuereifer an dem zweiten Roman gearbeitet hätte. Stattdessen hatte sie sich mit der Schreibblockade abgekämpft. Hanna wusste sicher: Sie brauchte die klaren Arbeitszeiten und Aufgaben eines Jobs.

Wie erfüllend es jedoch sein konnte, an etwas zu arbeiten, was keine Pflicht, sondern Neigung war, das hatte sie jetzt wieder erfahren. Seit sie mit ihren Notizen begonnen hatte, schrieb sie jeden Tag und mehrere Stunden am Stück. Immer mit der Hand in das Notizbuch. Umberto hatte ihr schon ein zweites aus dem Dorf mitbringen müssen, denn das erste war bereits voll. Was zunächst nur Gedankenfetzen, Skizzen und Versatzstücke einer Geschichte gewesen waren, hatte sich nun Stück für Stück zu einem Roman zusammengesetzt. Oder besser: dem Anfang eines Romans. Sobald sie wieder zu Hause wäre, würde sie sich daran machen, ihn niederzuschreiben. Ohne Druck, nur für sich. Sie musste diese Geschichte jetzt schreiben, wusste Hanna, diese und keine andere.

Sie war sich sicher: Sie würde immer schreiben wollen. Aber sie würde es nicht zu ihrem Beruf machen.

Mit der Contessa hatte sie so viel über Literatur und Bücher gesprochen, hatte die wundervolle Bibliothek des Dottore Giovanni Farnese bestaunt und sich beim Anblick der Bücher in den Regalen mit aller Macht in ihren Beruf zurückgewünscht. Sie liebte den Umgang mit gedruckter Literatur, mit den Kunden, genauso wie mit den Kollegen. Nie wieder danach hatte sie sich so häufig über Literatur ausgetauscht, auch wenn sie während der Arbeit manchmal das Gefühl gehabt hatte, dass genau das viel zu kurz kam. Dass sie erstickte in Verwaltungsarbeit und es weniger darum ging, Bücher zu empfehlen, als immer die gleichen Bestseller zu verkaufen. Jetzt, zwei Jahre danach, vermisste Hanna all dies schmerzlich. Zu gerne hätte sie dem Angebot des Kollegen aus Hamburg zugesagt; sie hatte so lange nach einem vergleichbaren Job gesucht – doch wohin dann mit Mimi?

Zu Hause wartete ein Haufen ungelöster Probleme, trotzdem freute sich Hanna unbändig auf die Rückkehr.

Am letzten Abend fragte die Signora sie, was sie denn momentan schreibe, und zeigte auf Hannas Notizbuch.

»Es … ist eine Art Tagebuch.« Hanna zögerte. Sie sah sich

noch nicht in der Lage, darüber zu sprechen. »Etwas Privates.«

»Dann wird es nicht veröffentlicht?«

»Vielleicht irgendwann einmal«, gab Hanna zurück. »Aber ich habe gemerkt, dass es für mich besser ist, wenn ich ohne Druck schreibe und erst dann über alles Weitere nachdenke. So war es beim ersten Buch. Beim zweiten ... Auf Bestellung schreiben konnte ich nicht. Diese Geschichte«, Hanna legte eine Hand auf die beiden Notizkladden, »ist erst einmal wichtig für mich.«

Die Signora schien das zu verstehen. »Thomas Mann hat etwas Schönes über das Schreiben gesagt: Wir finden in Büchern immer nur uns selbst.«

Hanna dachte kurz darüber nach. »Das gilt aber genauso auch fürs Lesen.«

»So ist es.« Annunziata strahlte. »Genauso ist es.«

Salvatore holte Hanna, Mimi und das Gepäck am Palazzo mit dem Auto ab. Er würde die beiden wieder mit dem Schlauchboot nach Amalfi hinüberbringen, so wie Clivia sie auch vor vier Wochen abgeholt hatte. Drüben warteten dann auch schon die nächsten Feriengäste, die den Bungalow gemietet hatten.

Manchmal hatte Hanna mit Mimi die Trettanis besucht – Mimi schaffte es sogar in der letzten Urlaubswoche zu Fuß, das Gassigehen an der Leine klappte von Mal zu Mal besser.

»Sieh sie an, wie groß sie geworden ist!«, sagte Salvatore und kraule Mimi hinter den Ohren.

Tatsächlich war die Hündin nicht mehr so klein wie noch vor vier Wochen, als Hanna sie an der Raststätte aufgelesen hatte. Fünf Zentimeter mochte sie in die Höhe gewachsen sein, und an Gewicht hatte sie ebenfalls zugelegt. Sie waren noch einmal zum Wiegen bei Michele gewesen, der Hund und Frauchen sehr gelobt hatte. Dabei hatte er seine Meinung noch bekräftigt: Mimi würde groß werden. Richtig groß!

»Vielleicht klappt es ja, dass ich nächstes Jahr mit meinem Sohn zu euch komme«, sagte Hanna jetzt zu Salvatore. »Dann wirst du staunen!«

Das Grundstück der Trettanis hatte sich in den drei Wochen ebenfalls vollkommen verändert; Salvatore hatte ganze Arbeit geleistet. Die Gewächshäuser waren komplett abgetragen, stattdessen stand dort nun ein kleines mobiles Gewächshaus. Daneben baute Salvatore an einem Stall – für die beiden Ziegen, die Tomasio ihm überließ. Auch der Acker war um zwei Drittel seiner Größe verkleinert worden, die Erde hatte Salvatore tief umgegraben und erklärte Hanna, dass er dort vermutlich einen hölzernen Bauwagen hinstellen und um diesen herum einen Naturgarten anlegen wollte. Mit Teich und Wildblumenwiese. Den Wagen wollte er über den Winter restaurieren und ausbauen, er freute sich auf neue Feriengäste.

»Salvatore, ich möchte dir zum Abschied etwas geben«, fasste Hanna sich ein Herz und streckte ihm den Umschlag hin, den sie für ihn vorbereitet hatte.

Stirnrunzelnd nahm er ihn entgegen. Öffnete ihn, las und gab ihn Hanna zurück. »*No!* Das nehme ich nicht an! Unter gar keinen Umständen.«

»Aber …«, wagte Hanna zu protestieren. Doch der mächtige Zweimetermann ließ keine Widerrede zu.

»Ich weiß das sehr zu schätzen, liebe Hanna, aber ich nehme kein Geld von dir an. Du hast schon für das Apartment gezahlt, obwohl du nicht drin gewohnt hast.«

»Salvatore, *prego!*«

»Ich bin kein armer Mann, Hanna. Dass es uns getroffen hat, ist bitter, und wir haben viel Geld verloren. Aber wir nutzen die Chance, um uns anders aufzustellen. Im Moment begreife ich es als Chance, *capisci?*«

Er legte Hanna den Arm um die Schulter und zog sie an sich. »Du bist eine gute Frau. Vielleicht zu gut. Wenn du das Geld nicht brauchst – dann spende es für einen guten Zweck. Aber nicht einem Mann, der alles hat.«

»Ist gut.« Hanna akzeptierte es. Salvatore hatte ja recht. Sie würde sich überlegen, wem sie das Geld zukommen lassen würde. In Gedanken hatte sie es abgeschrieben, auch wenn sie es selbst gut brauchen konnte. Doch sie hatte das dringende Bedürfnis, etwas von dem Erfolg, den sie mit *You got me* erzielt hatte, abzugeben.

In Amalfi warteten nicht nur Salvatores neue Gäste und Marco Pantanella, der sie zu ihrem Auto bringen sollte, sondern auch ein Überraschungsgast, dessen Anblick Hanna so umhaute, dass sie um ein Haar aus dem Gummiboot gekippt wäre. Am Steg stand ihr Sohn Ben!

»Hi«, sagte er, und das war schon das Maximum an Euphorie, zu der ihr Siebzehnjähriger fähig war, wusste Hanna. Sie dagegen konnte sich nicht beherrschen, sprang auf den Steg und fiel ihm um den Hals, drückte und küsste ihn und war außer sich vor Freude. Erst als Mimi empört kläffte, ließ Hanna von ihrem Sohn ab.

Ben war einigermaßen erleichtert, dass seine gefühlige Mama ihn aus dem Würgegriff entließ und er endlich mit Mimi Bekanntschaft schließen konnte – der Grund seines Hierseins, da machte sich Hanna nichts vor.

Und Mimi? Begrüßte Ben ohne jedwede Angst oder Vorbehalte, sie freute sich über ihn, als seien sie schon immer miteinander bekannt gewesen. Drückte sich an seine Beine, vergrub den Kopf in seinen Händen und leckte ihm das Gesicht ab. All das, wofür Hanna so hart kämpfen musste, bekam ihr Sohn jetzt von Mimi geschenkt. Aber Hanna war kein bisschen eifersüchtig, ganz im Gegenteil. Sie war glücklich darüber, dass sich hier zwei gefunden hatten, das würde ihr das Leben in Lüneburg mit Hund um vieles leichter machen. Und Mimi das Leben bunter, denn wie sie Ben kannte, würde dieser die kleine Hundedame überallhin mitnehmen. Wenn er mit den Kumpels grillte oder im Park Frisbee spielte – Mimi würde ihn begleiten.

»Mama, die ist mega!«

Ben sah zu Hanna hoch, und sie erkannte das reine Glück in seinen Augen.

»Und schau, sie mag mich gleich.«

»Mimi erkennt, dass du auch noch ein halber Welpe bist«, entgegnete Hanna. Dann folgten sie alle Marco zum Auto.

Hanna hatte tausend Fragen an ihren Sohn, beschloss aber, sich diese für die lange Rückreise im Auto mit Ben aufzuheben, um Marco gegenüber nicht unhöflich zu sein. Dieser erkundigte sich nach seinen Freunden auf Capri, offensichtlich war er mit den Trettanis, aber auch mit der Familie Zenetti gut bekannt.

Am Parkplatz der Pantanellas angekommen, machte Hannas Herz einen kleinen Sprung, als sie ihren Frosch dort stehen sah – auch ihn hatte sie vermisst.

Während sie das Gepäck mit Marcos Hilfe von einem Auto ins andere lud, durfte Ben mit Mimi eine Runde im Garten der Pantanellas drehen, in der Hoffnung, dass die Kleine dann bereit für eine längere Autofahrt sein würde. Hanna hatte schon vor zwei Wochen im Internet ein Autogeschirr für sie bestellt, mit dem man sie auf der Rückbank anschnallen konnte. Der Kofferraum des Twingo würde für eine ausgewachsene Mimi zu klein sein, deshalb sollte sie sich gleich an die Rückbank gewöhnen.

»Wollt ihr noch mit reinkommen?«, erkundigte sich Marco höflich. »Lisabetta kann euch einen *caffè* machen.«

»Vielen Dank, das ist sehr nett«, bedankte Hanna sich. »Aber ich breche lieber gleich auf, damit wir früh in Bologna sind.« Sie hatte versucht, wieder ein Zimmer bei Gisela und Adriano zu bekommen, aber da die Saison jetzt im Mai auf Hochtouren lief, waren die beiden ausgebucht. Sie waren Hanna jedoch behilflich gewesen, ein Zimmer in einem kleinen Albergo im Ort zu besorgen, wo auch der Hund willkommen war. Hanna würde von unterwegs dort anrufen und Bescheid sagen, dass nun auch ihr Sohn dabei war.

Mimi wollte natürlich nicht ins Auto einsteigen, sie verband damit nichts Positives, aber da sie noch so klein war, setzte Ben sie, ohne zu zögern, auf die Rückbank und schnallte sie an. Hanna hatte Mimis Kuscheldecke und ein Leckerchen dort vorbereitet. Ben wollte die erste Etappe der Fahrt hinten bei Mimi sitzen. Nach Neapel, wenn sie auf der Autobahn wären, würde er das Steuer übernehmen.

Hanna öffnete das Verdeck, drehte den Zündschlüssel im Schloss, und zur großen Überraschung aller orgelte der Motor des kleinen grünen Autos sofort los.

»*Andiamo!*«, rief Hanna gut gelaunt.

»*Buon viaggio!*«, wünschte Marco, klopfte auf den Twingo, und dann brauste Hanna schon den steilen Weg nach Amalfi hinunter.

Sie war bestens gelaunt und froh, dass sie die lange Reise nach Lüneburg nicht allein zurücklegen musste. Auch die Tatsache, dass ihr Sohn sie überrascht hatte, bescherte ihr ein Hochgefühl – nach einer Reihe von anderen Hochgefühlen.

Seit dem Tag ihres Live-Outings und der anschließend erfolgten Digital-Detox-Phase war sie gelöst, befreit und jeden Morgen mit guter Laune aufgewacht.

Im Lauf der gemeinsamen Fahrt gelang es ihr sogar, Ben ein paar Informationen zu entlocken. Den Tipp mit Amalfi hatte er von Suse, daraufhin hatte er Marco Pantanella gegoogelt, ihm eine Mail geschickt und sich kurzerhand entschlossen, den Rückflug von London nicht nach Hamburg anzutreten, sondern nach Neapel.

Hanna war baff. Wenn sie daran dachte, wie schwer sie sich immer damit getan hatte, eine Reise zu planen und zu buchen – die junge Generation war da viel unkomplizierter. Gleichzeitig war sie unheimlich stolz auf Bens Selbstständigkeit, der alles andere als ein Muttersöhnchen war. Zu seinem Aufenthalt in London erfuhr Hanna nur das Nötigste – »war cool« –, aber aus Erfahrung wusste sie: In den nächsten Wochen würde ihr Ben immer wieder mal etwas erzählen, Häppchen für Häppchen.

Allerdings verheimlichte auch sie etwas vor ihm und kam sich gar nicht gut dabei vor. Ohnehin würde sie mit der Wahrheit bald herausrücken müssen – vielleicht beim gemeinsamen Pizzaessen am Abend?

Sie hatte nämlich vor, anders als auf der Hinreise, einen Stopp in Bozen einzulegen. Knut war mit seiner Hündin Tilla in Südtirol zum Wandern, und was lag da näher, als sich einmal Hallo zu sagen? Natürlich ganz ohne Hintergedanken … Hanna hatte das eigentlich für sich behalten wollen, aber nun, da Ben sie begleitete, musste sie ihm erzählen, was sie plante.

Vorher jedoch gab es noch einiges andere, das dringend erledigt werden musste. Hanna fuhr bei Capua von der Autobahn ab und steuerte die Raststätte an, an der sie Mimi vier Wochen zuvor aufgelesen hatte. Ben wartete mit Mimi im Auto – sie wollten beide verhindern, dass Mimi sich auf Grund der Gerüche an den schrecklichen Ort erinnerte oder gar versuchte abzuhauen, um ihre Mama zu suchen. Aber Hanna musste unbedingt herausfinden, ob noch andere Welpen dort aufgetaucht waren. Allzu oft hatte sie sich in den vergangenen Tagen den Kopf darüber zermartert, dass sie Mimi möglicherweise ihrer Familie entrissen hatte. Vielleicht hatten ihre Geschwister nur wenige Meter weit entfernt im Busch gesessen! Der Gedanke daran, dass noch weitere Hundebabys Hilfe benötigt hätten, wollte sie schier zerreißen.

Aber der junge Mann an der Kasse, den Hanna diesbezüglich ausfragte, schüttelte den Kopf.

»Nein, ganz sicher nicht«, antwortete er bestimmt. »Es passiert immer wieder mal, dass Hunde ausgesetzt werden, aber in den letzten vier Wochen bestimmt nicht.«

»Sind Sie sicher?«, hakte Hanna nach. »Wüssten Sie es denn?«

Aber der Mann beteuerte, dass er es von seinen Kollegen gehört hätte, wenn das der Fall gewesen wäre. Er habe selbst einen Hund und sei Tierschützer.

Hanna atmete auf. Dann war Mimi vielleicht doch alleine von einem herzlosen Menschen ausgesetzt worden, und sie würde niemals erfahren, was ihre Geschichte war. Und vor allem: Sie selbst hatte keinen Fehler gemacht.

Kurz darauf fuhren sie erneut von der Autobahn ab und gönnten Mimi einen ausgiebigen Spaziergang. Es war entsetzlich heiß, und Mimi, die bislang brav auf der Rückbank gesessen hatte, zeigte wenig Interesse, lange spazieren zu gehen, lieber tobte sie mit Ben und ihrem Spielzeug herum. Ben nahm es ihr weg, und sie musste es wiedererobern – mit viel Gezerre und spielerischem Geknurre. Hanna saß auf der Picknickdecke etwas abseits und sah den beiden Jungen zu. Wie schön zu sehen, dass sie so ausgelassen miteinander toben konnten, das war etwas, was Hanna Mimi nicht geben konnte. Diese zwei Kindsköpfe würden Freunde fürs Leben werden, das konnte sie jetzt schon sehen.

Nun musste sie sich aber den ernsten Dingen des Lebens zuwenden. Hanna starrte auf das Handy in ihrer Hand.

So viele Jahre war es ihr treuester Begleiter gewesen, aber die drei Wochen ohne hatten sie einander entfremdet. Es wog schwer in Hannas Hand. Drei Wochen ohne die Welt da draußen. Ohne Posts und Mails und Rechnungen und Erinnerungen, ohne Sprachnachrichten und Telefonate, ohne die Pflicht, sich mit der Welt der anderen auseinandersetzen zu müssen, aber auch mit der Freude darüber, nichts teilen zu müssen.

Hanna hatte drei Wochen in einem Traum aus Wörtern, Stimmungen und Gedanken verbracht, diese Zeit hatte ihre Seele zum Klingen gebracht und ihr Herz weit geöffnet.

Sie hatte ihre Stimme wiedergefunden und die Stille in sich entdeckt.

Sie hatte Mimis Herz erobert und erlebt, wie deren verletzte kleine Seele zu heilen begann.

Wie hatte Wilhelm früher immer gesagt: »Alles hat seine Zeit.« Nie hatte Hanna den tiefen Sinn der Aussage so gut verstanden wie auf Capri. Alles hatte seine Zeit, und die kostbare Zeit der Kontemplation war nun vorbei. Eine neue Zeit brach an, und nur, weil diese anders war, weil sie wieder in die Welt eintauchen würde, wäre diese Zeit nicht zwangsläufig schlechter.

Hanna schaltete ihr Smartphone an. Die Signaltöne mochten nicht mehr abreißen. Mail über Mail, Anruf über Anruf, unzählige SMS und Sprachnachrichten. Hanna scrollte rasch durch und versuchte zu erkennen, was besonders wichtig war und welche der Nachrichten sie unbeantwortet lassen konnte.

Am häufigsten hatte Korbinian sich gemeldet – auf allen Kanälen. Und er war auch derjenige, der das größte Recht auf einen Rückruf hatte. Hanna entschied, ihn einfach anzurufen, anstatt all die Nachrichten im Detail zu checken.

Zu ihrer großen Überraschung sparte sich ihr Agent einen süffisanten Kommentar, er machte ihr keinerlei Vorwürfe und war auch nicht eingeschnappt. Stattdessen hörte Hanna pure Erleichterung aus seiner Begrüßung heraus.

»O mein Gott!«, rief er. »Du lebst! Hannalein, ich bin fast gestorben vor Sorge …«

Das war eine glatte Lüge, wusste Hanna, denn sie hatte in ihrem Livestream ja deutlich gesagt, dass sie drei Wochen offline sein würde. Das wollte sie soeben auch einwenden, aber Korbinian ließ sie gar nicht zu Wort kommen.

»Aber jetzt bist du ja wieder da. Hast du die Mail von der Verlegerin gesehen? Du musst dich schleunigst im Verlag melden, am besten gestern! Die müssen die Vorschauseite komplett umbauen. Und die Merch-Artikel – du kannst den Verlag unmöglich so in der Luft hängen lassen, am besten wäre, du machst gleich einen Zwischenstopp in München und schlägst da auf, ich kann auch runterkommen, ich nehme den nächsten Flieger …«

»Halt jetzt bitte mal die Luft an!«, unterbrach Hanna ihn resolut. »Ich weiß, dass ich mit dem Verlag reden muss, und das tu ich auch. Aber ich kann dir jetzt schon sagen, dass ich das Buch nicht schreiben werde. Ich trete vom Vertrag zurück.«

Schweigen am anderen Ende der Leitung. Das hatte Hanna noch nie erlebt. Korbinian hatte immer zu allem etwas zu sagen. »Das kann nicht dein Ernst sein«, hörte Hannah ihn irgendwann sagen.

»Doch«, antwortete Hanna resolut. »Das ist es. Ich denke, der Verlag wird ohnehin vom Vertrag zurücktreten wollen, und ich muss dann eben die erste Vertragsrate zurückzahlen. Das ist es mir wert.«

»Das meine ich nicht.« Korbinian räusperte sich, blieb aber erstaunlich ruhig. »Faktisch kannst du das natürlich. Einen Vertrag rückabwickeln können wir jederzeit. Ich meinte vielmehr: Das wäre eine unkluge Entscheidung.«

»Korbi, ich habe mir das wirklich gut überlegt. Ich kann das Buch einfach nicht schreiben. Ich kann es nicht, ich kann nicht länger Aly Walker sein.«

»Tu mir einen Gefallen und geh ins Netz.« Ihr Agent blieb erstaunlich ruhig. Hanna hatte befürchtet, er würde komplett ausrasten. »Ich glaube fast, du warst noch nicht auf deinem Facebook-Profil?«

»Nein, ich wollte zuerst mit dir …«

»Dann tu das. Wir sprechen danach.«

Aufgelegt. Zack, einfach so. Hanna war baff. Sie warf einen Blick zu Ben und Mimi, aber die waren so in ihr gemeinsames Spielchen vertieft, dass es ihnen sicher nichts ausmachte, wenn sie ihre Kanäle checkte.

Fünf Minuten später war Hanna schwindelig. Sie kippte hintenüber ins Gras und scrollte sich fassungslos durch die unzähligen Kommentare, die sie auf Facebook und Instagram für ihr Outing bekommen hatte. Durchweg positiv! Hanna war nicht in der Lage, auf die Schnelle alles zu lesen, geschweige denn, zu beantworten, das würde sie Tage kosten. Aber was sie erkannte, war, dass ihre Fans, Follower, Leserinnen durch die Bank das Gleiche dachten: Sie liebten Aly, aber sie liebten sie auch als fiktive Figur. Und sie fanden auch nichts dabei, jetzt herauszufinden, dass Aly Walker ein Pseudonym war; stattdessen lobten sie Hanna für ihren Mut und die Aufrichtigkeit. Und beinahe alle hatten großes Verständnis dafür, dass Hanna beim zweiten Buch nicht noch einmal so tun wollte, als sei sie Aly. Aber – und nun verstand Hanna, was Korbinian gemeint hatte – ihre Leserinnen wünschten sich unbedingt, dass Hanna weitermachte. Dass sie ein neues Buch schrieb, und zwar so bald wie möglich, denn alle, alle wollten wieder etwas von ihr lesen.

»Wow«, kommentierte Ben, der sich irgendwann neben seine Mutter fallen ließ und von Hanna die Reaktionen gezeigt bekam. Mimi rollte sich auf seinem Schoß zusammen.

»Deine Oma würde jetzt sagen: Ehrlich währt am längsten«, fiel Hanna dazu nur ein. Sie hatte mit allem gerechnet, auch mit Zuspruch, aber nicht mit diesem Tsunami an Sympathie und Wohlwollen. Ihre Fans waren so großartig! Und sie hatten es verdient, dass Hanna ihnen eine Antwort gab. So bald wie möglich würde Hanna noch einmal ein Video aufnehmen und sich bei ihnen für das Wohlwollen bedanken. Allerdings sollte sie bis dahin eine Idee haben, wie sie nun mit der Situation umgehen würde. Einen zweiten Band von *You got me* konnte sie nicht schreiben. Nicht jetzt. Vielleicht irgendwann einmal.

Jetzt würde sie sich mit Mimi und Sohn auf den Heimweg machen und in Lüneburg alles regeln. Apropos Heimweg, fiel Hanna daraufhin ein.

»Wir machen übrigens morgen einen Stopp in Bozen und übernachten dort. Ich treffe einen Bekannten, der da gerade Urlaub macht. Und Bozen wollte ich immer schon mal sehen.«

»Okay«, meinte ihr Sohn nur achselzuckend und beschäftigte sich nun ebenfalls mit seinem Handy.

Hanna schielte ihn von der Seite an. Das war's? Keine Reaktion darauf, dass sie »einen Bekannten« treffen wollte? Ben war mit seiner Aufmerksamkeit längst woanders, und Hanna hatte den Eindruck, dass es ihm völlig gleich war, ob sie nun in Bozen haltmachten oder nicht. Sei's drum, ihr sollte es recht sein. Je weniger Wirbel sie um das Treffen mit Knut machten, desto besser. Auch für ihr Herz. Sie fing nämlich schon wieder an, sich alles Mögliche zusammenzufantasieren …

Zunächst aber übernachteten sie hinter Bologna. Es war schon acht Uhr am Abend, als sie dort ankamen, Hanna und Mimi vollkommen erschöpft, nur Ben schien noch Energie zu haben. Zu ihrer bescheidenen Herberge gehörte auch eine Osteria – hier kochte ganz klassisch die Familie, es gab gar keine Speisekarte, nur die Gerichte, die auf einer Tafel angeschrieben waren. Hanna wählte hausgemachte Pasta, Ben entschied sich für Pizza. Sie saßen an einem kleinen Tisch vor dem Restaurant, die Dunkelheit senkte sich bereits nieder, aber es war noch warm genug, um leicht bekleidet draußen zu sitzen. Auf dem Tisch flackerte eine Kerze, Mimi kuschelte sich zu ihren Füßen zusammen, und Hanna genoss es, so einen wunderbaren Abend mit ihrem großen Sohn genießen zu dürfen. Ben war völlig entspannt und zugewandt, sie erzählten sich gegenseitig, was sie in den vergangenen vier Wochen alles erlebt hatten. Nach dem

Essen drehten sie mit Mimi eine Runde durch das Dorf, und Hanna fiel kurz darauf, kaum hatte ihr Kopf das Kissen berührt, in einen tiefen und traumlosen Schlaf. Kein Gedanke mehr an Korbinian, Social Media, ihren Verlag und auch nicht an Knut.

# Bozen

Auch die zweite Reiseetappe von Bologna nach Bozen verlief ruhig und gemütlich – Ben riss sich darum, fahren zu dürfen, und Hanna genoss es, dass sie sich zurücklehnen und aus dem Fenster schauen konnte. Ab und an lehnte sie sich zu Mimi nach hinten, die auf der Rückbank lag. Zu Beginn hatte der Welpe noch aufgeregt aus dem Fenster gesehen, gehechelt und gesabbert – ein Zeichen von Stress, wie Hanna mittlerweile gelernt hatte –, doch nach zwei Stunden Fahrt kuschelte sie sich zusammen und schlief. Da die Strecke Bologna–Bozen mit knapp dreihundert Kilometern ein Katzensprung war, hatten Ben und Hanna entschieden, einen Abstecher an den Gardasee zu machen und fuhren dort die traumschöne Küstenstraße am Ostufer des Sees entlang. In Torri del Benaco hielten sie, bummelten durch den süßen Ort. Hanna shoppte zwei leichte Sommerkleider und holte damit nach, was sie auf Capri dank Mimi verpasst hatte. Mimi lief bei Ben an der Leine tadellos mit – seine strenge Männerstimme schien deutlich mehr Eindruck auf die Hündin zu machen als Hannas Gesäusel.

Am frühen Nachmittag erreichten sie Bozen. Hanna fuhr und war ob des bevorstehenden Treffens mit Knut so nervös, dass es ihr guttat, sich auf die Route und den Verkehr zu konzentrieren. Knut hatte ein Zimmer für sie ein kleines

Stück außerhalb von Bozen besorgt – in einer Traumlage! Hanna und Ben stockte fast der Atem, als sie den Frosch durch die Weinberge emporlenkten, immer höher und höher, mit Blick auf die majestätischen Dolomiten.

Hanna erkannte ihn sofort. Kaum bog sie auf den Parkplatz des Hotels ein, fiel ihr der Mann auf. Er saß lässig auf einem großen Findling am Rand des Parkplatzes. Wanderschuhe, Wanderhose, weißes T-Shirt, wenige blonde Haare – und ein strahlendes Lächeln im Gesicht. Als er den Frosch sah, erhob er sich und winkte.

»Ist das dein Bekannter?«, erkundigte sich Ben, und Hanna spürte, dass es ihn plötzlich doch interessierte. Das lag nicht zuletzt an der Art, wie Knut winkte und locker auf sie zugeschlendert kam – er machte den Eindruck, als seien sie enge Freunde. In seiner Begleitung befand sich ein großer schlanker Hund mit ergrauter Schnauze, das musste Tilla sein.

Hanna parkte ein, öffnete die Fahrertür und sah Knut Meißen direkt in die Augen.

Graue Augen mit Lachfältchen.

Blonde Augenbrauen.

Blonde Haare, Geheimratsecken, hohe Stirn.

Sonnengebräunte Haut, ein paar kecke Sommersprossen.

Ein Mann, der sie etwas überragte.

Groß und fest, Bäuchlein, blonde Haare auf den Armen.

Offenes Lachen.

Hin und weg.

Knall auf Fall Herz verloren.

»Mensch«, sagte Knut und nahm Hanna kurz und herzlich in den Arm, gab Ben, der mittlerweile auch ausgestiegen war, die Hand, »das ist ja doll. Dass wir uns in Bozen treffen!«

Mimi sorgte dafür, dass Hanna nichts entgegnen konnte, denn die Kleine kläffte empört von der Rückbank. Die Menschen durften aussteigen und sich begrüßen – und was war mit ihr? Es kümmerte sich mal wieder niemand um den Hund!

Rasch öffnete Hanna den Sicherheitsgurt, mit dem Mimi festgeschnallt war, und die Hündin sprang aus dem Wagen. Tilla, ganz souveräne ältere Dame, zuckte nicht einmal mit der Wimper, als der aufgeregte Jungspund um sie herumsprang, schwanzwedelnd und ganz aus dem Häuschen.

Alle machten sich rundum miteinander bekannt – Ben streichelte Tilla, während Mimi Knut die Hand ableckte und Tilla Hanna beschnüffelte – dann half Knut das Gepäck ins Hotel tragen.

Hanna fiel ein zentnerschwerer Stein vom Herzen. Knut benahm sich tatsächlich so ungezwungen und normal, als würden sie bereits alte Freunde sein. Da war keinerlei Verlegenheit, er scannte weder ihr Äußeres, noch fing er an, mit ihr zu flirten. Er war einfach Knut und war da und war ein Freund. Das nahm Hanna jedweden Druck, sich von ihrer besten Seite präsentieren zu müssen. Sie freute sich einfach nur auf den Tag in Bozen und das gegenseitige Kennenlernen. Sie war so unendlich neugierig auf diesen Mann, dem sie in den vergangenen Wochen so nahegekommen war. Über alles Mögliche hatten sie sich ausgetauscht, aber niemals hatte Hanna ihn gefragt, wie sein Leben aussah. Dass er keine Frau an seiner Seite hatte, dessen war sie mittlerweile sicher. Aber war er geschieden? Verwitwet? Getrennt? Ewiger Junggeselle? Hatte er Kinder?

»Was wollt ihr gerne sehen?«, erkundigte sich Knut, als sie eine halbe Stunde später wieder auf dem Parkplatz standen. »Wandern fällt wegen Mimi aus, aber wenn ihr wollt, zeigen wir euch ein bisschen die Stadt. Bozen ist wunderschön und an einem Nachmittag gut zu durchlaufen.«

Hanna war einverstanden, aber Ben äußerte zu ihrer großen Überraschung einen konkreten Wunsch. »Ich würde gerne Ötzi sehen«, sagte er.

Hanna war baff. »Also, wenn ich das vorgeschlagen hätte, hättest du die Nase gerümpft. Seit wann gehst du freiwillig ins Museum?«

Ben grinste nur. Hanna dämmerte, dass ihr Sohn bloß keinen Wert darauf legte, fünftes Rad am Wagen zu spielen. Umso besser!

»Gar kein Problem«, meldete sich Knut. »Das Archäologiemuseum liegt im Zentrum. Wenn man sich die Stadt ansieht, kommt man direkt vorbei.«

Ben machte sich selbstständig, kaum hatte Knut seinen Kombi in der Innenstadt abgestellt. Sie verabredeten sich für wenige Stunden später in einer Pizzeria unweit des Museums. Hanna und Knut schlenderten mit den Hunden durch die Gassen Bozens, und Hanna war völlig verzaubert. Nicht nur von der hübschen Stadt mit ihren malerischen Gassen, den vielen Arkadengängen, unter denen sich reihenweise wunderbare Geschäfte befanden, sondern auch von dem Mann an ihrer Seite. Es konnte einfach nicht sein, dass so ein Prachtexemplar von Mann noch frei herumlief! Sicher, er war nicht auf den ersten Blick ein schöner Mann, so wie der Tierarzt Michele Fazio, aber sie fand ihn unheimlich attraktiv.

Als sie auf dem großen Waltherplatz draußen vor einem Café saßen – Knut hatte Hanna auf einen Aperol Spritz eingeladen, den hier alle auf dem voll besetzten Platz zu trinken schienen –, nahm Hanna ihren Mut zusammen und fragte ihn rundheraus.

»Wie kann es sein, dass du nicht vergeben bist?«

Knut sah sie an und lachte dann schallend. »Das ist ja ein tolles Kompliment!«

»Wieso?«

»Weil das suggeriert, dass ich eine gute Partie bin.«

»Ja, das finde ich«, gab Hanna ehrlich zu. »Ich finde, du bist ein toller Mann.« O Gott! Hatte sie das wirklich gesagt? So etwas hatte sie noch nie getan.

»Danke.« Knut beugte sich etwas über den Tisch zu Hanna hinüber. »Und ich gebe das Kompliment gerne zurück. Ich finde, du bist eine tolle Frau, Hanna. Und das wusste ich schon, bevor ich dich gesehen habe.«

Hanna wusste nicht, was sie darauf antworten sollte. Himmel, das konnte doch nicht einfach so glatt laufen, irgendwo musste doch ein Pferdefuß sein.

»Du hast nicht auf meine Frage geantwortet«, sagte sie stattdessen.

Knut nickte und lehnte sich wieder zurück. »Eine blöde Kombination aus falscher Frau, zu viel Arbeit und dann Zeitpunkt verpasst.«

Und dann erzählte er Hanna offen, wie sich sein Liebesleben gestaltet hatte. Er war fünfzehn Jahre lang mit einer Partnerin zusammen gewesen, die er aus dem Studium kannte. Sie hatte keine Kinder gewollt, noch nicht, sich dann aber von ihm wegen eines anderen getrennt – und war von diesem sofort schwanger geworden. Knut aber war damals fünfunddreißig, hatte gerade eine eigene Kanzlei gegründet und sich aus Enttäuschung und Liebeskummer in die Arbeit gestürzt. Die Gelegenheiten, jemanden kennenzulernen, waren selten, alle seine Bekannten gründeten um ihn herum Familien. Er hatte ein paar wenige Frauen kennengelernt, aber funktioniert hatte nichts.

»Übers Internet, das ist nichts für mich«, schloss er und sah Hanna direkt in die Augen.

Ihr wurde heiß.

»Wir haben uns genau genommen auch übers Internet kennengelernt«, überspielte sie ihre Verlegenheit. »Aber du hast recht. Mir geht's genauso. Ich möchte jemanden schon direkt ansehen und riechen können.«

»Und? Kannst du mich gut riechen?«

Hanna sah ihn über den Tisch hinweg an. Er war es. Knut Meißen aus Husum war ihr Traummann. Sie war verknallt bis über beide Ohren. Jetzt keine Spielchen spielen, dachte sie. Du hast dich doch sowieso schon aus der Deckung gewagt und nichts zu verlieren. Sag es einfach. Spiel auch mit offenen Karten, so wie er.

Sie beugte sich nach vorne und sah ihm tief in die Augen. »Ja«, sagte sie. »Und wie.« Dann lächelte sie, und Knut erwiderte ihr Lächeln und nahm ihre Hand.

So saßen sie noch eine ganze Stunde Händchen haltend vor ihrem orangefarbenen Sommerdrink, inmitten des schönen Bozener Platzes, mit Blick auf den Dom und die Statue von Walther von der Vogelweide, die Weinterrassen rund um die Stadt und im Hintergrund die mächtige Kulisse der Dolomiten. Hanna war im Glück. Ihr Herz schlug im Dreivierteltakt, und sie hätte mit Knut an der Hand tanzen und hüpfen, vor Glück schreien wollen. Sie fühlte sich neben ihm augenblicklich entspannt, total angenommen und geborgen.

Als es Zeit wurde, sich mit Ben zu treffen, ließen sie ihre Hände nicht los, und auch im Restaurant nahm Knut immer wieder ihre Hand und streichelte sie sacht.

Ben war so dezent und tat, als würde er es nicht merken, aber als er am Abend mit Hanna auf dem Zimmer war, konnte er sich eine Bemerkung nicht verkneifen.

»Er ist okay«, sagte er so beiläufig wie möglich. »Mimi mag ihn auch.«

Wie zur Bekräftigung sprang Mimi auf das Bett zu Hanna und versuchte, ihr das Gesicht abzulecken.

»Danke«, gab Hanna etwas verlegen zurück. Es war ja nicht so, dass sie unbedingt den Segen ihres Sohnes brauchte, aber wenn sie eine Beziehung mit Knut anfing, war es wesentlich einfacher, wenn ihr Sohn ihn mochte. Und die kleine Mimi hatte Knut allein schon deswegen akzeptiert, weil er das Herrchen dieser Ehrfurcht einflößenden alten Hündin war.

Mimi hatte erst gar nicht versucht, Tilla zum Spielen zu animieren, so wie Camillo und Beppone, war stattdessen ständig hinter ihr hergerannt und machte alles nach, was Tilla machte. Hanna war ebenfalls schwer beeindruckt von Tilla, die mit Knut eine Beziehung hatte, die vollkommen ohne Worte funktionierte. Knut musste nur gucken oder kleine Gesten machen, und schon setzte die Hündin sich sofort oder machte Platz.

Knut und Tilla waren ein eingespieltes Team, sie waren so, wie Hanna sich ihr Leben mit Mimi auch wünschte.

Ben war bereits eingeschlafen, als Hanna noch immer wach lag. Sie war überhaupt nicht müde, fühlte sich lebendig und kribbelig, hatte eine vage Vorahnung, dass ihr Leben gerade eine ganz entscheidende Wendung nehmen würde. Das hatte es bereits getan, als sie ihren Roman verkauft hatte und dieser zum Bestseller wurde, aber wenn Hanna jetzt zurückschaute, kam es ihr vor, als sei dies nur die Eröffnung gewesen, das Präludium, der Auftakt für das, was jetzt noch kam.

Sie würde diese Wende ganz bewusst vollziehen, und dazu gehörte, die richtigen Entscheidungen zu treffen.

Sie nahm ihr Handy vom Nachttisch, schaltete es ein und tippte eine längere Mail an Korbinian. Sie schuldete ihm einen Rückruf und schrieb ihm nun, dass sie ihm für seine Geduld mit ihr dankte. Sie hatte es ihm in den vergangenen Wochen nicht leicht gemacht, um so wichtiger war ihr nun, Dankbarkeit zu zeigen. Dafür, dass er ihr den Rücken beim Verlag freigehalten hatte. Dass er den Vertrag mit Gitta so gut ausgehandelt und nun auch nicht die Nerven verloren hatte, als Hanna ihm ankündigte, ihren Verlagsvertrag auflösen zu wollen. Darüber hinaus aber machte sie ihm eine Ankündigung: Sie hatte einen Stoff. Sobald sie in Lüneburg war, würde sie anfangen zu schreiben. Dreißig Probeseiten. Er sollte entscheiden, ob er darüber mit dem Verlag reden wollte oder nicht.

Kaum hatte sie die Mail abgesandt, überfiel Hanna doch noch Müdigkeit. Sie schloss die Augen, dachte an Knut und schlief mit einem Lächeln auf dem Gesicht ein.

Am nächsten Morgen frühstückten sie alle drei beziehungsweise fünf auf der Panoramaterrasse des Hotels miteinander. Ben zeigte sich überhaupt nicht maulfaul; Hanna wunderte sich, wie charmant und eloquent ihr ansonsten eher wortkarger Sohn sein konnte. Er unterhielt sich mit Knut über Sport und war hingerissen, als dieser ihm erzählte, dass er in seiner Freizeit Kitesurfen betrieb – das wollte Ben schon immer ausprobieren. Am Ende des Frühstücks stand eine Einladung von Knut an Hanna und Sohn, ihn in Husum besuchen zu kommen, von der zumindest Hanna wusste, dass sie sie unbedingt annehmen würde.

Knut begleitete sie noch zum Frosch. Ben, der merkte, dass die beiden jetzt lieber ungestört sein wollten, lief noch einmal mit Mimi und Tilla eine kleine Runde.

»Wenn ich in einer Woche nach Hause fahre«, sagte Knut und legte seine Arme um Hanna, deren Temperatur sofort anstieg, »dann schaffe ich das nicht in einem Rutsch. Ich müsste irgendwo stoppen und übernachten …« Er grinste frech.

»Lüneburg bietet sich an.« Hanna wurde rot. »Das liegt auf halber Strecke.«

Knut lachte auf. »Abgemacht.«

»Abgemacht.«

Sie sahen sich in die Augen. Viel zu lang. Zu tief. Und dann beugte Knut sich vor, berührte mit seinen Lippen die Hannas, zögerte, wie um ihr Bedenkzeit zu lassen. Doch Hanna musste nicht überlegen, sie ließ sich in Knuts Lippen fallen, in seinen Kuss und seine Umarmung und wollte sich nie wieder daraus lösen.

Mimi setzte dem ein Ende. Sie kläffte vergnügt, und Ben versuchte sich dezent unsichtbar zu machen, indem er sich rasch hinters Lenkrad klemmte. Hanna setzte sich ins Auto und winkte Knut und Tilla so lange, bis diese nicht mehr zu sehen waren.

Dann aber musste sie sich unbedingt Luft machen, die Freude und das Glück aus dem Körper lassen und schrie einmal so laut, dass Ben um ein Haar das Lenkrad verrissen hätte. Er schüttelte den Kopf, grinste dann aber und gab Gas.

# Lüneburg, im Jahr darauf

Hanna reichte Knut den letzten Luftballon, den dieser, auf der obersten Stufe der Leiter stehend, zu den anderen dazuband.

Er kletterte die Leiter hinunter, legte seinen Arm um Hannas Schultern, und gemeinsam betrachteten sie die Girlande über der Tür. Das Schild *»Bücherjolle«* war noch immer das alte, Hanna hatte es mitsamt dem Namen von Wilhelm übernommen. Darunter aber, auf der Eingangstür, stand neben den Öffnungszeiten der neue Schriftzug: »Inhaberin Hanna Werner«.

Nun sah sie auf ihre Uhr. »Die ersten müssten gleich eintrudeln, ich glaube, du kannst schon den Prosecco aufmachen.«

Kaum hatte sie den Satz beendet, bog Suse um die Ecke, in Begleitung ihres Freundes, der ein großes Blech trug. Wie vereinbart, hatte Suse Gemüsequiche vorbereitet. Hanna hatte ebenfalls den Tag in der Küche verbracht und Antipasti eingelegt und einen Büchertisch dafür leer geräumt, um alles anzurichten. Knut räumte währenddessen in der Buchhandlung um, damit Platz für die Gäste und das Buffet war. Es war ein Donnerstagabend, und er hatte sich bereits am Mittag aus seiner Kanzlei in Husum verabschiedet, um Hanna rechtzeitig zur Hand gehen zu können.

Diese begrüßte jetzt ihre ersten Gäste und führte sie nach drinnen. Sie platzte vor Stolz auf ihren kleinen Laden.

Beinahe drei Monate lang war sie jeden Tag hier gewesen und hatte an der Verschönerung gearbeitet. Natürlich war die Bücherjolle schon immer ein hübsches Geschäft gewesen, hatte jedoch nach fast vierzig Jahren ziemlich Patina angesetzt. Die dunklen Holzregale hatte Hanna mit Knut mühsam abgebaut, im Hinterhof selbst abgeschliffen und weiß lasiert. Allein daran hatte sie sieben Wochen lang jeden Tag gearbeitet. Die Wände der drei kleinen Räume wurden von ihr neu gestrichen, jede in einer anderen Farbe: Kornblumenblau, Sonnengelb und Grasgrün. Alles wurde bunt und freundlich, denn die Bücherjolle sollte nicht irgendein Bücherlädchen sein – dafür war die Konkurrenz in Lüneburg zu groß –, sondern die beste Kinder- und Jugendbuchhandlung weit und breit.

Die Verfilmung von *You got me,* die im Moment auf Hochtouren lief, hatte es möglich gemacht, dass Hanna sich diesen Traum erfüllte. Sie hatte den Laden nicht gekauft – Besitzer war noch immer Wilhelm –, sondern gepachtet. Das war eine Win-win-Situation für beide gewesen. Wilhelm konnte kaum fassen, dass der Bücherjolle nun ein zweites Leben eingehaucht wurde, und Hanna war glücklich, weil sie wieder als Buchhändlerin arbeiten konnte – und Mimi einen Job als Ladenhund bekam.

Die namengebende hölzerne Jolle in einem Zimmer hatte Wilhelm selbst restauriert, jetzt erstrahlte sie wieder in Blau-Weiß mit rotem Rand. Das neue Segel jedoch zeigte nicht länger ein aufgeschlagenes Buch – sondern einen freundlichen schwarzen Hundekopf.

Kaum hatte Knut den ersten Korken knallen lassen, ging es Schlag auf Schlag mit den Gästen: Viele Freunde waren gekommen, darunter natürlich Wilhelm, der nervös einen

Zettel klein und kleiner faltete – er hatte eine Rede vorbereitet.

Korbinian und Jochen kamen und schleppten eine hübsche hölzerne Gartenbank mit sich, die, wie sich sogleich herausstellte, ein Geschenk von Hannas Münchner Verlag war. Ihre Lektorin war eingeflogen worden und sagte ebenfalls ein paar Worte. Nicht nur zur Bank – die große und kleine Kunden einladen sollte, sich vor dem Geschäft darauf niederzulassen –, sondern vor allem zu den Erwartungen, die der Verlag an Hanna Werners Roman hatte. Der Roman, der unter ihrem Namen am heutigen Tag erschien und mit dem Hanna stolz einen Teil des Schaufensters dekoriert hatte. Eigentlich passte er nicht zum Profil ihres Ladens, denn es handelte sich um einen Roman eher für erwachsene Leser, aber sie wollte und musste sich dieses Mal als Autorin nicht verstecken. *Mamma mia Mimi* war der Titel und handelte – wie sollte es anders sein? – von einer Frau, die einen italienischen Straßenhund an einer Raststätte aufliest, und von allen damit verbundenen Komplikationen.

Die Titelheldin des Buches hatte sich indessen dekorativ genau unter dem Schaufenster drapiert – direkt neben dem Eingang, wo sie ein wachsames Auge auf jeden Besucher hatte. Das hatte Hanna mit ihr wochenlang mühsam trainieren müssen, denn Mimi hatte sich zu einer überaus wachsamen jungen Lady entwickelt, die ohne Zweifel Hütehund-Gene in sich trug. Sie reichte Hanna bis zum Oberschenkel und passte damit nicht nur in der Größe zu ihrer Besitzerin, sondern auch in der Haarpracht: Sie hatte lange Wuschelhaare.

Hanna sah ihr jetzt an, dass sie sich bei jedem, der durch die Tür trat, sehr zusammennehmen musste, um nicht zu kläffen und an den Besuchern zu schnüffeln – ihnen am liebsten natürlich das Eintreten ganz zu verbieten. Aber wenn Mimi ein Ladenhund sein sollte, musste sie lernen, Ruhe zu bewahren. Mit Kindern dagegen, die schließlich in Zukunft die Hauptklientel der Bücherjolle sein würden, hatte Mimi gar kein Problem. Von Kindern ließ sie sich alles gefallen und war damit vermutlich die künftige Attraktion des kleinen Lädchens.

Olaf war in Begleitung seiner zweiten Frau gekommen. »Hast du was von Ben gehört?«, erkundigte er sich gleich bei Hanna, noch bevor er ihr für den Laden oder gar das neue Buch Glück wünschte. Aber Hanna nahm es ihm nicht übel, stattdessen rührte sie seine Anteilnahme – er liebte Ben wirklich über alles. Was sich auch darin äußerte, dass er, seit Ben das Abi bestanden hatte, wieder anstandslos Unterhalt zahlte.

»Ja«, gab Hanna zurück, »er hat sich vorhin aus Almeria gemeldet – es ist alles super. Das Netz war allerdings so schlecht.«

Ben war mit zwei Freunden in einem Van unterwegs, quer durch Europa. Tatsächlich hatte er sich am Nachmittag bei Hanna gemeldet. Allerdings weniger, um ihr zu gratulieren, sondern um ihr jemanden zu zeigen. Einen neuen Mitreisenden.

»Der Arme«, hatte ihr Sohn in die Kamera gesagt und einen kleinen, sehr vernachlässigt aussehenden Hund in die Kamera gehalten. »Der ist voll verhungert. Wir nehmen den jetzt mit, Mama.«

Nein, wollte Hanna sagen. Nein, bitte nicht. Tu. Das. Nicht. Aber sie wusste – es war zu spät. Außerdem wusste sie, dass sie den kleinen Wicht nicht behalten würden – Knut hatte vor ein paar Monaten seine Tilla gehen lassen müssen und trauerte noch immer um seine Partnerin. Er wolle im

Moment keinen neuen Hund, sagte er, er sähe ja jedes Wochenende Mimi, aber Hanna wusste genau: Ein Leben ohne Hund war vielleicht möglich. Aber nicht für Knut.

Jetzt klingelte inmitten der Feier ihr Handy. Ein Videoanruf aus Italien. Hanna zog Knut rasch zu sich und nahm den Anruf an.

»*Congratulazioni!*«, trompete Salvatores Bass, und auf dem sehr dunklen Bild machte Hanna ihn inmitten einiger anderer Personen aus – als da waren Lucia, Umberto, Annunziata und natürlich Clivia, die ein Exemplar von Hannas Roman in die Kamera hielt. Einer nach dem anderen beglückwünschte Hanna zu ihrem Buch – lesen würde es nur Martin können, die anderen waren des Deutschen nicht mächtig. Gefreut hatten sie sich über das Belegexemplar trotzdem. Hanna ging mit dem Handy durch ihren neuen Laden, zeigte den Italienern alles und kniete sich schließlich neben Mimi. »Ah« und »Oh« und »Bella!«, klang es durchs Telefon, verbunden mit der Frage, wann Hanna denn wieder zu Besuch käme – die Reise mit Ben zum Abitur hatte sie wegen der Ladenübernahme nicht angetreten.

Hanna stand auf und stellte sich neben Knut. »Nächstes Jahr«, sagte sie und schmiegte sich eng an ihren Liebsten. »Zur Hochzeitsreise.«

# Ein paar Worte zum Schluss

Ich bin mit Hunden aufgewachsen. Auch wenn ich Katzen liebe – wir hatten einen wunderbaren Familienkater, der zwanzig Jahre alt geworden ist –, bin ich doch ein Hundemensch. Unsere Hunde waren sehr verschieden – große, kleine, Rüden, Hündinnen, sie kamen als Welpe oder aus dem Tierheim.

Niemals aber hatten wir einen Auslandshund. Ich habe das immer abgelehnt – warum im Internet einen Hund aussuchen, wenn die Tierheime voll sind? Dazu gibt es viele verschiedene Meinungen, die ich hier nicht diskutieren möchte, Tatsache war aber, dass ich mich nach dem Tod unseres großartigen Familienhundes Kasper verliebt habe. In die »süße Teddybärhündin« aus Rumänien. Einmal im Netz durch Zufall entdeckt, ließ sie mich nicht mehr los. Ich habe es also kurzerhand getan und sie gekauft. Meine Winnie. Eine Überraschungstüte. Sie war weder so alt noch so groß wie angegeben, und sie war: ein Problem. Sie kannte nichts, weder Natur noch Zivilisation. Und hatte vor allem Angst.

Ein Jahr liegt nun hinter uns, und ich kann mit Fug und Recht sagen: Noch nie habe ich mit einem Hund so viel durchgemacht. So viel Leid – aber auch so viel Freude! Heute ist Winnie eine großartige, intelligente und freundliche Hündin und vor allem: Wir sind ein Team, das so schnell nichts mehr auseinanderbringt.

Deshalb war es mir ein tiefes Bedürfnis, einmal einen Roman mit Hund zu schreiben. Und darüber zu erzählen, wie das sein kann: sich in die Seele eines Hundes einzufühlen und mit ihm – oder ihr – zusammenzuwachsen.

Und eines weiß ich ganz genau: Auch der nächste Hund wird ein Auslandshund.

*Gelato und Liebe an der Amalfiküste*

*Marie Matisek*

# Ein Sommer wie Limoneneis

*Roman*

Marco ist als Immobilienanwalt erfolgreich und liebt sein Leben in Deutschland. Seine italienischen Wurzeln interessieren ihn nicht allzu sehr, und die Limonenplantage, die seine Familie seit Jahrhunderten in Amalfi betreibt, kümmert ihn nur wenig.
Aber dann zwingt ihn ein Burnout in die Knie und gleichzeitig verlangt seine Frau plötzlich die Scheidung. Um wieder auf die Beine zu kommen, reist Marco nach Amalfi – nur für kurze Zeit, wie er glaubt.
Doch schon bald ist er wie bezaubert von der traumhaften Mittelmeer-Küste seiner Heimat und dem sinnlichen Leben Süditaliens. Und dann steht auch noch Lisabetta vor ihm, die wunderschöne Liebe seiner Jugend …

KNAUR

*Eine Frau mit Vergangenheit, ein verzauberter Garten und jede Menge Schmetterlinge*

Marie Matisek

# Der Schmetterlingsgarten

Roman

Sie ist ein Ausbund an Leidenschaft, ein wahrer Vulkan der Gefühle, aber auch eine Frau mit dunkler Vergangenheit. Lucia bewacht die Contessa Farnese, deren Palazzo und sagenhaften Garten wie ein Wachhund und lässt niemanden hinein – auch nicht in ihr verwundetes Herz.
Er ist zurückhaltend, ein bisschen weltfremd und in Herzensangelegenheiten eher pragmatisch. Das Einzige, was das Blut des Biologen Martin in Wallung bringen kann, sind – Schmetterlinge.
Als ihn ein Forschungsauftrag nach Capri führt, stößt er auf den geheimnisvollen Garten der Contessa, der von der bezaubernden, aber sehr abweisenden Italienerin gehütet wird. Doch auch Lucia hat ein Herz, und bald darauf macht Martin Bekanntschaft mit den Schmetterlingen in seinem Bauch …

KNAUR